“在场丛书” | 中国当代中青年作家作品巡展 *01*

怀念一些
被人遗忘的老歌

张锐强 著

北京时代华文书局

图书在版编目（CIP）数据

怀念一些被人遗忘的老歌 / 张锐强著． -- 北京 ：
北京时代华文书局，2017.10（2019.5重印）
ISBN 978-7-5699-1872-4

Ⅰ．①怀… Ⅱ．①张… Ⅲ．①中篇小说－小说集－中
国－当代 Ⅳ．①I247.5

中国版本图书馆 CIP 数据核字（2017）第 262228 号

怀念一些被人遗忘的老歌

HUAINIAN YIXIE BEI REN YIWANG DE LAOGE

著　　者 | 张锐强

出 版 人 | 王训海
选题策划 | 梁明德　邵鹏军
责任编辑 | 周连杰
装帧设计 | 格林文化
责任印制 | 刘　银　訾　敬

出版发行 | 北京时代华文书局　http://www.bjsdsj.com.cn
北京市东城区安定门外大街 136 号皇城国际大厦 A 座 8 楼
邮编：100011　电话：010-64267955　64267677
印　　刷 | 三河市三佳印刷装订有限公司　0316-3650105
（如发现印装质量问题，请与印刷厂联系调换）
开　　本 | 155mm×220mm　1/16　印　张 | 20.5　字　数 | 197 千字
版　　次 | 2018 年 1 月第 1 版　印　次 | 2019 年 5 月第 2 次印刷
书　　号 | ISBN 978-7-5699-1872-4
定　　价 | 48.00 元

目录

001 突厥的蔷薇

038 屠夫·少年·狗

091 少年行

130 怀念一些被人遗忘的老歌

169 我曾经指点江山

211 隐形眼镜

273 红肩章

突厥的蔷薇

1

董家河么，肯定是个有河的小镇。谁都知道镇子旁边那条不大不小的河，经过九曲十八拐，最后会亡于淮河，但没有人会在意。这条姓董的河被姓淮的河吞并，就像仇人与朋友必定会在墓地和解，对我们而言无可抗拒因而毫无意义，当然也就不必关心。在那段湿漉漉的黏稠岁月里，我生活的全部意义都集中在两个人身上：大头和小四儿。他们就像天平上的两个砝码，高高低低轻轻重重地决定着我心情的走向。

其实我想说的是，董家河是淮河的支流。可支流这种标准的地理语汇只对课堂有意义，而我们的课堂生涯已于一年前正式结束。就像从我们脚下流走的河水会突然之间改名换姓，我们也突然之间失去学生身份，未待摇身已沦落为社会青年。原来生活就像董家河沿岸池塘中的藕，刚挖出来时都是长长的，带着精巧的关节，可还没等爬上餐桌，甚至连砧板都没挨着，便会被沿着关节依次折断。藕折断时还有一声脆响，我们的转折却是那样的漫不经心。

当然，我们并不为此痛惜懊悔。我们不指望考大学，就像不指望爬进墙上刚刚取代各式领袖像的风景画。反正我们还有接班招工之类的后路。所以说一年前是正式结束，要追溯非正式结束的历史，至少可以到高二，甚或高一。谁知道呢。

2

小炮儿！小炮儿！小炮儿！！

有人敲后窗喊我。那扇窗正对着河。汩汩滔滔的河水日复一日地流经耳膜，足以麻痹我的听觉，但却无法遮蔽大头刻意制造的噪音。要搁平日，我早就一跃而起，但那天实在不巧，大头来得太不是时候。我紧紧夹住双腿，闭着眼睛，试图就此将大头的声音混入流水，但是不行。大头要是有那份耐心，他哪里还是大头。不过他的嗓门再粗，终究隔着窗户，我要是愿意也能混过去，偏偏还有不识趣的弟弟。

董红兵探头进来，指指窗外：大头。大头。

董红兵小我四岁。我实在想不通咋会有这样一位贤弟。这倒不是因为他的脸盘极像前些年长期霸占主席台和墙壁的那位，肥胖，虚肿，而是因为他总也擦不干净的口水和鼻涕。虽然妈妈在他左胸前缀了条手绢，但这又有何用。

我恨恨地剜了董红兵一眼，身体一阵痉挛，才抬起左手向后敲敲窗户，以示回应。在那个瞬间，仿佛有浓密的水汽穿越后窗，扑面而来。

董红兵丝毫不理会我的嫌恶。他总是这样面带微笑。这也像那画上的那位。

慵懒地起床穿好衣服。出门之前，闻闻右手，隐约还有青草汁液的味道。我又在海棠旁边的水龙头下洗了洗，方才出门。午后的阳光照彻内心，我发现里面空空荡荡，就像放假后的教室。这种被瞬间抽空的感觉，就像突然发现失盗，令人顿生惊恐彷徨。甫一抬头，眼前先是色彩斑斓，尔后又突然失色，世界如同一张刚刚冲洗好的底片。大约有一两秒钟的样子，我像以往无数次那样沦为色盲。

走出门前的小胡同，前面就是镇里的主街。青石板铺成的街道，已不知高寿几何。经过无数鞋板日复一日的擦拭，没有泥污的地方微微闪着亮色。粗壮的木柱顶起黑瓦屋面，中间是雕着各色花样的窗户，以及贴着年画的门板。这景致想起来似乎不错，可惜许多门窗木柱多年不打桐油，已经干枯，缺乏应有的水灵光彩。这是镇子的心脏，由此朝两边扩散，砖瓦房逐渐增多，靠街的一面都刷着白色，将屋顶的黛瓦反衬得益发厚重。

不用说，出门左拐。那是小四儿的方向。但在此之前，我必须割掉身后的尾巴。自打下学，董红兵便成了我的影子，走哪儿他都要跟着。在我眼里，他跟他左胸前那条永恒肮脏的手绢一样，扯掉是原始冲动。

董红兵死活不肯回去。打是不成的。他倒霉的哭腔就像生锈的水龙头，拧开容易关死难。即便能关死，还会有漫长的滴答。天知道他万事不用愁，哪儿来的这许多委屈。我惹得起贤弟，但惹不起爸爸。这一年来，他看我横竖不顺眼，我看他也差不多。问题不在于我们相看两生厌，而在于他的身份特殊。他刚刚高升为派出所副所长，离神奇所长只差半步。在他跟前扎翅？贤弟都不会干，何况愚兄我。

糖果已经用完。我手头永远缺钱。没办法，那就只好猛跑。跑了一气，已经跑到大头跟前，可不用回头也不必听声，仅从大头满脸的坏笑，我就知道尾巴还在。大头这表情令我越发生气。谁都可以笑话我，唯独他大头不能。我们可是喝过血酒拜过把子的，关系理当深过父母兄弟。再说我可从未笑话过他爸爸，无论明面上还是暗地里。大家都说他爸爸早已算不得男人，就像磨钝的犁铧，虽然还在牛的牵引下朝前走，但根本未曾翻耕土地，滑行而已。

算了，我得回家。你自己去吧。

别别别，我一个人去有啥意思？来来来，红兵，我给你个风车。

那是个彩色的油纸风车，旋转起来就像万花筒。大头演示几下，然后递给董红兵，伸手朝我家的方向一指：风车喜欢回家。你快跑！跑得越快越好看！

董红兵越跑越远越跑越快。嘎嘎的笑声散落在身后，乒乓球似地在青石板街面上不断反弹。大头看着他的背影，微微摇头道，可惜了我的风车。要是扎在小四儿的窗户上，多好看。

听他这么一说，我心里也莫名其妙地满是惋惜，仿佛那是我费心弄来的礼物。但转念再想，又觉得这样也不错。

3

喇叭裤肥大的裤脚摩挲着街面，间以鞋掌清脆的敲击。我们漫步东行，就像水面上漂浮着的两片叶子。兽医站在镇子东边，里头不仅有兽医，还有兽医的闺女小四儿。小四儿其实行二，上头一个哥哥，下头一个妹妹，也并无兄弟姐妹饿死夭折。谢天谢地，我们都未曾掉进饥馑的陷阱。那是父辈的霉运。小四儿之所以得此雅称，是因为她眼睛近视，戴着外人不知模样的隐形眼镜。

在县里上高中时，小四儿和我同班，根本没有大头什么事儿。起初我也很久未曾留意她，因她又矮又瘦，就像穷人家的野小子，并无性别。可忽然有一天，她就成了女孩儿。这过程是如此的迅速而且神奇，就像我娘发面，只消用纱布盖上一个时辰，一疙瘩面团便发满全盆。从此以后，人人都对她刮目相看。包括我，也包括大头。

杨秃子的豆腐坊，袁大个的油坊，乐家的烧饼铺，马家的杂货店，相继甩在身后。新开张的第三家录像厅旁边，摆着周瞎子的鼠药摊子。很难说清此人的主业究竟是卖鼠药，还是看相算命。前些年他身后还立着面旗杆样的招牌，是条长长的白色布帘，上面写着标准的红色颜体：

阴阳五行，奇门遁甲

周易八卦，太公兵法

婚姻前程，吉凶祸福

一字天机，解君忧愁

后来派出所出面干涉，说是封建迷信。周瞎子也不犟嘴，把布招一收，到派出所泡了个把儿时辰，竟然就让所长收回成命：周瞎子可以继续营业，但要拿掉布招，另外再摆个摊位，不拘何物，卖点啥都行。

那所长外号老炮，也就是前面说过的神奇所长。在我们心目中，他简直就是整部中国革命史的代表。都说他是久经战阵的老革命，枪口下死了不知多少敌人。论年龄资历，他早应该高升远调，最次最次也要到县里当公安局长，但他就是不走，仿佛是要特意留个生动的传说，调剂山里孩子空虚的精神生活。其实他老早就当过公社副书记，之所以长期屈尊在派出所，是因为多年前的那次会议。他拿着讲话稿照本宣科，结果闹出笑话。问题是那年月没有笑话，只有事件。

讲稿上有这么一句话："文化大革命"一声炮响。没有生僻字多音字，他都认得，但是不巧，赶上换页，"响"字在另外一页。他先念出"'文化革命'一声炮"，然后蘸点唾沫换页，又念出"响"字，这才意识到不对，于是略微停顿，再翻回来看看，确认以后随口骂道：该响的不响，不该响的又响了。

所长是胶东人，口音很重，喜剧效果格外强烈，台下立时笑声一片。他本来是对秘书不满，但时令不好，赶上林彪出事，他偏偏又是四野的人，打信阳时受了伤，就地转业的，因而笑话升格为事件。所幸他身上有枪伤，祖上无问题，没吃大亏，除了官帽。这他倒是不大在乎。

他本来就不喜欢这营生，进派出所正好。舞文弄墨，何如舞刀弄枪。

炮所长甚有煞气，别说二流子不敢照面，就我们这样的八十年代新一辈，有事儿没事儿，也要先惧他三分。周瞎子能别赢他，可谓神奇。故而从此以后，我们不知道应该蔑视炮所长，还是钦佩周瞎子。反正他开始正大光明地多种经营，兼卖老鼠药和解酒灵。时间一长，他跟前的桌子上又悬了条看不清本色的布招。不过只有“测字算卦”四字，字迹也小很多。这削减的部分面积，便是炮所长的面子所在。

算命的似乎都是瞎子。说是干他们这行的屡屡道破天机，引发神灵震怒，瞎眼是为惩罚。可虽然有此名义，但周瞎子并非盲人，眼睛比老鼠还贼。那副宽大的墨镜，只是职业招牌。他不瞎，那就是世人瞎。因他的摊子竟能长期傲然屹立而不倒。我当然不关心他的生意，只是有时会关心他的眼睛。确切地说，是眼镜。经过时我侧脸冲他笑笑，不料想他视若无睹，毫无反应。

我停下步子，再后退两步，冷不防扯下他的眼镜。

睁开眼，看清楚，给我算算爱情。

眼镜又宽又厚。小四儿的隐形眼镜，怎么就能藏进眼里？我很好奇。但是很快，这份好奇就被周瞎子的话和大头的笑冲掉。如同一泡热尿下去，所过之处白雪迅速消解为黄水。

你是打光棍的命。

大头的笑声已经停歇，但笑容犹存。隔夜的酒气更加难闻，类似大头脸上无声的笑意。我把眼镜啪的一下拍在桌上，说你算都没算，咋能知道？

不用算。没礼道的后生，哪个丈母娘愿意要？周瞎子此前闭着眼。这倒不是装瞎，大概是受不了突然的阳光。他戴好眼镜，但脸依旧朝着街面，并不看我。

不行，我非要算算。算得好，我给你五毛！

给我五毛，我给你四包三步倒。

我家里又不闹老鼠，要三步倒干啥？

这药适用老鼠，也适用气性大的人。

我越发来气，恨不得捋起袖子干一仗。可周瞎子年岁太大，不是合适的对手，有气也没法出。大头使劲拽我走，连说算了算了，都是封建迷信，还能当真？

也只好如此。我兜里一毛钱都没有，哪有五毛。

4

小四儿的兽医父亲经常下村出诊，母亲哥哥上班，妹妹上学。换言之，她家就是我们这些走投无路者的避难所。

还没到跟前，便有邓丽君的歌声遥遥而来：

美酒加咖啡，我只喝一杯，管他去爱谁……

那一刻，我僵硬的身体立时柔软，内心似乎有春潮涌动。就像我们在董家河里扎猛子，水流过皮肤时的感受。至于她的卧房，多年之后的印象，类似夏日的树荫，带着正午暴晒过后干燥的花朵暗香。她打开房门，只冲我们俩点点头，一个字都没说，仿佛沉浸在历史之中，而我们只是页面之外的读者，离得再近也还隔着一层。

严格地说，小四儿的相貌算不得多么突出。三十年后，除了她右嘴角边上的酒窝，那个应该算是缺憾的特点，我几乎完全淡忘掉她白里透红的皮肤，高挑丰满的身材，温润匀称的五官。那酒窝平常并不显山露水，一笑一颦，方显峥嵘。如同泉眼，流出来的不是欢愉喜悦，便是忧郁闲愁。当然，后者居多。即便起初是欢欣，等流经我，往往也会演变成忧愁。就像酒会跑气。她在我跟前第一次出落为女孩儿，结果便是我被浓郁的酒气悄然熏倒。那个要命的酒窝，仿佛此前并不存在，是岁月的雕刀突然之间的妙手偶得；而从她嘴角上剜掉的那一点点肉，恰巧飞到我的心头并长成一体，从此落下隐痛。

小四儿卧房里那幅薄薄的粉色窗帘终日张着。无论白黑阴晴。似乎不仅太阳，就连月亮也有将她晒黑的危险。房内因而总是飘荡着氤氲的慵懒气息。风车若悬在这里，真是再合适不过。想到这里，刷刷声立即轻轻响起。

小四儿很少说话，随手抱着那只瓷杯，也很少喝水。我想杯子里的茶应该不会凉，即便凉水她也能焐热吧。我清楚地看见邓丽君的歌词从她指缝间光洁的瓷色上不断流淌，就像古代仕女百无聊赖只好一遍遍地反复化妆。正在这时，大头忽然捅了我一下：

干啥呢？你傻了？

回过神来，见他们俩都在笑。不同的是，大头的笑里不乏恼怒，而小四儿的笑容则充满嘲讽，就像当初在课堂上偷看梁羽生，明明已被居高临下的老师发现，我还徒劳地意欲掩盖。草枯鹰眼疾，写的其实是课堂。

你们说，邓丽君用啥样的杯子喝咖啡？是不是跟这个一样？我指指小四儿手中的瓷杯。那只杯子外面烧有几枝花，被小四儿的手指滋养得珠圆玉润，像是刚刚经历春天的晨露。当然，是折枝梅花，不是路边的野花。更非大红花，没有写着“奖”或者某某单位工会字样。

这问题只有咱贤弟能回答。

大头你啥意思？再这样我跟你也不讲客气。

吵架出去啊。没劲。

差不多跟小四儿说这话的同时，大头抬起右手冲我摆摆。这虽是免战牌的姿势，但对我而言更像敦促威胁。他右手上的那道伤疤像根尖刺，能随时随地刺破我愤怒的气泡。谁让人家为咱挨过一刀呢。

那还是高一的事情，发生在县里。我篮球打得不赖，小炮儿这荣誉称号便是例证。虽是外号，但我其实很喜欢。它总让我想起老炮。而每念及此，我都会豪气干云，仿佛裤裆里的那个物件不是祸根，而是炮所长腰间悬着的黑色手枪。那天比赛，小四儿等一干女生都在旁边呐喊助威，我因而越发豪放，左冲右突，势不可挡，直到县城里的几个小流痞急眼。他们已非战术犯规，而是直接打人。我无法忘记当时空气中的独特气息。那是男生宿舍里最熟悉的味道，也像火药库。不消点燃，你直接冲它吼一嗓子，便能将之引爆。

那就打吧。

体育老师是裁判。经过他的强力弹压，比赛暂时中断几分钟，然后继续推进。我们的胜利丝毫未受影响，比分优势反而有所扩大。不过这并非终局。几天之后，双方还要在河滩上重见高低。就在那天夜晚，不同班的大头替我挨了一刀。有人挥刀戳来，大头抬手阻挡，立即见血。还好，不曾致命，伤疤留在手臂上，化为青春的勋章。

争论虽已结束，但紧张依然未去。那段时间，被粉色窗帘过滤后的光线根根都如同弹簧，拉得满满的，任何一根松开，都能射死李广的老虎。

5

要反击大头，最有力的武器不是原子弹氢弹，而是他的父亲小核桃。

小核桃是铁匠，个头不高，但是太瘦，因而身量依旧有竹子的风骨。虽然头发已白，但脸庞却还是没有彻底长开的样子，总在什么地方隐藏有关键的缺憾。缺乏的绝对比例不高，但很全面，类似衣服缩水，也像没有成熟就被剥开的核桃，处处都小一号，故而得名。

小核桃弟兄好几个，不必问年龄就知道他是老幺：弟兄们个个人高马大，唯独他像后娘养的。区别之明显，就像骡子与驴。因他生不逢时，正长身体时碰上过粮食关。大队的粮库内有粮，但那是国家的，有民兵把守。信阳还是好的，息县光山等东五县饿死得更多，满口家子死绝并非个案。因有民兵与公安严防死守，不准出去要饭，免得给国家抹黑。所谓饿死事小，失节事大。老辈儿人都说，还是天不绝人，因为信阳从未经历过那样暖和的冬天，冬月里还满山绿色，可以打到新鲜的白花蓼。从前喂猪的野菜，那一年里成了人活命的吃食。煮一遍漂水两天两夜，再煮一遍漂水两天两夜，苦味不再那么扎人，便拿来充饥。这种食物只能勉强活命，营养丝毫谈不上，小核桃便应运而生。

小核桃不愿种地，后来拜师学打铁。铁匠当然吃不上商品粮，但大头的母亲却有红皮粮本。她在镇供销社上班，已从多年的营业员熬成副主任，只等主任退休让闺女接班，她好顺势扶正。这种结合当然不可能是天作之合，只能人工捏合，需要老虎钳子那样的力道。因她母亲成分高，若不借助小核桃的贫农出身，便不能漂白，何谈染红。起初这算不得风险投资，因为身份远不能与成分比肩，但谁承想世上还有一句话，叫三十年河东，四十年河西。

起初手艺人都很吃香。打个镰刀铁锹，订个驴掌，都是农村人少不了的活计。所以小核桃一度志得意满。我对他最深刻的印象，是傍晚时分火红的铁匠炉。他赤裸脊背扎着皮围裙，脸膛黢黑，肌肉缩成疙瘩时，便有火星四溅。收工之后，他照例要喝上两口。那时他的鼻尖微红，满脸含笑，但眼睛还是清清亮亮的。因他并不酗酒。他的两句口头禅，在整条街上流传：吸烟大红花，喝酒六毛八。有六毛八一斤的散酒和大红花烟，便是他幸福人生的全部。小核桃喝酒是真喝酒，不要菜，几粒花生米就行，生的，油炸都不必。他仿佛不是拿花生米下酒，而是检查花生的长势或者质量，嚼得很慢很慢，一粒花生入口，嘴角也能泛出点白沫。

后来农村分田到户，小核桃的田由他家人种着。他不用向大队缴钱，但也不再有公分，年底分不到粮食。大头和他妈妈吃商品粮，凭着红皮粮本，可以按月到粮店买低价粮油。也不多，每人每月细粮三十三斤，就这还是刚刚涨过的，先前的数目只有二十七。当然，这没有小核桃的份儿。他老婆每每跟人叹息：三口人，两份粮。其实还不止三口，至少要顶五口呢。每当此时，小核桃总不接腔，只是更加迅速地挥舞铁锤，溅出的火花也更多更高。尽管铁匠是力气活，饭量肯定大，但种他田的家人给的口粮，未必裹不住他的嘴。更何况铁匠铺每日也有收入。

但小核桃并不辩解。前些年他们这些人说得太多，理当歇歇。

这还只是个开始。后来物价日高，万元户越来越多。不但贩服装放录像摆台球赚大钱，就连养猪养羊也能发财。除了打铁。大锤下面终究只是废铜烂铁，没有金银元宝。古今中外，似乎还没有哪个铁匠名垂青史光宗耀祖过。大头母亲的叹息因而越来越像秋风：粮价越贵，这一个儿二个儿的就越能吃。唉。

小核桃脸上的笑肌日渐作废。我已经很久没见过他鼻尖微红时平静的微笑。酒瓶还在，花生米也有，只有微笑悄然走失。

6

在这个山峦包围溪水缠绕的小镇，时间仿佛课本的书页，总也翻不过去，每天都是昨天。在此之前，县里“严打”抓了好多人，学校经常组织我们参加公判大会，犯人装满成排的解放牌大卡车。杀人偷盗抢劫强奸流氓，各式各样的脸，各式各样的罪，有老有少有男有女，都是我们不尽的谈资。然而董家河始终很安静。除了几个割电线的小偷跟打架斗殴，从无值得一提的案子。仿佛坏人已被老炮清剿干净。这种缓慢和安静的长期浸泡，让我们的生活日渐褪色。直到睡仙桥村那个倒霉的老光棍搞死母牛后事发为止。

分田地，自然也要分耕牛农具。耕牛近乎拖拉机，不可能户均一头，只能几户共享。农忙时轮流使用，农闲时依次放养。老光棍放牛期间，某日那头母牛离奇生病，阴道流血，最终死去。身为兽医，小四儿的爸爸当然要去检查诊断。根据他的检查结果和村里人提供的线索，派出所得出结论，是老光棍做的孽。那人倒也痛快，铐子还没上，便招认是他伸手抓的捅的。

把牛屄吹破的人听说过，没见过。把牛屄活生生捣破的人，闻所未闻，见所未见。关于此事，副所长爸爸与兽医爸爸都有第一手资料，但我们从未公开谈论。在我们家没有，在小四儿那里当然更不会有。恶心。最后那个鳏夫被判了四年。三十年之后，我已记不清问的究竟是流氓罪，还是破坏生产资料罪。

无法想象，明明是爸爸经手的案子，但我获悉详细案情的渠道却是大头。他跟我说起这事儿，是在铁道边上的下午。我们趴在青草地上，等待南下广州北上京城的火车，经过大头的五分钱。那枚崭新的硬币闪闪发光，几乎可以吃顿早餐，因它正好是一张乐家油饼的价钱。但我们情愿如此挥霍。

硬币搁在铁轨中央。那里一派明亮，边缘则满是黄锈与污迹。我使劲盯着，硬币先是不断扩大，然后又逐渐缩小，直到两片明亮合流。身下的青草已被我们制服，那种熟悉的汁液气息在眼前鼻尖不断回旋。潮湿穿透衣服和皮肤，向内心浸润。我像电影上那样，耳朵紧贴地面，可啥也没听到，除了无聊的心跳。

咔嗒声由远及近。我盯着硬币，心里突然有阵没来由的慌张，还有隐隐的疼痛。仿佛那并非硬币，而是我的手指，甚至就是我的躯体。可尽管如此，我依旧不希望它在车轮抵达之前震落，滚进道边枕木间的石子里，或不知所终。我趴在地面上，双手抓着野草，下身硬挺挺的，几乎可以当作枕木。

气流吹过头顶，掀起头发，绷紧衣袖。那一刻，我感觉呼吸困难，生硬的空气倒灌鼻腔。还好，硬币一直没掉，我分明看到了它生命的最后一个瞬间。等火车过去，铁轨上已无硬币，只有一摊不起眼的薄片，面饼那样，费了好大的劲才扒下来。我对大头说，瞧瞧，比你爸的手艺还好，打得多薄！大头冲我哼了一声：他又不是银匠！

在那之后，大头跟我说了老光棍的事情。他说得兴奋，一个鲤鱼打挺坐了起来。我本来也想起身，但突然之间又改了主意。裤裆里还有枕木呢。

我知道大头把我叫到这里不是为了议论这些，也不是要给那枚可怜的硬币送终。果然，所有这些开场白都是铺垫，都是为了下面这事儿。

大头郑重地告诉我，他喜欢小四儿，决定追她。

我老半天没吭气，眼前只有小四儿的酒窝。大头道你说个话呀。我说祝你早成功吧。这是句歌词，人人都会。大头说你少来这套。说点实在的。我说你们，合适？那个瞬间，我感觉大头的脑袋越发地大，小四儿的脸也越发地胖。我想，你们还真是般配。这个恶毒的想法几乎将我吓住。我立即咕哝几下喉咙。大头说你啥意思？你不会也俗到嫌我爸没吃商品粮吧。我无声地笑笑，说你真有意思。我的意思是说，你们性格差别太大。你能闹，她喜欢静。大头似乎松了口气。他说我就是喜欢她的静。像个女孩儿的样子。

7

母牛事件虽然发生在几十里外的村子里，跟镇上八竿子打不着，但我真切地意识到，此事对我们还是有影响。这个影响不是指父亲的脸色。尽管那几天他的情绪大好，凸凹不平的脸舒展了许多。上头的政策是从严从重从快，可董家河却没有办成几桩像样的案子。他虽只是副所长，远远谈不上对全镇的治安负责，但还是感觉内疚。新官上任嘛。如今终于破获一桩，好歹也有个交代。

父亲心情好时，会给他的二公子擦鼻涕换衣服。那天他一边拾掇这些，一边跟母亲说笑。我一进屋，他们立即住口。笑容残存在脸上，如同暮春时节最后的几瓣落花。那种余音袅袅的韵味，不免令人好奇。我本能地问他们笑啥，父亲沉下脸不吭声，母亲支吾道没啥，你爸他们破了个案子。破案？这话题就像漩涡，具有外人难以想象的吸引力。能破案的才是真警察，比如退休在望的老炮；父亲平日的工作方式，在我们眼里简直就是浪费生命，糟践人民警察形象。

我赶紧追问啥案子？咋回事？

大人相顾无言，弟弟语惊四座，虽然只有三个字：

牛，牛屄！

父亲在弟弟屁股上打了一巴掌，盯着我宽大的裤脚，低声喝道：还能咋回事？都是不学好的下场！再这样下去，你也差不多！

当时我并不知道来龙去脉，还以为又是流氓地痞打架斗殴，直到大头告诉我原委。从那以后，似乎镇街上的空气分子都发生了神秘的化学变化，很多事情悄然改变。而具体变在何处，我又说不清楚。我只是多少有点恨大头。我觉得他不该跟我说这个。尽管我也很想知道。

8

地图上一定找不到董家河，就像史书上不会有我的名字。但这并不代表董家河就可以藐视。虽然它看起来不甚宽，水流也不很急，可每年都会有孩子葬身其中。每当发生此事，苦主伤痛落泪，而邻舍习以为常。大家普遍认为，这是他命该如此。董家河的孩子连董家河都趟不过，足见他不该托生于斯。若不淹死，勉强活下去，也难有好下场。

周瞎子成名，其实也与之有关。

开油坊的袁大个有个哥哥，也是老光棍，以放牛为业，外号泥鳅。光棍条光棍条，哪有比泥鳅更加光滑的独条？不仅如此，他虽然整天钻山入林，但水性奇好，堪比浪里白条。而且浪里白条只是水浒人物，无人亲见，泥鳅可不一样，他毕竟是大家身边活生生的真人。董家河下游有巨大的南湾水库，是治理淮河的系列工程之一。本来都是山，水淹过后，便出现无数的岛屿和半岛。孤岛上已无人家，但半岛中还散布着诸多村落，那也是泥鳅转战的牧场。多数半岛之间不通航，熟人亲戚朋友间如果需要传递点信息东西，经常会托付给泥鳅。他水性好到什么程度呢？单手在半岛间游个来回还是小把戏，要是心情好，他会游到汽船的航道上，当船员呵斥他避开时，忽然一头扎进水里，从左侧进去，再从右边出来，冲目瞪口呆的船员旅客摇摇头，兀自游走。

有一天，周瞎子到油坊榨油，碰见了泥鳅。泥鳅酒劲正浓，拉住周瞎子便不放手，非要算个命。周瞎子盯他看了一看，说你会淹死在董家河里。众人闻听大笑。董家河淹死孩子正常，淹死泥鳅，笑话嘛。泥鳅笑道要咒人，你也选个像样的咒法。生辰八字都不问，就敢信口开河？小心我砸你的摊子。周瞎子道你面相上都带着，不用问生辰八字。真要砸，也不劳你动手，五年之后你要是还活着，我自己砸掉不迟。

事后的第四年初秋，泥鳅果然在董家河里溺水身亡。蹊跷的是，他死时是站姿，两条腿钎子一般扎进砂质的河床，漂浮的头发在水面若隐若现。大家都说，周瞎子的摊位之所以能躲过派出所的炮火摧残，跟这也不无关系。

泥鳅死后也曾像溺水的孩子那样，脸朝下横放在牛背上，希望控出胃里的水。虽是徒劳，可家长们还是希望袁大个能牵着牛在镇街上多转几圈，以便警告不知深浅的孩子们。那个场面对我们而言杀伤力的确不小，可惜不能持续。如今我睁着眼睛潜泳，牛背上的泥鳅形象虽然历历在目，但我并不畏惧胆怯。仿佛那只是别人的节目，撑破天的热闹也跟我全然无关。

河水澄澈，近乎透明。幽暗中偶尔我流经水草，偶尔也有小鱼流经我，只是没有传说中请柳毅捎信的龙女。捎信的活计泥鳅最为擅长。我可是不行。大头让我给小四儿递信，我没有答应。我说你要是真想追人家，就得有勇气。难道不是吗？

大头拂袖离去，我愤而投河。那一年里，我恐怕是第一个下河的人。初下去时浑身一激灵。这正是我想要的效果。在此之前，我感觉身体几乎要被高温熔化，像太阳底下的冰棍儿。我伸直胳膊，全身成一字，穿越冰凉的水流，也穿越滚烫的时间。肌肤滑过水的柔软，不觉让我想起一个字眼，溶解。那想必是种美妙的感觉。说到底，人是在水中孕育生成的。所以泥鳅的结局谈不上好，但是也不坏。他的痛苦应该不长吧。

游回下水处，上岸后却找不到衣服和鞋子。谁偷走了我的衣服？哪个缺德鬼干的好事？我在风中哆嗦着刚喊两声，还没来得及拉开架势大骂，大头便由草丛闪出，笑吟吟地。他把衣服鞋子朝我脚下一扔，说真是个小炮儿！你说得在理，这事儿确实不能托人。我自己去说。

大头跟小四儿结识，缘于我的介绍。那时小四儿刚刚跟随父母搬来镇上。同班的男生女生间都没有正式外交关系，何况不同班。我心里一紧，手上的动作停顿片刻，然后又继续擦身子穿衣服。我说你要是真喜欢人家，就得对人家负责。我想你懂我的意思。我先撂句话搁这儿放着，你要是敢玩弄小四儿的感情，咱们就不再是兄弟！

我一边忙活一边说，眼睛并不看大头。仿佛这样便可以磨平言语上的暗刺。我本想把话说得和缓些，但最终却还是飞流直下。

大头微笑着不说话，掏出小刀，在右胳膊的伤口下边，慢慢地但是坚决地画了个十字。血涌出来，又将十字淹没，汪成小小的血泊。他皱着眉头维持笑容，不紧不慢地说我是真心的。我说到做到。

收拾停当，我们向镇街走去。转过河滩，贤弟突然入目。董红兵斜躺在如茵的河堤上，闭着眼睛玩弄小鸡鸡。面条已被他揉成油条。大头使劲盯着我，笑意若隐若现。那一刻，我前所未有地羞愦，间或还有些许恶心。它是如此的肮脏，我真恨不得借用大头的刀，割掉自己身上的同类项。我无比强烈地盼望自己身上压根儿就不曾有过这个物件，除非它真是老炮腰间悬着的手枪。

我上前猛踢弟弟一脚：董红兵，作死啊？滚回去！

9

我格外讨厌大头当时的表情。他实在不必如此。我如果愿意，有的是飞刀回敬。不过我这边只是弟弟，他那边却是父亲。有失对等，不好造次。

大头是家里的独苗，没有任何兄弟姊妹。这在当时非常罕见。人们都说，小核桃整天挥舞铁锤，看似强壮，实则糟糠。就像经冬的萝卜，表面是鲜萝卜，内里是干丝瓜。这怨不得别人，怪只怪那场离奇的饥饿。他能活过来，已经算是白捡一条命。

大头母亲的刀子嘴，将床笫间的机密慢慢泄露。小核桃只在铁匠炉边威武，在床上并不中用。董家河是女人的洗衣场，也是流言集散地。消息像被棒槌砸开的看不见的水星，带着些许口臭，溅向四面八方。好在如今十多年过去，此事已被彻底捶扁榨干，不复能引起兴趣。再说小核桃为人也是没得挑，热情知礼。虽然好喝两杯，但并不耍酒疯。对于这样的人，谁忍心一味刻毒议论？

我讨厌这些流言。因为小核桃跟我们家颇有渊源。他是我奶奶的干儿，也视奶奶为救命恩人。当年他已到鬼门关前，实在饿不过，胆大包天，要拔生产队的花生。说起来这事儿常见，孩子居多。大人一是不敢，二是不能。万一被抓住，不知道是多大的罪名。孩子终究好说些。再说他们正长身体，也不耐饿。他管不了这个主义那个思想，只知道饿了要吃。

结果小核桃被我奶奶抓了现行。当时她是民兵排长。要是顺手交给大队，那可有的是罪受。前两天大队部窗户上还拴过两个孩子，耳垂穿着同一根铁丝。大队书记说，叫这两个小坏分子打个电话，交流交流思想。学点好的，别老不上进。小核桃当然知道这事儿。因而我奶奶一出现，他立即跪下告饶，但嘴里顾不得说话，只是抢着嚼，生怕有人再从嘴里撬出一星半点来。奶奶说，当时小核桃嘴边糊着黑色的泥浆，黄色的花生壳，还有白色的汁液，她看着很不落忍，只有高抬贵手。

奶奶轻轻踢了小核桃一脚，说坏小子，还不赶紧滚蛋？就这一回，下次再叫我抓住，我跟你算总账！小核桃起身朝回走。步态颇为从容，根本不像逃跑。假如还有跑的力气，谁会前来偷盗？奶奶微微摇头，又喝道站住！随即把那蔸花生朝他脚边一踢，说花生秧别乱扔，听见没有？

这事儿当时都不敢说出去。形势过去之后，奶奶并未在意，但小核桃一直没忘，后来拜奶奶为干娘，每年正月初一都要正儿八经地前来拜年。初一初二拜父祖，初三初四拜舅舅。初一去拜年的，都是贵客，都要留下喝酒。董家河的习惯，可以从早上八点喝到下午五点，喝到后来，谁也说不清那究竟是早饭还是晚饭。虽有一大桌子菜，小核桃却还是要吃花生。他喝多之后会流泪，用两手跟奶奶比画数字：娘，那蔸花生没长熟，只有十九颗。十九颗呀，够了。那是我这辈子吃到的最美的佳肴。比猴头燕窝都美。吃过它，我这辈子就算没白活。

小核桃的口气，好像他真吃过猴头燕窝似的。每当这时，奶奶总会夺去他的酒杯，说大过年的，扯那些做啥？别喝酒了，喝点醒酒汤，赶紧回去吧。你家里也有客。

不过大人间的交情难以遗传，通家之好多是传说。我与大头结拜跟这全然无关。如果没打那一架，我们也仅仅是街上的熟人。如今既已结拜，小核桃是大头的父亲，当然也就是我的父亲，岂能说三道四。

10

以往都是三个人一块儿玩。如今大头已有计划，我理当后退半步。可尽管这样，他的攻势依旧不顺。我们的注意力转向小白，也是不得已。

小白比我们大好几岁，那时已经嫁人，但还没有孩子。这是桩军婚，对方远在新疆，是骑兵连的排长。小白的父亲老白据说曾是植物学家，打右派时下放的。后来勉强摘帽，但未能回去，一直屈就于林管站，当了多年的站长。小白的皮肤并不是很白，但模样很俊，外号真优美，借日本电影《追捕》中女主角的谐音。她话不多，待人接物时面带淡笑，但那种笑不仅不能拉近距离，反倒会产生拒人千里的效果。因为笑容里似乎总含有嘲讽，还带着莫名的凄凉。那是深秋里街后山上才有的味道。有一点点辣。

小白一家在林管站工作，也住在林管站的院里。院后的山坡，几乎被白家开辟成花园，种满各种各样的花卉。他们家的小院子也是如此。小白身上总有异样的香，不是各路雪花膏香水的味道，据说来自于她用花瓣配制的独特香料。

大头不知道是黔驴技穷，还是灵机一动，决定找小白要她传说中的独家香料，以此进攻小四儿。我说喜欢小四儿肯定喜欢，问题是你咋能搞得到。小白一家就像火星来客，在镇上生活二十多年后，犹是邻居们眼中的陌生人。那口过于标准的普通话，让他们接不到地气。镇上的人口音当然有别于农村，但在白家人跟前，那些原本透着神气抖着自豪的声母韵母，个个都干瘪下来，像屡战屡败的士兵又听到鼙鼓。即便吃着商品粮的镇上人，生活方式也类乎农民，邻里间少不了三碗面两瓶油的交情，白家却不。他们跟邻居的关系，多年来一直稳定维持在见面客客气气地打招呼的水平上，三尺竿头都不肯更进一步。邻居家娶媳妇嫁闺女老了人，请不请他们都要挠挠头皮。老白两口子还好点，小白尤甚。一个女孩子，身边几乎没有朋友，天知道她这二十年是怎么过来的。二十年啊。

林管站在镇街东边，跟畜牧站一个方向。大头拖着我，在周围转了不知道多少圈，方才找到破绽。小白养了许多花，在我看来跟后山上的那些差不多，天知道她哪儿来的兴趣精力每天侍弄。那天下了阵急雨，她急急火火地朝花房里搬花，正好被我们撞见。这可是难得的机会，大头立即拉着我上前帮忙。我们三人忙活好一通，才将它们安置妥当。

雨还在下。我们都淋得精湿。小白走进卧房换衣服，我们俩将衣服脱下使劲拧干，然后只穿裤子，光着上身。反正气温一天高似一天。

小白换好衣服，一边用毛巾擦头发一边跟我们闲话。大头小伙子的确是精神，身上的块块肌肉全都光明正确而且伟大，简直就像人体标本。他伸手接茶杯时，我清楚地看见了肱二头肌和胸大肌的运动曲线。白日的灯光下，运动的肌肉竟也能反射出温润的光。那可真是美，雄性的美。那种美令我自惭形秽。跟他相比，我简直就像个来路不明的物种，肌肉总体缺斤少两不说，偶有一两块能显现出来的，也是只能顾影自怜的段位，还不如没有。

很显然，这些小白也看在眼里。在那个瞬间，我感觉她的眼睛突然有光芒流出。尽管十分短暂。她在大头肩膀上捶了一拳，说一群小屁孩儿，转眼之间都长大了。

小白的拳头落下去时，我似乎听见大头的肌肉又一阵紧张。

大头说小白，你这种的都叫啥花？小白嗔道喊白姐！小白也是你喊的？我心里说还白姐，没喊真优美就不错了，但大头已经乖巧地改口。他笑着说好好好，白姐白姐。小白说都是一个品种，学名突厥蔷薇。

突厥蔷薇？这个名字闪电般令我心头一亮。亮光之下，有人身跨骏马疾驰如风，在草原上弯弓射猎。马蹄过处，溅起块块泥土，间或还有零落的花瓣。满含踏花归去马蹄香的韵味，但骑马者却又留着胡须，是少数民族。

小白说是西域品种，阿拉伯人传过来的。在河南移植成功，还是我爸爸的科研成果，他也是因为这个而被打的右派，后来又是反动学术权威。我说它有啥用呢？小白冲我嘲讽也是自嘲地一笑，说要是能实用，咱们恐怕也就不会认识了吧。

小白男人的照片挂在墙上。那上面的他身穿四个兜的干部服，腰挂手枪，骑枣红马，背景是连片的雪山，既威武又浪漫。但这只能远观，不能细瞅。因那人并不耐看。背景越美，反衬效果就越强。他是镇里的农村兵，提干后再回来，便开始说普通话。他撇腔，大家撇嘴。那身干部服上的四个兜，也不知道哪个兜里装走了小白的心。

大头看看照片说一年多没回来了吧。你咋不去探亲？小白说还一年多，都快两年了。他在部队当个芝麻大点儿的官儿，不是这事儿就是那事儿。好远好远，路上要走八九天，等颠到地方，我差点没晕死。高原反应。我忽然没头没脑地顺出两句唐诗：忽见陌头杨柳色，悔教夫婿觅封侯。小白看看我没有接腔，嘲讽地笑笑，兀自说道，他驻扎的地方，过去就是突厥人的地盘。

笑容逐渐隐去，小白眉头微皱，神情迷茫，如入梦中。未干的头发披散在肩上，散发出稻谷成熟的诱人气息。她虽然脸朝着照片的方向，但我敢肯定她看见的绝非照片，更非我们或者董家河，而是别的啥东西，比如突厥。

然而置身梦中的只是可怜的我，并非潇洒的小白。很快我就听见她对大头说道：我打算今年去探亲。八月份最好，瓜果都上了市。这些话好像不是出自她的口唇，而是胸脯。我真切地听见了那里的微微颤动。从我的角度看过去，她跟窗户上的那盆花几乎三点一线。雨天的幽暗披满全身，她的牙齿因而越发洁白，是那种从小就用牙膏早晚各刷一遍的颜色。在董家河，只有被河水冲刷过不知几百年的石头，才会有这样的色泽。它温润湿滑，没有贼光。小白，原来这称呼跟她也是相配的。怪不得真优美这个外号没有流传开来，只有我们叫。

除了牙齿，小白身上最亮的是轮廓线。轮廓最外侧的部分颤动最为明显，我想这符合物理学的原理。力臂。我盯着那些颤动，发现它跟水珠从花瓣上滴落的声音共振。窗户上的那盆花开得正旺，朵朵花瓣都精神抖擞，团成丰满的圆球。因刚刚淋过水，淡红的颜色让人想起陈旧的门画，而从花瓣上缓慢滴落的水珠，也会强化这种印象。我感觉它们，我说的是每一瓣花朵，都是那么的楚楚可怜。我恨不得起身过去，轻轻为它们擦干泪水，但又担心下手太重，会将它们伤着。它们会像含羞草那样，碰一碰就缩回去吗？难说。

水珠滴落应该是清脆的。我能听到也能看到。如此悦耳的声音，只有小白那样的牙齿轻叩，才能复制。

11

最终小白并未去探亲。夏天过去她还没动身，那就只能来年再说。新疆的冬天能杀人。

12

那以后我再也没进过小白的门。每次在街上遥遥看见或者偶遇，我心里总会奇怪地漾起为她庆幸的感觉。去新疆的旅途劳顿，竟被无端放大为探龙潭驱虎穴的冒险。仿佛新疆不是新疆，已经被敌国占领，比如突厥人。

其实我想起小白的次数，远远不及想起她男人的照片。我是为那匹枣红马感觉可惜。如此潇洒帅气的一匹战马，主人竟然是那副德行，真可谓遇人不淑。论煞气，老炮可以骑；论英俊，大头可以骑。当然，最好是我来骑。因为老炮已有手枪，大头已有小四儿，而我只有贤弟。

13

原来小白的香料，就是用突厥蔷薇配制的。为了搞到这个独门暗器，大头经常过去帮她打下手。这种私事，我当然不便掺和。时间一长，他终于赢得小四儿的芳心。什么香料，简直就是迷魂药嘛。当大头向我告捷时，我心里这样想。我注意到，大头的语气颇为滞重，并无得手之后应有的得意。仿佛那是一场皮洛斯式的胜利，他已经满怀疲惫。我问他咋回事，他严肃地答道责任啊。既然人家已经答应，我就得负一世的责任。这可不是儿戏。闻听此言，我心里立即漾起不祥的预感。我说你究竟咋着她了？大头顺手捅我一拳：你脑子里都想些啥呢？你把我当作啥人了？我清清嗓子，说你们，你们接吻了吧？大头坚决地摇摇头，亮出那两枚青春的勋章，说我是认真的。我只在看电影时拉过她的手。两次。我绝对不会越轨，做对不起人家的事。我坏笑道，是被拒绝了吧？我还不知道你？大头也笑道流氓！你滚！

大头胳膊上的那个十字很淡。到底是自己动的刀。

既然人家已经成就好事，我就只能从他们的轨道上自行脱落。大头偶尔来找我，坐不多久便魂不守舍，仿佛屁股下面不是椅凳，而是他令尊大人的铁匠炉。我很少问他们的事情，但有时他会主动跟我说说。那些青春的伤痛与烦恼看似天大，实则针眼。人人都知道，也就没有复述的必要。对我来说，那段时间里最重要的事情不仅有大头和小四儿确定关系，还有小白的突然怀孕。

小白被人发现怀孕，已是次年春天。冬衣再也无法提供掩护，她的身子日渐明显。水落石必出。得知此事，我的第一反应是惊惶。仿佛那些隐秘的梦，突然被呈现于舞台。我做过多次大同小异的梦，骑着枣红马，纵横在篮球场上。过人，突破，上篮。杀得兴起，篮球场突然变成无边的草原，马蹄溅起泥土，穿越如海的突厥蔷薇。颠簸之中，枪套不断击打着我的屁股。然后手枪突然进入裆间，枣红马慢慢变色，先变成白马，再变出人形……

再然后，就是冰凉黏稠的惭愧与沮丧。

我的惊惶只是我的惊惶。镇上的反应你尽可想象。女人在董家河边洗衣服时，棒槌挥舞得格外来劲。那些七嘴八舌的议论，简直就像劳动的号子。小白并非一般人，军婚是受法律保护的。不是有老古话说嘛，老虎的屁股摸不得。换作别人，大家只能背地里指指戳戳，但搁在小白身上不行。事关重大，老炮必须介入调查。这是他办的最后一桩案子，结案之后他便退休进城，我爸爸也算熬出了头。

结果再度震动全镇。肇事者竟然是向来和气温顺的小核桃。老炮的确有煞气，他一出面，小核桃便主动投案，乖乖承认是酒后强奸。如此这便不是强烈余震，而是老鼠拖木锨大头在后面。不是都说小核桃不中用了吗？看来种子没问题，问题出在地力上。不过他中用与否已不重要。搁在平时他或有活命的可能，“严打”期间只能是杀无赦斩立决。在子弹跟前，谁能中用？

大头的慌乱不难想见。我感觉他的肌肉已经失去运动机能，因他似乎只剩下两样动作还会，叹息与落泪。那段时间我在他跟前满心愧疚，为过去暗含的嫉妒。某日我费尽唇舌地劝慰半天回到家，刚进院子还没进堂屋门，忽然听见周瞎子的声音。他在跟奶奶说话。他说吃啥补啥。毛病出在脑子上，你说补啥吧。我立即明白说的是贤弟。他的脑子的确得好好治治。再不抓紧治疗，一辈子都得完蛋不说，还会连累愚兄我。道理再简单不过，只有傻瓜才会愿意要个傻瓜当小叔子，而我并不想讨个傻瓜当老婆。且慢，就是聪明人我也不会娶来当老婆。老婆，这是我所知道的世上最俗气最恶心最没劲的字眼。你就想想小核桃的老婆在董家河边议论自家男人的样子吧。如果有那么一个合适的姑娘，她可以做我一生的女朋友。

奶奶似乎没有搭腔。周瞎子说人家点头同意才有效。要是人家不情愿，多半没用。你想想，那是脑子啊，任啥心气全都带着。奶奶叹口气道，死马当活马医吧。只能这样，尽尽心。周瞎子说这叫啥话。只管听我的，保准没错。一切都在命里运里。奶奶说我可咋开口呢？六九年那阵子都是用刀枪逼人家，我可没那样的本事。周瞎子轻轻一笑，说逼人家点的头都不作数。你又不是不知道，杨秃子他爸吃过几副烤肝，最后不还是肝腹水死的嘛。你就放心去吧，你一开口，保准能成。奶奶沉吟片刻，说这事儿不能张扬。他爹妈都不能叫知道，要不准得坏事。

14

那年月枪毙犯人都是打脑袋。据说是炸子，子弹进去后会爆炸。这样安排的目的，大概是为了以儆效尤，杀鸡骇猴。幸福是世上的稀缺资源，一人的幸福总要建立在别人的痛苦之上。区别只在于有些人知道痛苦者为谁，有些人不知道；有些人是成心，有些人则是无意。比如行刑，就是旁人的节日，类乎赶集。人人都想去看热闹，政府也鼓励。要是摸黑进行，震慑何从谈起？

遗憾的是，我不能去。我得陪着大头。毕竟结拜过一场。这也是考验情谊的刀口。

虽然未曾亲见，但情形我还是能知道。董家河么，小地方，新闻会像空气那样自然流动。大家都说小核桃像条汉子，敢作敢当。他鼻尖微红，满脸微笑，看来是喝过酒。这一点后来被父亲证实。本来长生饭断头酒之类都是封建残余，新社会不兴的。但小核桃执意要，经过父亲转圜，上头也就点了头。他没要别的，还是六毛八一斤的散酒，外加花生米。

刑场设在下游的河滩里。上了刑场的小核桃似乎突然长高了几寸。原来他过去从未真正直过腰，如今方才挺起胸膛。他眼睛不住地左右扫视，似乎在向熟人一一告别。在此期间，他一直面带微笑。也不知道是笑人还是自笑，更不知道是真笑还是笑容已被冻僵。但无论如何，那种舒展的神情，让大家都感觉他要是还能活下去，那么小核桃这个外号就应该换掉。

原来即便小核桃，也是能舒展开来的。

大头的家人都没法去看，事后人散了才去收的尸。她刚刚当上主任的母亲一边走一边哭喊冤枉，好像还真有个青天大老爷似的。要叫我说，小核桃一点都不冤。对面毕竟是小白。

当夜我回家很晚。此前我一直在大头家，帮着料理丧事。虽说是枪毙，但还是得送葬。响器班子吹鼓手固然不好闹出太大的动静，但礼节习俗还是不能省略。这就要人帮着张罗。我本来犹豫着该不该自告奋勇，但奶奶竭力鼓动，我只得全心投入，不出声地忙里忙外。不看小白，只看大头吧。跟别人一样，小核桃的裤脚也扎着口，以防大小便失禁，有碍观瞻。脱下裤子换寿衣时，我们发现那里面干干净净。这一点我可以保证。当时小核桃光着脚，鞋已经被开枪的警察脱下来，远远地扔掉，免得他的魂追人缠人。虽然我们都不大相信这一套，但既然有这风俗，又为什么不呢。

送小核桃上山时，有两个孝子。一个是大头，另一个是董红兵。不知道啥时候，奶奶叫董红兵认了小核桃干爹。这让我心里大为轻松。在此之前，我一直为戴不戴孝而焦虑。我跟大头是真正结拜过的，还喝过血酒。因城里的关帝庙早已拆毁，便在野外磕头拜了天地。烧的纸上写有这样一副对联：

同心同德同肝胆，结仁结义结金兰。

很难说清让我非得拉大头结拜兄弟的终极驱动，是他挨的那一刀，还是这副对联。我已经忘记是从哪本武侠小说上趸来的字句，只记得当时它们令我浑身发抖，恨不得立刻拔刀上战场。既已结拜，理当服孝，但这事儿大人并不知道，而且小核桃又是这样一种死法。如今有贤弟代劳，甚好。

15

事后不久，大头没有再等招工接班的机会，坐火车南下去了广州。据说那里遍地黄金，是片热土。正巧老炮卸任，要进城休养，行前我们家请他们吃饭，算是送行。饭桌上闲聊说起此事，都感觉不能理解。

妈妈问我道，大头这是犯了啥毛病？金窝银窝，不如咱的穷窝。广州两眼一抹黑，他能混得上饭吃？

老炮穿着便服。但穿着便服的他依旧满怀煞气。我总是不由自主地朝他腰间看去。仿佛那里还悬着牛皮枪套。当然，那是没有的。所谓解甲归田，不过如此吧。我从老炮腰间收回目光，对道事先也没跟我仔细商量，我哪儿知道。他大概是没办法吧，觉得在镇上抬不起头。说这话时，我心里的感觉很怪。好像我在其中有着莫大的干系。

奶奶说，我还受托照顾人家呢。小核桃这辈子，咳！都是命。谁叫他整天念叨花生米的好呢。

民间俗语，花生米是子弹的代称。此时没资格上桌的贤弟，忽然又从旁边斜插一杠子，又是一鸣惊人：小核桃，聪明！

奶奶一怔。她看看我们，然后沉着脸冲董红兵喝道，小核桃也是你喊的？再这样，我撕你的嘴！

爸爸拦下董红兵，将他扳过来浑身上下使劲搜索，满眼狐疑。他仿佛不敢相信，这话出自董家二公子之口。不仅爸爸，我也感觉太过新鲜。

爸爸说小核桃聪明，谁笨蛋？

董红兵环顾四座，最后右手比画着手枪的样子指向爸爸：你！哈哈。

老炮眉头一皱。看来不大适应我贤弟的魏晋风度。他一把抓起专门给他准备的大葱，像舞弄张飞的丈八蛇矛那样，蘸点酱便大口大口地猛嚼，一边嚼一边说，老子英雄儿好汉，老子瘪影子儿瘪蛋。那小子一看就不像个有出息的样子。这回算是彻底毁了。

南甜北咸西辣东酸。淮河是地理上的南北分界，武胜关是军事上的南北分界，有了它们，信阳只能是中原。虽则如此，信阳的口味还是偏咸，也习惯吃辣。问题是我们吃辣只是炒菜放辣椒，并不生吃葱蒜。老炮这简直是异域风情。看着他嚼葱时的生猛，我不觉又想起小核桃吃花生米的慢与细。

大家都没说话。老炮嘎嘎吱吱的咀嚼，越发清脆。嫩白的葱段一点点消失，末端慢慢幻化出一个字眼：害虫。那一刻，我很有些兴奋。只可惜他马上要进城，这个外号没用。而且它如此书面，也缺乏足够的流传性。

16

大头一去再无消息。他可能跟小四儿通过信，但内情小四儿从未说起过。两年后，小四儿成了我的女朋友。我多次试图吻她，结果吻到的总是她的手掌，上面带着淡淡的香。我说眼看就是九十年代的新青年，你咋还恁保守？你跟大头，就没有过？小四儿用指头使劲戳了我一下。她的指甲可真是尖。她说大头比你实诚得多。人家从不胡思乱想。他就拉过我两次手。两次。我说骗谁呢，你这不是污辱我的智商嘛。小四儿突然眼睛一红，连连摇头叹气道唉，说起来，也可能是我害了人家。

那时小四儿已经忘记阻挡，我本可乘虚而入，但她那种神情如此索然寡味，我顿觉骑虎难下。此时再吻已无意义，可要不继续推进，先前种种火急火燎的表白又不免涉嫌伪造。出于礼貌和道德自保，我只能吻了她。考虑到此乃初吻，我实在是羞于承认。

又过了几年，我在县文化馆没正经事儿做，只好胡乱写小说混日子。那期间大头突然回到董家河，给父亲重新修了坟。那是我见过的最气派的坟墓。前面竖起墓碑，挖出九层水泥台阶的墓道。坟包垒得高高的，周围也用水泥围了一圈，看来这家伙是发了财。发达之后的他好像忘了结义兄弟，并没有到文化馆来找我。尽管火车站就在县城，他来回必须经过。

小核桃行刑之前，小白一家便悄然消失，据说是调到了东边的息县，反正镇上再也无人见过。他们走得急，那么多花没法带走，都被邻居们你一盆我一盆地瓜分。

将近三十年后，我带着几个外地朋友到董家河探幽寻胜，中午在董红兵开的农家菜馆吃饭。菜馆就在先前杨秃子豆腐坊的位置上，生意不错。我这位贤弟是典型的后来居上，比他写小说的愚兄滋润许多。不知道这能否说明商业成功与智商无关。他还是像往常那样话不多，好处是脸上总有微笑，便于生财。我结婚——当然，妻子不是小四儿——那年秋天，慢慢恢复正常的贤弟也娶了个农村女孩儿。彼时红皮粮本已基本作废，城镇户口无非是手中的活络钱多点，不像农民那么遭罪。婚后不久，小两口便开始摆摊做小买卖，直到如今。

不到三十年，我和董家河俱已老去。尤其是董家河，竟已老得流都流不动。河水几似泪水，水质也不再清冽，我甚至无法用它照出自己的白发。镇上的老房子基本都已拆掉，到处一派崭新，空气中溢满油漆的味道。

菜馆是座三层楼。前窗看水后窗看山，风景不错。同行者有两位女性。其中一位悠然见后山，忽然发现了那片花海：那是什么花？好漂亮啊。

我当然知道那些花一直执拗在高处，不肯老去。我只是不知道，它们最终是否会老成化石，比如望夫岩之类。走到窗边极目看去，无尽的铁轨隐没处，花朵开得正艳，红白相间，浓淡搭配。此时阳光一闪，耀了我的眼睛。这光亮突然让我想起那枚五分硬币。

顿了一顿，我慢慢答道：都是一个品种，学名突厥蔷薇。

屠夫·少年·狗

1

沉闷的金属声夹杂着笑闹，不断从几十步外传来。不用看我也知道，小金和小春坐在拖拉机的驾驶座位上，后面的拖斗里还有一群。一定是小春，费力地张开两只胳膊，就像小鸟伸展着翅膀；上身前倾，屁股后撅，身体弯得像块半月。只有这样，他的两只手才能同时抓住驾驶把。小金呢，一定站在小春旁边，或者也坐着半边屁股，手里拿根木棍，使劲敲打拖拉机头，发出的声音陈旧而且潮湿，带着发霉的味道。

小金一边敲一边吆喝：驾，驾！吁，吁！喔——喔！好像他们脚下不是队里的拖拉机，而是那条叫鼓眼的母牛；他也不是小金，而是小金的爷爷。

多好玩啊，可我却只能做出一点都不稀罕的样子，带着刀龙，不远不近地躺在草垛跟前。月亮好圆，像块月饼。不，不像月饼，月饼没有这么白的；那就像面镜子吧。可是，娘的镜子，背面可比月亮好看，一个胖娃娃，左手举朵荷花，右手抱条红鲤鱼。

想到这里，我心头突然一颤。就像秤钩子上的东西太重，秤杆猛地一翘。娘。娘。我轻轻张开嘴唇，试图用牙齿和舌头，体味这个字眼的温度与湿度。可它就像夹在课本里的一枚枫叶，再多的努力也无法抵达那些干燥与枯萎。枫叶被吸收掉的水分在我眼底慢慢蓄积。我突然想起来，月亮不是别的，就是颗泪珠。嫦娥仙子的泪珠。姨奶说过，她就住在月亮里面。嫦娥仙子长得什么样呢？我无法想象她的容貌，就像无法复原记忆中娘的脸。

在所有的梦中，我都没看见娘的面容。

我伸手摸了摸刀龙的脑袋。这条老狗，毛又乱又粗，扎手。可我还是摸了又摸。刀龙温顺地把脑袋贴在地上，摇摇烂笤帚一般的尾巴，溅起热辣辣的狗味儿。

月光像雾气一般，漂白了黄色的稻草。一块黑云慢慢接近月亮，可月亮反倒更加明亮。突然，刀龙猛地抬起前半身，耳朵直竖起来，眼睛瞪得溜圆，低沉地呜了一声。那样子威风极了。评书里带兵出征的将军，想必就是这个模样吧。

有人来了。稳定是王老二。不用看我也知道。

果然，王老二踉跄的脚步，踢踢踏踏地由远而近。村里的孩子，无论多调皮，全都怕他。包括小金和小春，那样能赖上天的家伙。只有我不，一点都不。

刀龙的头一抬一抬的，像跟谁说话；右前爪一伸一缩，似乎想拿什么，但又没想好。警报越来越明确，呜呜声越来越高。等王老二拐了弯，趔趔趄趄地过来时，它便嗖的一声蹿起来，跳到一旁，低着头，冲他发出连续的狂吠。

没错，刀龙也怕王老二。不光刀龙，村里的狗都怕。

王老二呵斥刀龙一声。刀龙转转头，并不逃走。王老二摇晃着来到跟前，说，小侉子，恁晚了还不回去，不怕狼巴子吃了你？我头都没抬，说狼巴子来了也不吃我，先吃喝醉的老蛮子！王老二哈哈一笑，一屁股撂倒在我旁边，说好小子，果然有种！喏，尝尝吧。

王老二从兜里摸出一样东西递过来。好香。我犹豫着没有伸手，尽管我知道那肯定是好东西。

接着呀，傻货！

我还是没反应。

看看，说你有种，原来还是个胆小鬼。你也怕我，连我的东西都不敢吃?！

这叫什么话。我一把夺过来，就塞进嘴里。原来是猪肝。哎呀，又香又面。有点像炒熟的板栗。当然，比板栗好吃。

王老二一定笑了，因为我看见了他的牙齿。很白很白，不像别人，都是黄板牙。他说好吃吧。我说嗯，还中。王老二说好吃就是好吃，不好吃就是不好吃，还中是啥意思？你到哪儿，就得学着说哪儿的话，要不别人能叫你小侉子，都不跟你玩？我心里一动。小金他们的笑闹，突然间又是一亮。就像夏天，老天爷下雨之前扯的闪。

我一撇嘴，说我才不稀罕和他们玩呢。我有刀龙！王老二叹口气，很累的样子。油腥味越来越重，我突然想起小金他们说过，王老二身上带着很多刀，不单杀猪，还杀不听话的孩子。那些刀快的要命，嗖的一声下去，你根本感觉不到。摸摸身子还在，头已经滚出老远。

你真有很多刀，很快很快的？我伸手拍拍王老二的皮兜。

你自己摸摸看嘛。王老二把包朝我跟前伸伸。

原来油腥味都是从这儿来的。我打开皮兜，只见里面插着五口刀。最外面的那个好丑，又重又笨，样子跟姨奶切菜的差不多，但是比那大。我最喜欢正中间的那个，又小又尖，拿着正称手，就像是专门给我做的。

月光下，那口刀闪着水一样的寒光。伸手试试，靠近刀背的地方，有条深深的沟。我正要问问，沟好干什么用，机房那边的喧闹，突然急促起来。

王老二乎腾一下起身，直奔机房而去。他不再摇晃，脚步平稳了很多。一边走，还一边嘟囔：这帮小混账，打坏拖拉机，算谁的？

说不定已经叫他们弄坏了！我说着话，也忽的一下爬起来，招呼刀龙一声，捏着那根尖刀，跟了上去。

后面的孩子看见王老二，笑容刷拉一声冻僵在脸上，话也全部卡在嗓子眼里。小金和小春还在比画着开车赶牛，声音激荡着月光下的墙壁，异样的孤独。很快，他们发觉了什么。一扭头，随即嗷的一声，跳下拖拉机，就从后门蹿了出去。出去之前，还特意看了看我。我假装啥都没看见，把刀抬得高高的，手指飞快地在刀背附近的那条沟上摩挲着。

2

土地在震动，随着他们杂乱的脚步。震动不在耳朵上，而在我心里。就像黄鹂突然起飞之后的枝丫，不停地晃悠。

但我故意闭紧眼睛。假装听不见刀龙的提醒。

小金他们在我跟前停下。刀龙退后几步，发出轻轻的呜呜声。闭着眼睛，我也能感觉到他们的身影。眼皮颤抖得厉害，抖着抖着，就露出一条缝，漏进来许多模模糊糊的图像。

小金蹲了下来。刀龙突然大叫一声。我还是不睁眼。小金伸手推推我，说起来吧，别装了，我知道你没睡着！小春说就是，你又不是聋子，刀龙叫，你总该听到了吧？

我忽的一下坐起来，冲得小金一屁股歪倒在地。

人家睡得好好的，惹你没有？

小春不知道怎么改了脾气，一点都没赖。他朝我伸出手，笑着说走吧，咱们一起玩儿，开拖拉机！

我迟疑着抓住小春的手。他一把将我拽了起来。这家伙，劲儿就是大。幸亏那回没真跟他动手。要不，可够我喝一壶的。

我坐在中间开车，小金和小春一左一右，像电影上的警卫员。别人都没资格上前，只能进后面的拖斗。拖拉机稳定比小金的爷爷还老，发出一股沉重的混着机油气的锈味。座位也破了，这里那里，露出一圈圈锈斑很厚很厚的弹簧。我开着开着，突然就没了兴趣。是真的，一点兴趣都没了。

开呀，你咋不开了？小金和小春看着我，满脸的失望。

这有什么好开的，一个破拖拉机。我坐过吉普车，比这得劲儿多了！我本来还想说，是跟爸爸一起坐的，想想又掐掉了。

那我来开！一个小孩儿从拖斗里站起来。

滚走滚走！小春看都不看，一把推开那孩子，对我说你真一点都不怕王老二？小金也赶紧凑过来，说他到底有几把刀？

我两腿搭到扶手上，身子朝后一靠，说他有什么好怕的？他是公安局的吗，能给人戴手铐吗？他那些破刀，又重又难看，管什么用，人家公安局的，嘣，一枪就完了！

说到公安局的，我突然想起了娘，心里不觉一阵冰天雪地般的寒冷。

你拿的那刀厉害呀，是小攮子。一刀攮进去，猪就咕咕嘟嘟地放血！小金的手使劲一挥，做了个戳的动作。

小攮子上有道沟，就是放血用的！小春不等话音落地，就接了腔。

我心里一动。他们是怎么知道的？不过我可没问。我慢悠悠地说，既然你们都知道，那干吗还要问我。

可是我们没摸过呀。有多快？小金看看小春，小春也看看小金，然后两人同时说道。

多快？这么轻轻一下，你就得弯腰去捡手指头！

啊？他们轻轻一阵惊呼。

小春摇摇头，说怪事，你咋就不怕王老二呢？我瞥了小春一眼，没搭理他。小春勉强笑了笑。旁边一个孩子也笑了。小春挠挠头，使劲推了那孩子一把，好险没把他放翻。

我们或蹲或坐，倚靠着草垛。大家都没了话，像风一点点地停下，直到树叶子都一动不动。那种感觉很奇怪。过去就我和刀龙，经常这样的。你想想，我一个人能说多久呢？可是现在，我突然就感觉到了压力。仿佛都是我的错。我拽出一根稻草，放到嘴里嚼嚼。干的，没一点汁水，但有一丁点稻子的味道。

我扑哧一下砸在草垛上，说咱们去看画画吧？小金和小春的脑袋猛地转过来，说哪儿有？我说宝生家。小金脸上的表情像夕阳一般凋落，说人家锁着门呢。

这个时间，宝生一定拉着满车的石头，低着脑袋，俯着身子，费力地爬坡，连驴都顾不上吆喝。快过岭要多难爬，就有多难爬。那回姨奶领我去南湾，回来时正好碰到宝生，搭了他的方便车。从快过岭上下来，他刹车刹得直冒火星，风还呼呼地吹得我脸生疼，眼睛都不敢睁开。

这可是下坡。上坡有多难，你想想吧。

我冲小金挤挤眼，说不怕，我有办法！说完两手朝地上一推，站起来，拔腿就跑。一边跑一边拍屁股。刀龙赶紧跟上，夹着尾巴，四只爪子一伸一缩，刨起点点烟尘，很快就超过了我。

转个弯，就要拐进村子时，闯入我们眼睛的，除了熟悉的山水树木，还有个不怎么熟悉的人影。小郭。那是个好看的女人，王老二几年前刚娶回来的。我不明白，村里人为啥都说她神经病。我怎么看也看不出来，她跟别人究竟有什么区别。除了她满脸的笑，和满口的南腔北调。说起来，她才是真正的南蛮子呢。

小郭右腰边夹盆衣服，身子歪向左侧，朝河边走去。看到我，她还是笑吟吟地打招呼。小侉子，慢点啊，小心摔掉大牙！要搁别人叫我小侉子，我肯定会生气，但是小郭叫，不一样。我笑笑，忽然有些害羞。脚步慢下来，先是扭头，后来干脆转过脸，倒着向前。小郭也停住脚步，侧身看着我们，脸上的笑容就像天边的火烧云。

慢慢地，火烧云的色彩黯淡下来。一声悠长的叹息，锥子一般穿透我们散乱的脚步。那种记忆是如此的尖锐，但后来再想，却怎么也想不明白，它究竟真实发生过，还是我的错觉。你知道，那段日子里，我老是搂着臭烘烘的刀龙晒太阳，整天地胡思乱想，后来还生了一场大病，好长时间神志不清。

3

宝生赁了七奶奶的旧房子，拉石头卖给水泥厂。门上着锁，可是锁条很长，门缝对我们来说，足够大了。我第一个跑到门口，使劲撑开门缝，心里怦怦直跳。不过我一点都没表现出来。我看都不看小金他们，跨过门槛，就朝里钻。他们俩站在旁边，帮我撑着门缝。可再怎么撑，也就那么宽。不是挤了前胸，就是压了后背。当然，真要想进去，总是能的。你不想想，我是谁。

里面很暗。那种感觉我很喜欢。心里小鼓直敲，脸上有点发烧，手微微打战。老半天后，才适应里面的光线。除了床铺炊具，就是两捆稻草，一个驴槽。槽边上沾着星星点点的麸皮和米糠。它们混在稻草中搅拌过，打湿了再风干，散发着沤烂的气息，与驴身上的臭味。

两捆稻草，不够驴吃几天的。宝生又该买稻草了。

我们故意用颤抖的声音，压低嗓门说话。不像偷东西，倒像做游戏。只有这种音调，才适合当时的氛围。我找了半天，都没找到画画。奇怪，那本画画，他给我看过的呀，叫《虎牢关》。三个人围着一个人打，连毛胡子圆眼睛的叫张飞，大胡子叫关羽，中间那个人是吕布，他最漂亮，脑袋后面插着雉鸡翎。

提起枕头，画画掉落下来。捡起来一看，没头没尾，缺胳膊少腿。这个混账，肯定撕去擦屁股了。我恨恨地扔下画画，走到灶台跟前，掀开盖着的碗，是半盘剩菜。没一丁点青菜，就是干炒的千张豆腐。抓几条尝尝，凉冰冰的，但是嚼嚼，有点香。越嚼越香。可惜嚼不了几口就不能嚼了，除非你嚼牙。

大家一哄而上，盘子很快就见了底。还能干吗呢？这个破旧的小屋，是那么的小。我随意推开被子，发现了一块新纱巾，桃红色的，叠得方方正正，用纸包着。我顿时来了兴趣，把纱巾朝头上一罩，装出女人的样子，惹得大家一阵哄笑。

突袭行动，关键要快。我们很快就撤离了宝生家。推一阵铁环，打一会儿三角，比一回弹弓。我感觉越来越没意思。柿子树林也提不起情绪。小金和小春他们已经忘了我，尽管我就在旁边的一棵树上。我看着他们一直咧着的嘴，猴子一般的动作，突然觉得他们仿佛坐在船上，正随风而去，越来越远。那些欢快的笑闹，风一般从耳边刮过，但我却无法伸手，将它们一把抓住，然后安到自己的身上。这一切，都像是从反面看的模模糊糊的电影。或者倒过来，我在电影里，他们在荧幕背后。

小金！小金！神哪儿去了？吃不吃饭了？快滚回来！是小金的娘。小金愣怔片刻，赶忙答应一声，对我们做个鬼脸，抓起自己的铁环，摸摸口袋里的三角，跑了。他不怕他爸，就怕他娘。然后是小春。然后是别的孩子。反正那些有娘招呼的，都走了，只剩下我。

不，还有刀龙。

我闭着眼睛，躺在树杈上，眼前满是炊烟的味道。温热的白净的淡淡的香味。就像刚蒸熟干饭，你猛一下子掀开锅盖。可是不，它不全是这样的。刚开始它会熏人，柴火还没烧起来的时候。能熏出你的眼泪。就像现在。泪水盈出眼眶，我便看见了炊烟的脚印。它拐着弯转着圈地朝天上爬。起初有点乌，后来白成一根直棍。它就是夕阳的尾巴。还没爬到山顶，它们就累了，散了，淡了。那一刻，它们是不是到了家？我不知道。我只知道，小金和小春不是反面看的模糊电影。如果是，那我们大家都是。我感觉到，刚才他们占据的地方，如今都被另外的某些东西占领。它们沉重地逼过来，让我喘不过气。

这时，刀龙冲着路短促地叫了一声。是小郭。在她那向左边倾斜得更厉害的背影上，我分明看到了真切的笑容。

4

那棵柿子树前面，就是王老二的草垛。小春的情报证实，敌人防备空虚，王老二背着皮兜下去了。不是杀猪，就是劁猪。我们是大部队，还能怕小郭？一捆稻草，宝生愿意给一毛五，一毛也行。这样，只要两捆，我们就能买本新的《虎牢关》，还剩下几分钱。

说起来都怪刀龙。我们两三个人拖一捆稻草，刚下到路边，正赶上小郭出门。我们赶紧学电影里解放军的样子，卧倒在地，用稻草捆子，或者石头树木做掩护。可就在这时，刀龙偏偏叫了一声。

哪一个？谁？小郭的外地口音，简直就像爆竹一般尖锐。大家趴在地上，一动不动。我把脑袋埋到胳膊后面，好像那样，就能躲过危险。

小郭摸索着过来，走走停停，一边走一边问谁？谁在那儿？再不说话，我拿石头砸了啊。大家忽腾一声，爬起来就跑。刀龙跟着他们跑了几步，见我没动弹，又折转回来，使劲嗅我的裤脚。我也想跑，可就是跑不动。小郭脸上皎洁的笑容冻僵了我的腿，热昏了我的脑袋。

月光里漂浮着小郭身上的胰子味和皂角淡香。我依然埋着脑袋。她摸摸我的后脑勺，刀龙随即威胁一声，后退半步。小郭呵斥一下刀龙，说小侉子，一定是小金和小春的鬼主意，对不对？我点点头又摇摇头，迟疑地说嗯。哦不，偷稻草是我的主意。偷你们家的稻草，是他们的主意。小郭说好样的，敢作敢当啊。你们偷稻草干啥子？你们家的不够？说着话夸张地拍了我屁股一下，不像惩罚，倒像奖励。我说卖给宝生喂驴，好买画画。小郭犹豫片刻，说，那也不能偷东西呀。小偷才偷东西，你是小侉子，又不是小偷！说到最后，她又笑了起来。那一瞬间，月光似乎明亮了许多。

如果不是被小郭俘虏，我恐怕永远不会踏进她的家门。村里的大人孩子，没谁去过她家吧。不知道为什么。说起来，连她的名字都很奇怪。她虽然比王老二小很多，三十岁总有，反正比幺表叔大，可村里无论大人孩子，人前人后，都管她叫小郭。没人称她姐妹或者嫂子。这可不是村里的习惯。

院门前碰到一个女孩儿。王老大家的。王老大的女人一口气生了七个，没一个男孩儿。后来他女人恨得拿起菜刀，要切自己的肚皮。她说老天爷，你怎么还让我生呢？我生够了，下辈子都不想生了！

小郭的家像她人一样干净。说实话，整个村子，没几户能比姨奶家更干净。一有空，她就不停地拾掇，比大姑娘小媳妇都讲究。可她家再干净，也不如小郭。她的家就像她的笑，让人舒服。怪不得王老二浑身上下，也拾掇得那么整齐呢。衣服鞋子也破，但都打着补丁。找不到破洞，也不见汗迹。真的，我想不出来，村里的男人，有谁比王老二拾掇得更利索。就说幺表叔吧，还没接新娘子，论理最该讲究，可你瞧他那样，哪能跟王老二比。

我盯着小郭的脸，其实是看着她的牙齿。好白呀。又整齐。我甚至想伸手摸摸。你怎么不跟王老二离婚呢？我突然没头没脑地扔出来一句话。笑容立即在小郭脸上立定。她说你也讨厌他？他还觉得跟你对脾气呢。你说说看，他哪里不好？这问题可问倒我了。我哪儿知道村里人为啥都不喜欢他。说他狠，从来不见他打骂孩子；说他丑，他可比王老大强多了。王老大一辈子抬不起头，不是因为家有七仙女，而是因为后背上的大包袱。他是个驼子。王老二虽然个子不高，可模样没毛病，甚至可以说好看。因为他干净么；说他凶，他又经常给我块猪肝或者口条尝尝。

我为什么不喜欢他？为什么？天知道。

因为你比他小，比他漂亮！过了老半天，我才挤出这句话。小郭一听哈哈大笑。她笑得真是开心，后面的大牙都露了出来，不如前面的白。她拍打拍打胸脯，说你不是小侉子，你是小鬼子！你笑死我了！屁大点孩子，你都跟谁学的？

小郭的笑一点点地褪下，像深秋的河床。她仰起脸，向空中叹口气，说他人挺好的，只要别喝酒！

银，银！外面忽然有人叫我。是姨奶。紧接着，刀龙也喔了一声。我立即站起来。小郭也赶紧起身。奇怪的是，她的样子既紧张又不安，好像做错了什么。我马上想到了路边的那两捆稻草。要是叫姨奶知道，我屁股不发烧，脸也得发烧。

稻草，稻草。我比画半天也没说明白，但小郭听明白了。她做个手势，就把我领了出去。

姨奶的脸色很难看。我叫声姨奶，她也不理，劈头盖脸就是训斥。你真是个野孩子，恁能野？啥时候了，还不知道回家？！谁让你随便去别人家的？弄坏了人家的东西，惹了祸，谁给你赔？

姨奶这个样子，过去可不多见。难道，她已经知道了我干的好事？我刚要辩解，小郭已经开了口。她又笑了，但笑得比哭都难看，满脸的褶子。

小郭说四婶，您别怪孩子。是我稀罕他，叫他进来玩的。没多一会儿。我正准备送他回去呢，您就来了。

姨奶的鼻子哼了一声，算是回答。同时伸手过来，抢夺一般，拖着我转身就走。好像我不是活生生的孩子，而是没有感觉的稻草捆子。就是稻草捆子，我们也没敢那么拖呀，那样声音太大。

月亮落了吧。月亮一定落了。我后背阵阵发烫。我感觉小郭一定靠在柿子树上看着我。不知道怎么回事，我心里忽然一阵愧疚。我深深地叹口气，正好这时刮来一阵风，树叶子也刷刷拉拉地，都跟着叹气。有桐树，也有杨树柿子树，还有很多不知道名字的树。它们一定没有名字吧。就像小郭，她到底叫郭什么？

5

姨奶的凶劲，只够路上用的。一进家门，就得看我的。她摸我的脸，我一扭头；转到这边来摸，我再扭到那边。她说乖孙子，夜里有狼巴子呀，专门叼小孩儿！我说叼走才好呢。山里比家里好玩儿！姨奶说你整天钻天入地的，还想咋法玩儿？我突然万分委屈，气狠狠地说，我要跟小郭玩儿！姨奶一愣，旋即又是一笑，说傻孩子，人家是大人，怎么会跟你玩儿呢。我说会，她喜欢跟我玩儿！都是你，还没玩儿够，就把我拖回来！姨奶掏出针线活，慢悠悠地说，大人都有大人的活儿要干，别打扰人家。我说那你得告诉我，四川在哪里。姨奶停下针线，说小郭都跟你说啥了？我说没啥，我说我老家信阳楚王城，她说她老家四川巴东县。姨奶收回目光，一边忙活一边说我可不知道，反正远得很。我说有多远？比我爸我娘还远？姨奶忽然低低地一声惊叫，然后把左手食指指头伸进嘴里，吮了两口。她总是这样，眼睛不好，老扎着手。我赶紧凑上去说疼不疼？要不我给你吹吹？姨奶打个嗝——她有打嗝的毛病，抚摩抚摩我的头，说没事。玩去吧。我说你还没跟我说，四川到底有多远呢。姨奶说我又不识字，哪知道这些事？

我脱掉鞋子，就想上床。姨奶当然不让。我只好把脚搁进那只锔过的破铜盆里，胡乱搅搅，就算洗了脚。

床正靠着后窗。月亮从树梢间探出头，傻傻地看着我。嫦娥一定在那个阴影里吧。阴影稳定就是桂花树。这在村里可不稀罕，姨奶家就有。慢慢地，那些阴影隆起来，成为小郭的五官，然后在亮白处睁开笑容，就像早晨醒来，发现满树的桂花全部发展开来。那时你真到了树下，香气反倒没了。

寂静中，能清楚地看见姨奶针线的声音。它们扑哧一声，再扑哧一声，像线那样悠长，没有尽头。我吸吸鼻子，追逐着桂花的香气，说姨奶，我看小郭不是神经病啊。她又干净，又好看！针线的声音停顿一下，中间的空白，像窗外无边的黑影。

姨奶的针线又响起来，像声声叹息，也像她打的嗝。她说大人的事情，跟你们孩子说不清。别问了，睡吧。

那天夜里，我做了个梦。梦见一本崭新的画画，就在路边上。可是我拖着两捆稻草，怎么地也走不动。无论怎么使劲，手就是够不着。我使劲拽呀拽呀，只听嘣的一声，捆稻草的绳子断了，声音是那么的大。王老二猛地从窗户跳到路上，大声喝道：谁？谁偷我的稻草？

我一下子醒了。月亮还悬在天上。它探头探脑的，好像要跳进来。我不敢闭眼，又不敢看，赶紧用被单蒙上眼睛。那一刻我突然明白了一个道理。梦里之所以老看不见娘的脸，那是因为我睡觉闭了眼。如果睁着眼睛睡，稳定能看见。

6

风轻柳絮，露重桃花。刀龙领着我，慢慢朝牛颈坡爬去。半山腰里有块平地，立着一座老坟，坟前竖块青石碑，残的，写着民什么三十二年字样。中间那个字认不得我，我也不认识它。爬上山顶，一低头就是姨奶门前的那条路，像画画上的弓，有五道弯。王老二家，在拴着弓弦的第一道弯上。正对着他们家的那道弯，是座山坡，正好挡住我朝外看的视线。

那座山不高，像把锁，锁住了我。路紧贴着它；路下边是河，再过去又是山。那条灰白色的带子，像没洗干净的床单，胡乱缠在山腰间。

锁还是没开。它总也不开。回来一趟矿山上的矿石车，还有宝生的架子车。小郭坐在后面，一颠一颠地，那滋味我尝过。她一定是赶集，回来正好碰到宝生。接着是几个下村的邻居，就是没有我想见的人。到了山顶，才知道风很大。远处的树叶子被卷起来，一会儿亮，一会儿暗。我不觉咪咪眼睛。等再睁开，一个踉踉跄跄的身影，闯进了眼帘。这个王老二，又喝醉了。也是，他哪次回来，清醒着呢。

我心里一动，转身迈步下山。刀龙也卷起尾巴，屁股高高地撅着，跟在后面。下到稻场里，我找个靠路的草垛，半闭眼睛蹲在旁边。太阳孩子般地微笑着，把嫩绿的颜色涂满树叶。不过转眼之间，节令就成了春天。

王老二的脚步越来越近，直到停下。我没睁眼睛。脚步声再起，还有王老二的嗓音。小侉子！小侉子！醒醒醒醒！小心卖小孩儿的，把你卖了啊。

我这才睁开眼，转脸看着他，不说话。王老二两手一摊，说哎呀，今天劁猪，没有吃的，没有！

王老二满脸的不好意思。他把皮兜斜过来，拨弄得哗哗作响，恨不得直接倒空。小郭真是说错了，王老二喝醉了才好看呢。脸色好看，这不用说，关键是腰杆能直起来，像个大人的样子。而平常呢，他个子本来就不高，还要再小一号。腰杆挺起来，脸上的表情也随之开朗，像展开揉皱的纸团。

谁稀罕吃的不吃的！我晒我的太阳，关你什么事？我故意做出很愤怒的样子。说到最后，真的生了气。

王老二额角边的皱纹越来越粗，像大蜈蚣。他结结巴巴地说真的，真的没有！你看，你看！叮当当当一阵响，两把细长细长的小攮子，掉到了地上。都是我先前没见过的。那小攮子想必很快很快，阳光一碰到它的刀刃，全都碎了，碎成银色的斑点，四处乱飞。

王老二靠着我蹲下，说嗯，你倒是会找个地方。我没搭理他。他扭头看看我，我还是不吭气。他伸手抚摩抚摩我的脑袋，说你爸妈真是个傻子，这样的孩子，都舍得扔下！

王老二的手一定很软和吧。被他抚摩的感觉，很舒服。那一刻，我仿佛看见，头发一根根地直立起来，跟着他的手左倾右倒，就像铁屑遇见吸铁石。

你爸妈才是傻子呢！我使劲推开他的手，大声吆喝道。

王老二的手没有立即收回去，也没有顺势垂下。就那么僵直在空中，老半天才砸到地上。手想必砸疼了吧，因为他带出了哭腔。

还真是的呀，我爸妈确实是傻子。啥不能干，非得叫我干这个！

王老二一阵呜咽，哭了，真正哭了。像个可怜的孩子。这是我头一次当面看见大人哭。恐惧浑水一般淹没脚掌，然后漫过胸脯，紧逼脖子。我噌地一下从地上弹起来，后退两步，看着王老二。他并没有抬头，身体颤抖着，像微风中瑟瑟的树叶。

我转过身子，拔腿就跑，连屁股都忘了拍。刀龙几步赶上我，大声喔喔。它一边跑一边左看看右看看。找了半天没找到目标，这才住口。

7

对门山上的七奶奶家，突然热闹起来。刀龙这个爱管闲事的家伙，冲着那里轻轻叫了两声。我心里正在寻思，小金和小春跑过来说，七奶奶家要接新娘子，今天杀猪。

这热闹可不能错过。我们很快就到了七奶奶门前。案子早已支上，左边放个大盆，空的；后边是口大锅，烧着水。很多人在忙活，包括幺表叔和宝生。宝生高个子，白净脸，眼睛虽然小点，但并不难看。他赁了七奶奶的房子，想必关系不错，这才会来扯猪腿。论理没他份儿的。杀掉猪，主人要招待大家吃顿猪毛血，可不是谁想来就能来的。

宝生手里掐根烟，却不抽。左转两圈，右转两圈，不住地嘟囔，样子比主人都着急。他说这个王老二，怎么还不来？幺表叔说你放心，他准定不会误时辰。说几点，就是几点！宝生说，都准备好了，他就不能早点来？幺表叔说你是不晓得，他规矩大着呢。

七奶奶真能舍本，都要杀了，还把满满一盆猪食倒进猪食槽。猪食直冒热气，里面都是糠，野菜很少。平常喂猪，谁舍得这样？一年到头，人吃多少粮，猪就吃多少糠，谁都不能敞开肚皮。

是头黑猪。它看来跟我们一样兴奋，热乎乎的食都没心思吃。七奶奶拿猪食棍搅搅，啰啰地招呼它。黑猪舔几口，慢慢来了精神头，吧嗒吧嗒地猛吃起来，一边吃一边点头。

王老二终于来了。皮兜子挎在肩膀上，似乎很重，他腰有些驼。宝生把烟头一扔，风风火火地迎上去，说老二，你咋才来？都等着你呢。

宝生刚开始皱着眉头，说到最后才笑起来。他的声音很特别，大家跟着一阵哄笑。我明白他们笑什么。老家话里，老二还有个意思，指男人尿尿的小鸡鸡。

王老二看了宝生一眼，没吭气。他显然没料到这个局面。幺表叔赶紧上前，递过一根烟，说二哥快点吧，水都烧好了。王老二抬头看看太阳，说慌啥子慌，时辰不到，又不能开刀！

案子跟前摆了个座位，是七奶奶堂屋里的靠背椅。王老二径直过去坐下，幺表叔赶紧接过他的皮兜，放到案子上，然后转身，给他点上火。王老二略微欠欠身子，随即跷起二郎腿，吐出一长串烟雾。

七奶奶过来打了声招呼。王老二放下二郎腿，含笑答应一声，但没有起身。七奶奶说，劳费你呢，他二哥！王老二说七奶奶，你就放心吧。

大家随意站着，簇拥在王老二周围，像叶子环绕花蕊。我无法想象，他竟然还有这样的排场。这实在太神奇。这个王老二，和那天突然在我跟前流泪的王老二，到底是同一个人，还是《西游记》里的假悟空？

王老二抽完烟，将烟屁股朝地上一碾，说差不多了，开始吧。随即起身，来到案子跟前，打开皮兜。

宝生和幺表叔他们几个，早已冲进猪圈。黑猪屁股紧顶着最里面的栅栏，等他们进来，马上呖呖叫着，四处打转。猪圈里不是猪粪，就是烂泥，黑猪领着宝生他们在那里面做游戏，你想想会有多好看。我和小金小春他们，欢喜得了不得。

我突然想起了刀龙。碰见好事，怎能忘了朋友。半天没见影子，它去了哪里？抬眼一招呼，突然看见了王老二。猪圈里乱成一团，可他却像没事人似的，笔挺地站在案板跟前，看都不看一眼。仿佛这一切，都跟他无关。

当时我们已经被大人请出场院。我们把大营扎在山上，视界开阔，哪里都能看见，比院子里还好。刀龙就趴在旁边的一块大石头后面。我招呼它，它竟然没有反应，可是怪事。我挪挪位置，这才看见它，那条又老又瘦的狗。对了，你一定不明白刀龙的意思吧，后来我才知道，刀龙的学名叫螳螂。姨奶说这条找上门来的野狗，瘦得像刀龙一样，就叫它刀龙吧。

此刻，刀龙紧盯着猪圈的方向，上身翘着，眼睛里笼罩着一层夏天早晨般的薄雾。我招呼道刀龙，刀龙！快来，快来呀！它轻轻摆摆尾巴，没有动弹。那可怪不得我了。我赶紧回头，继续看热闹。可是没过多久，宝生他们就捉住了黑猪，游戏随即结束。我不禁摇摇头，啊了一声。太快了点。我们还没过够瘾呢。

那几个扯猪腿的，醉了酒一般，深一脚浅一脚地朝案板而去。宝生弄了一身黑印，不是泥巴，就是猪粪。一碰到案板，黑猪的惨叫就高了八度。王老二掏出那把小攮子，找准猪脖子上的一个地方，分开那里的猪毛，在上面拍拍，然后闭上眼睛，口中念念有词，也听不清他说的是啥。这时宝生身子猛地一歪，好险脱了手。他说老二你快点呀，磨蹭啥球呢？

后来才知道，王老二念的是，猪猪，你别怪，你是人间一道菜。今年早早地去，明年早早地来！

王老二根本没搭理宝生。念完之后一举手，黑猪的惨叫随即又高了八度，好险没把我的耳朵震破。刀龙噌的一声蹿起来，对着人群，喔喔一阵狂叫，一边叫，一边乱转。

我根本没看清王老二怎么下的刀，只闻到了发洪水的声音。猪血嗵嗵地喷涌，散发着浓重的腥气。我推推小金和小春，说他怎么杀的，你们看见没有，看见没有？小金和小春连忙说别吵别吵，看王老二！

我心里突然松落落的。像刚刚过完年一般。

等我们再回来，黑猪已经成了白猪。宝生耳朵上夹根烟，说老二，你的高徒刘旺可真是争气啊。上回在西湾杀猪，热闹得很呢。这事我听王老二说过。刘旺这个笨蛋，刀法不精，一刀下去没要了命，猪反倒挣扎着蹿下了案板。猪血全部浪费不说，还把主人的场院弄了个鸡飞狗跳。

宝生笑着转过身去，朝架子上挂猪蹄。大家又是一阵哄笑。只见王老二的眼睛，一下子圆了。他顺手抄起旁边的小攮子，猛地一挥手，小攮子已经扎上横木，离宝生的手不过几寸远。要知道他是空手甩的，可没用弹弓。

我跟你说过多少次，刘旺不是我徒弟！不准你们拿他，败坏我的名誉！

宝生哆嗦着转过身来，一脸煞白。他挤出笑容，颤抖着说老，哦，二哥干啥呢？你吓死我了！王老二看也不看宝生，手起刀落，剁开一扇猪肉，不轻不重地说小眼，再嚼牙巴骨，我把你的蹄子也挂上去！

剁肉的声音在山间回荡着。那一刻，我突然发现，王老二的身材长了好几号，就像《西游记》里的神仙鬼怪；宝生呢，则像洗过的衣服，明显缩水。

8

铁佛寺离村子老远，在牛颈坡那一边。原来有个大庙，供奉着一尊铁佛。那铁佛可是个宝贝，据姨奶说，老辈人都不知道它到底几百岁。不过现在早没了，闹老日的时候，日本矮子放火烧了庙，把铁佛抬走，化了铁，都造了子弹。

日本矮子就是日本鬼子。老辈人也喊他们老日。

野到这里，是我的主意。小金和小春，都不愿意来，嫌远。我说那里肯定有鸟窝呀。你们不是害怕吧？说完，就开始招呼刀龙，只用眼睛的余光，看着他们俩。小金和小春互相看看，说去就去，那有啥好怕的，又不是没去过。

路过那座老坟，我跑得太快，一脚踢在草丛里的半块断碑上，生疼。小金和小春赶紧停住脚步，蹲下来问我咋样？没事吧？

我穿着单鞋，踢在石碑上，你想想有事没事？我拼命忍住眼泪，不住地抽凉气，说谁，谁干的缺德事，把石碑丢在这里？小金说还能是谁，王老二呗。

怎么又是王老二？为了压压抽凉气的声音，我看着小金，随口问道。小金说我也搞不清。听爷爷说，村长叫把老坟平掉，都不敢动手，王老二就砸了碑。我说好好的，为什么平人家的老坟？小春说这还不简单？国民党呗。

国民党？那确实该平。我揉揉脚，一瘸一拐地起来，朝前跳了两步，然后继续赶路。

庙一点都看不出样子了。几堵残墙背后，散乱地立着没有完全倒掉的神像。泥胎中间，可以清楚地看见稻草。我们还没过去，几只麻雀已经扑扑棱棱地飞出泥胎。往前几步，是个塌了大半的殿堂。东倒西歪的神像中间，居然还有个完好的菩萨。塑像很旧很旧，那身落满灰尘的衣服，就显得新了。前面的小香炉里，还立着几根香灰。

我还是有点害怕。不敢进去。尽管菩萨脸上，带着浅笑。我们围着那些没有完全垮掉的泥胎，东追西跑。

一个熟悉的身影，擦亮了我的眼睛。是小郭。她提着东西，额头上闪着汗光。她说你们来这里做啥子？我说玩呀。你来干什么？小郭抹下脸上的笑意，像揭去玻璃上的窗花。说这里有啥好玩的？仔细有狼巴子。快回去吧。

我们迟迟疑疑地不肯走。小郭也没再说别的，擦擦台子，从篮子里取出果品，摆到上面，再取出一束香插进香炉点上，然后跪倒在菩萨面前，嘴里不住地念叨。

我感觉后背有点凉，本能地朝小金身边凑了凑。小金轻轻哼一声，说没事，她就是个神经病！我说她干什么呢？小春说求子呗。她和王老二，做梦都想生个儿子。小金说呸，他们还想要儿子。杀猪的屠夫，天生的绝户头！别说他们，王老大都没个儿子呢。都是他带累的！

我这才想起来，他们家没小孩儿。王老二的年纪，可是不小了。我出神地看着那尊笑眯眯的菩萨。白色的香烟在她跟前冉冉升起，让她的笑容越发怪异。我越看越怕，赶紧招呼起刀龙，转身就跑。

敌人来了，快撤！小金和小春嗷嗷叫着跟了上来。杂乱的脚步踩在干燥的落叶上，发出沉闷的沙沙声。

9

那回落水，完全是个意外，其实跟小郭和宝生无关。当时小郭在池塘里洗衣服，我和刀龙隔着河边的路，坐在对面的山上，看太阳下的云彩。小郭洗着洗着，宝生忽然出门凑了过去。他端着一盆脏衣服，说小郭，也给我洗洗吧。小郭说回去找你娘洗！宝生说他是老二，我也是老二啊。这个家伙，谁没有？小郭说滚远点，别找骂！宝生说我难道说错了？他算个啥屌老二，恁些年连个种都播不上！小郭的脸腾的一下红了，说那也比你个驴拉车的强！宝生说小郭，你别生气。他总打你，你何必呢。小郭说周瑜打黄盖，关你屁事？

宝生端着衣服，嘻嘻笑着，径直朝小郭走去。我一看急了，立即招呼刀龙，风一般朝池塘跑去。好像我们俩，能帮上小郭什么忙一样。小郭俯身舀起一捧水，猛地朝宝生脸上扬去。宝生身子一歪，忽腾一声滑进池塘。

我不由得哈哈大笑，一边笑一边跑。刀龙也跟着瞎凑热闹，喔喔乱叫。池塘里翻出一连串的气泡，然后在气泡中间，开出宝生的脑袋。上面的头发全部倒伏，像块肮脏的黑布。他抹把脸，生气地说你这个婆娘！说完突然又一阵傻笑，说回来你也下来，咱们来个鸳鸯戏水！

宝生一笑，干脆把眼睛全笑没了，眉毛下面只剩了一条黑线。

这时我正在那条石板桥上一溜小跑。过了桥，就是池塘。桥下面的小河，日夜向池塘输送活水。河不深，我们在里面捉过鱼，逮过虾的。我只顾得看热闹，结果一脚踩空，也落了水。

刀龙低头冲我大声喔喔，不住地转悠。看样子，它要是有手，一准儿会跳下来救我。这家伙就是够意思。可是呢，哪里用得着它救。河边长大的孩子，天生就会水，再说又不深。除了担心湿了衣服，回去要挨姨奶训，别的我一点都不怕。我甚至还有点莫名的欢喜呢。

姨奶要拧我的耳朵，可最终却只是捏捏我的耳垂。说孩子，你要是出点啥事，我咋跟你爸交代呢？我说放心吧姨奶，那水才多深！姨奶打个隔，揉揉我的耳垂，说那也得小心点！不过你肯定没事。你耳朵大，有福气！我说姨奶，铁佛寺的菩萨，灵吗？姨奶说，灵，当然灵啊。我说可是我都看见了，里面都是泥巴呀，还有稻草！姨奶轻轻拍拍我的嘴巴，说别胡说！我告诉你，那里的菩萨灵着呢。日本矮子不是把铁佛搬去造子弹了吗？结果“民国”三十二年，他们跟国军打仗，子弹都打不死人！好像国军个个都是活神仙！你想想，如果不是铁佛有灵，怎么会那样？我说你瞎说的吧，你怎么知道的？姨奶说，傻孩子，你爷爷就是国军，叫日本矮子打死的呀。

国军我可知道，电影上都有。歪戴帽子，敞着怀，斜挎的枪上挑着咯咯叫的鸡。我猛地翘起身子，说你胡扯！你爷爷才是国军！姨奶不轻不重地给了我一巴掌，说这孩子，还有点儿规矩没有？我说谁叫你说我爷爷是国军的。我爷爷就是个老头儿，照片我都看过的，堂屋当中挂着呢。姨奶不紧不慢地说傻孩子，那是你后爷。你亲爷连你爸都没见过。你爸还没出生，你亲爷就叫日本矮子打死了。你奶奶没办法，只好带着你爸爸，又改了嫁。奶奶的样子我还记得，她带我钓过鱼，拿鲫鱼下挂面，味道不错。我说真的？我怎么从来没听说过？姨奶说，也就是现在，再早两年，谁敢提这个？不提还挨斗争呢！你还小，三句两句，跟你说不清楚，赶紧睡吧。我这才感觉头有点沉，就顺势躺下，半天后又冒出一句话，说嗯，铁佛要是真灵，小郭就能生个儿子！

当时姨奶正在给我掖被子。听了这话，她停下手里的动作，问清楚怎么回事，微微摇头，说那可不好说。那是另外一回事。

当天夜里我就发了烧。一连几天，都没好。姨奶给我熬过姜汤发汗，又给我喝过说不上名字的草药汤，可就是不见效。整天昏昏沉沉的，没有精神。七奶奶摸摸我的额头，悄悄说，肯定是掉了魂，叫叫吧。姨奶说他又不是这块儿的人，根儿不在这里，能管用？七奶奶说咋不在这块儿，他爷爷不就在牛颈坡上吗？再说不管哪儿的人，魂是掉在这里的。保准管用！姨奶的眼睛，一下子亮堂了。她拍拍脑袋，说我真是急糊涂了。咋把一辈子的事都给忘了呢？

头天夜里姨奶嘱咐我，明天一大早起来，啥话都不能说，不管碰见谁。她叫一声，我答应一声，多一句不行，少一句也不中。那是个大雾天，雾气白茫茫的，在我胳肢窝里裤裆里乱钻，我们好像掉进了无边的湿棉絮堆。看见我们出来，刀龙摇摇尾巴，跟在后面。姨奶不住地挥手阻止，但刀龙不听，转转圈，又跟了上来；姨奶急得不行。这事耽误不得时辰。我见她真有气，就用刀龙的语言，对它轻轻叫了一声，同时抬了抬手。

刀龙看看我的眼睛，停了下来。但那个轻轻地短促的含混不清的叫，显然超出了姨奶的预料。看看她的眼神我就明白，她遇见了新的烦恼。她张张嘴，但没说出来。犹豫片刻，还是拉拉我的手，转身就朝前走。

河水静静地流着。像孩子轻微的鼾声，走到跟前才能听见。这时节，河老实着呢。姨奶蹲下，点着带来的黄表纸，让我围着火转了三圈。暗红的火苗缠住黄色的纸，留下黑色的灰烬，被风带起来，然后慢慢碎裂。我看着看着，不由得一阵莫名的恐惧。

银，回来吧！姨奶的声音很轻，好像不忍心叫醒沉睡的孩子。

回来了！我悄悄回答。

银，回来吧！

回来了！

雾气沾在脸上，凉丝丝的，潮乎乎的，冷飕飕的。我突然感觉到了眼窝的温度，也突然领会了一个词语的含义。回来。仿佛天天一起神的玩伴，你觉得熟得不能再熟，突然有一天，就给你露了一手，让你感觉无比的新奇。

对了，那种感觉，就像王老二在我跟前突然的哭，以及那手漂亮的飞刀。

我悄悄擦掉眼泪。雾气慢慢淡下来。刀龙坐在我们那天看小郭洗衣服的地方，前腿支着身子，脸朝着我们的方向。

10

我的魂儿肯定丢了，但没丢在河边，所以没叫回来。姨奶说不怪别的，就怪我对刀龙说过话，泄了真气。七奶奶到底点子多。她说“民国”三十二年打仗你又不是不知道，河水都叫日本矮子的血染红了。矮子死在他爷爷手里，能不找他孙子寻仇？没办法，你得找个阴气重的人，压压才好。

七奶奶的意思，是让我拜王老二当干爹。说是他煞气重，除了他，别人怕都压不住。姨奶打了个长长的嗝，说他当然煞气重，可这适谱吗？七奶奶说这不是没办法的办法嘛！姨奶的眼圈一下子红了。说他爷爷的坟托付给我，我没看好，碑都叫人砸了；现在外甥把孩子撇给我，又碰上这。万一有啥闪失，将来到了地底下，我咋法见我苦命的姐呢？七奶奶说你放心吧，不会有事的。坟你咋没看好？这就不错了。碑好说，现在形势变了，过两年咱再重立！

姨奶带着我，提着四样点心，去了王老二家。点心包着黄纸，上面还有一小块方方正正的红纸。油从纸上沁出来，闪着暗色的亮光，不住地诱惑我。见了我们，王老二和小郭都很高兴。我注意到，他们换了新衣裳，王老二还刮了胡子。小郭最精神，长头发上扎条桃红色的纱巾，一下子让她年轻了十几岁。纱巾是崭新的，上面折叠的印子还在；颜色是那么的鲜亮，我现在想起来，还会忍不住摸摸嘴巴，看看有没有被它染红。

小郭把地面扫得干干净净。屋里没有鸡屎，院子里不见猪粪。姨奶刚进屋，王老二就提过一张干净凳子，再用袖子抹抹，招呼姨奶坐。

凳子还没暖热，小郭就要杀鸡。是只小公鸡，嘴里叫着，爪子蹬着，冠子抖着，小郭有点对付不过来。姨奶说客气啥呢，别杀别杀！一边说一边起身帮忙。小郭说四婶你快放手。我们家常年不来个客，你们虽然近，可也是稀客！

我很奇怪，问王老二怎么不动手，他说这是女人干的活，我当然不干啊。我说她不会嘛，鸡爪子恁尖！王老二说那我也不干。我不杀生！我说啥叫杀生？他说，杀生？就是害命！我说你不是杀猪吗？他说杀猪是杀猪，不是杀生！

我很奇怪。猪就没有命么？王老二没有马上开口，皱着眉头，想了老半天。我出神地看着那道道的皱纹，仿佛里面堆满了传奇与故事。

王老二摇摇头，说算了，说来你也不懂的。我说嗯，那你给我甩飞刀看吧。王老二说啥飞刀？我可不会。我使劲摇着他的胳膊，说你别说瞎话了。上回七奶奶家杀猪，你甩飞刀，吓白了宝生的脸，谁没看见？王老二实在被我缠磨不过，只好抄起那把小攮子，带着我出门来到鸡笼跟前，朝草垛边的柿子树扔飞刀。

柿子树可比肉架子上的横木粗。距离也比那天近。可王老二扔了半天，只扎住了两回，而且都是歪歪斜斜的。其余的不是咚一声掉到地上，就是噗一下陷进草垛。看得出来，他特别希望能一刀命中，额头上浮着薄汗，在太阳下不时闪光。我一下子泄了气。眯着眼睛，在一边盯着他。渐渐地，我的眼睛在远处山间，七奶奶家的房子上定格，王老二反倒成了背景。没错。杀猪场上那个神奇的王老二，像块过年时珍藏太久的糖。等你想起来，下决心要吃掉，却发现它已经化得不成形，粘在糖纸上，剥都剥不开了。

我叹了口气。王老二看着我，满怀的歉疚。我突然想起自己是病人，于是撇下王老二，去厨屋找姨奶。

锅铲摩擦锅底，菜发出吱吱啦啦的惨叫，油烟气扑鼻而来。还没到门口，我忽然听到有人抽泣。是小郭。怎么回事，她刚才不是很高兴的吗？我立即放慢脚步，沿墙根摸到厨屋门口。

姨奶说这个老二，回头我说说他。不管咋的，总不能打人！小郭说他也是着急。姨奶说这事谁不着急？着急也不能打人！小郭说平常都好好的，就是喝了酒！姨奶叹口气，说哎，都是苦命人。小郭说不是他，我们全家只怕都过不去那道坎。我也想给他生个儿子。可是！姨奶说该去医院去医院，该找中医找中医，该烧香磕头就烧香磕头。总有一样管用的！小郭说远的近的，哪一样没试过？我去医院看过，可他就是不去。也是，他身体恁棒，哪像有毛病的样子！姨奶说别着急，你今天收个干儿，明天就会来个亲儿！小郭破涕为笑，说四婶，那倒是好，我们都望着呢！

11

那顿晌饭的菜好多呀。鸡腿，猪肝，口条，腊肉，好几个盘子。就是过年，也不常见这样的阵势。王老二还真是有点家底。不过我一点胃口都没有，不住地催姨奶回家。路上我问姨奶，王老二对小郭有啥恩情？姨奶说你小孩子家的，问这些做啥？我吊在姨奶的胳膊上，说哎呀你就说说嘛。我保证不出去乱说！姨奶下意识地看看空荡荡的周围，放低音调说，告诉你，小郭是王老二花钱买的！要不是他出钱，小郭家里，不定要饿死几个呢。

我好过一阵子，时间不长，又生了怪病。整天发低烧，躺在床上，不想动弹。姨奶先请赤脚医生看，不行，又找道士仙给我收精。道士仙在我床前烧了一叠纸，然后端个盛满油的小碟子，里面放进一坨锡，点着，在我头顶上晃三圈，嘴里不住地念叨。火势不小，油很快就开了，道士仙把油倒出来，再倒进凉水。只听刺啦一声，白烟四起。

锡终于凉了。道士仙拿起来，左看看右看看，眉头紧皱，一言不发。姨奶急得不行，连声问，到底啥东西作孽？咋回事？道士仙收拾起家什，苦着脸说，妖精魔力太大，是啥东西，我看不出来。你还是另请高明吧。

姨奶闻听，放声大哭，一边哭一边骂我爸爸。说庆明啊庆明，你不是害你小姨吗？这么个好孩子，你们都不管，撇给我，我能咋着？幺表叔说娘，你别听他的！啥妖魔鬼怪，都是骗人的把戏，都是迷信！明天我领银上南湾医院！人家那里讲科学，啥病都能摆治好！姨奶赶紧收起眼泪，又来擦我的眼睛，说嗯，银，明天叫幺儿带你，上医院瞧病。没事，没事！

幺表叔给我拾掇一个坐垫，搁在宝生车上。石头很尖，我不时挪动身子，好让屁股舒服点。平坡下坡，幺表叔跟宝生说话，到上坡就把我抱下来，自己背着。

在医院门前，我看见了王老二的背影。他刚刚离开。自从认了干爹，我突然对他冷淡了许多。他应该能看见我们，但却没跟我们打招呼。

宝生冲王老二的背影吐了口唾沫。

吃完医院开的药，还是不见效。赤脚医生说吃药劲小，还是打针吧。我照医院的规矩来！打针两个字，轰的一声震醒了我。我立即说不打针，我肯定不打针！幺表叔掏出烟，递给赤脚医生一棵，在自己耳朵上别一棵，然后把剩下的全部倒出来，把烟盒递给我，说银，你听话，我给你个新烟盒！

这么新的烟盒，我还是头一次弄到。而且还不是黄金叶，是大前门。拿它叠三角，不用打，吓都能把小金小春吓住。我接过烟盒，小心地拿着，生怕皱了折了的。可是等赤脚医生打开药箱，那股熟悉的药味传来，我立即扔掉烟盒，跳下床起身就跑。

我光着一只脚，穿过一块块水田，向下面跑去。稻子已经收割，田里水已经放干。稻茬上沾满露水，踩上去凉丝丝的，扎脚。我前面跑，幺表叔后面追，再后面是姨奶。

风呼呼地向耳后吹去。幺表叔焦急的声音，越过风飘进耳朵。银，银！你别跑！你回来！我理都不理，没命地朝弓背上的那个拐弯，那个锁跑去。越跑脚步越轻松，越跑心情越畅快，仿佛是场久违的快乐游戏。

姨奶急得不行。她大声喊道银，你回来！幺儿，你别撵了！幺表叔停下脚步，姨奶上去就是一脚。说你没长眼睛？你要累死他？他小，你也小？

后来是幺表叔把我背回去的。我像只刚下生的小猫那样，闭眼趴在他背上，清楚地看见我们的汗水汇流成河，彩色的河。姨奶一会儿左，一会儿右，不停地跟我说话。我明白她的意思。她怕我会在沉默的短暂空当里死去。我突然嘻嘻一笑，说姨奶，你咋不打嗝了？

那场长跑比赛有两个奖品。姨奶打嗝的老毛病不治而愈，我白得了一个崭新的烟盒。

第二天，我突然听到了熟悉的声音。睁眼一瞧，是早已出嫁的表姑。我立即喊声小姑，蛇一般缠住她的腰。表姑的眼泪刷拉刷拉地朝下掉。她捏捏我的腮帮子，说瞧瞧，都瘦成啥样了？姨奶说有啥办法？啥都不想吃！我就那么搂着表姑，沉沉睡去。后来我感觉有人将我的手从表姑腰间分开，是个陌生的老中医。他给我把把脉，说是思虑过重，伤及脾肺。奇怪。恁大一点的孩子，能有啥心思呢？姨奶看看我，我闭着眼睛。姨奶悄悄说，想他爸呗。老中医说他爸呢？姨奶说，找他妈去了。他妈一跑好多年，说是去了湖北，谁知道呢。老中医说好好的，干吗要跑？孩子也不要了？姨奶叹口气，说谁受得了老挨斗争？带走小的，留下了老大！老中医闻听叹口气，轻轻放下我的手。

老中医开了个方子，说我这方子，需要一味特殊的药材。没有它不行，你们得好生预备。姨奶说啥药材？多贵？老中医说贵倒不贵，就是不好找。半副狗肺熬老汤，要新鲜的。

迷迷糊糊中，又听到了王老二的声音。我无力地睁开眼睛，像成熟的栗包扎开一条缝。只见王老二坐在桌子旁边，低头端着一杯热茶，耳朵上架的那根烟，眼看就要掉下来。

王老二说不行不行！我只杀猪，不杀生，这你们都知道的！姨奶说他二哥，你有你的规矩，我们不是不知道。但凡还有个办法，我也不会麻烦你呀！表姑又递过一根烟，王老二说我有我有！表姑说拿着拿着！姨奶说他二哥，你看？王老二想想，说不行。你找别人吧。我不能坏了规矩！表姑笑吟吟地说二哥，咱们现在可是一家人。不管好歹，银可还叫过你一声爹呢。王老二不再吭气，低着头使劲抽烟。老天半之后，他还是没抬头，深深地叹口气，吐出长长的一道烟，像飞机的尾巴。

王老二说那我有个条件。你们不能告诉他，是我杀的。这家伙记仇！

12

太阳睡饱了，我也睡饱了。阳光从窗户斜射进来，带着混乱的光斑。无数细微的灰尘，飘荡在中间。我感觉内心亮堂堂的，浑身充满了力气。不过我可没有立即弹起来。

小姑，小姑！我还像过去那样撒着娇。

阳光融化了表姑的笑脸。她进来试试我的脑门，说好了？我说什么呀，我根本就没病！表姑把手伸进被子，揉揉我的肚皮，说没羞！那还不快点起来？我看看屁股，晒发裂没有？我咯咯一笑，身子像鱼一般滑开。表姑说快起吧，饭温在锅里，别凉了！

那个崭新的大前门烟盒还在。我飞快地拨动筷子，朝嘴里塞饭，桌上撒了不少饭米。姨奶不住地吆喝我慢点慢点，见不管用，就伸手捡起饭米，自己吃掉。我撂下饭碗，准备去找小金和小春，跟他们较量一番。跑了没几步，突然感觉不对，似乎缺了点什么。刀龙呢，那个跟屁虫？离了这道菜，还真不成席。

刀龙！刀龙！我短促地叫两声，然后再发出它已经习惯的呼唤，但却毫无反应。这家伙，总不能因为我病了几天没起来，你就撇下我，到处乱跑吧？我说姨奶，姨奶！刀龙呢？

太阳寂静下来，我黑色的回声荡漾在院子里，点染着姨奶和表姑为难的脸。我的眼睛从她们脸上抬起来，结果在屋檐下，那串长长的红辣椒旁边，找到了刀龙。刀龙就是刀龙，上了墙，还是那样。我病了几天，它也瘦成了一张纸，壁虎一般紧贴在暗黄色的土墙上。

风一定能记住我当时的声音。还有云，树，那串红辣椒，和刀龙的皮。多少年后，姨奶去世，我远在外地，没能给她送终。她闭眼之前，还说到了我当时的吼叫，野兽一般的吼叫。她说她这一辈子，还从来没见半大小子这么叫过，她完全被震住了。她挪动缠过几天又放开的脚，结结巴巴地说银，你听我说。要给你治病，没办法！我像困在笼中的野兽一般，四处乱窜，跺着脚，咬牙切齿，恶狠狠地说我不管！我不要治病！没有刀龙，我不活了！

啪！姨奶扬手给了我一巴掌。在这以前，她还从来没跟我动过真格的。这一巴掌打懵了我，也震懵了她。她满脸歉疚地看着我，又看看自己的手。我缓过劲来，哇的一下放声大哭。姨奶一见又提高音调，说哭！你使劲哭！屁大一点的孩子，就死呀活呀的，还有个规矩没有？不揍你，你不知道厉害！

表姑赶紧过来，将我搂住。我挣扎几下，就不再使劲，靠在她身上，不住地抽泣。我说小姑，快点，咱们走。我去你家！表姑说我大侄儿要去，那是稀客呀。不过今天晚了，走不到，明天一早起，咱们就走，好不好？我瞪圆眼睛，看着姨奶，说谁干的？你快说，谁杀的？姨奶说我想叫谁杀，就叫谁杀！我的狗，还用得着你操心？！表姑亲亲我的额头，说大侄，是王老二杀的。都是那个屠夫，回头咱再找他算账！

13

绝对不能好生王老二！我趴在地上，咬根青草，使劲把它拽断。

有啥办法？你可别忘了，他有小攮子！小金皱着眉头。

我还怕他？等我爸回来，我们打不死他！

算了吧，说过多少回，也没见你爸的影子。小春老半天之后才开口，他在听远处七奶奶家的广播。刘兰芳说的长篇评书《岳飞传》，非常好听。其中的很多故事，以前爸爸都给我讲过。

就算我爸不回来，我照样也不怕他！我没有马上接腔。听广播里岳云锤死了金弹子，突然精神一振。

你看着吧，我肯定会叫他好好喝一壶！我狠狠地说。

那些日子里，我眼前满是王老二的形象。我设想了无数种报复办法。比如，抓条蛇放进他鞋窝里，朝他水缸里撒尿，赶牛糟蹋他的菜地，放火点他的房子，但是都没法实行。不管怎么弄，都会害着小郭，这我可不愿意。刘兰芳总说，冤有头，债有主，不能连累别人。只有抓蛇放进鞋窝，能直接针对王老二本人。鸡公山里蛇到处都是，但谁去抓呢？爸爸有那胆气，我可没有；再说能抓到放进去，谁又能保证蛇老老实实待在里面不会出来，碰上也给小郭一口？

我和小金小春合计了很长时间，这才想出主意。我们决定学习电影上的游击队埋地雷，打王老二的埋伏。挖抔牛屎，趁他晚上出去，放到他门口。等他再回来，哈哈。

终于找到了机会，王老二去下村杀猪。这样的活儿，不喝到半夜他回不来。天黑之后，我们三个悄悄摸了过去。那天是满月，周围很亮，我们趴在草垛后面，一时不敢下手。等了半天，看看四周没人，赶紧动手布雷。

是母牛鼓眼刚拉下的，干牛屎出不来效果。不是特别臭，但是有点腥。月光下，那黑乎乎的一坨，非常醒目。不过这难不倒我们。从路边捧点灰，洒在牛屎表面，就是日本鬼子碰上，也得上当。

埋好地雷，我心里还咚咚直跳。仿佛自己真是电影上的八路军游击队。小金和小春估计也是同样的感觉，我们都舍不得走。要是能亲眼看到王老二像日本鬼子一样踩响地雷，那该多有意思！

没过多久，王老二的院门忽然开了，从里面出来一个人。是宝生。他的样子，跟我们一样鬼头鬼脑。左看看右看看，这才开步走。走了没几步，忽然哎呀一声。小郭在院子里头轻声问咋回事？宝生压着嗓子说，牛屎！

宝生在地上蹭蹭鞋，骂骂咧咧地跑了。过了一会儿，小郭提着铁锨出来，剜走牛屎扔进自家的粪堆。她一边干一边小声自言自语。奇怪，这里咋会有牛屎？

驴拉车的小眼宝生，确实是个混账。好不容易给王老二布的雷，偏偏坏在他手里。我们气不过，接着摸过去，拔了他架子车胎的气门芯。

14

刀龙死后，我对王老二除了仇恨，还有害怕。我甚至比小金和小春，都更怕他。这时我才明白，过去对他不是不怕，而是看不起。我从心底里没把他当回事。但是现在，不一样了。

所以那天在姨奶家突然看见他，我心里不由得一闪。就像刘兰芳常说的，激灵灵一道冷汗。

王老二跟小郭一起。桌上摆着一样点心。他们俩都叫了我，但我没搭理王老二，对小郭也只是点了点头。再怎么说，她是王老二的女人，关系还是跟他近。

他们是来报喜的。小郭喜滋滋地说四婶，你说的没错，铁佛寺的菩萨就是灵。我许了个愿，果然怀上了！姨奶惊异地说是吗？哎呀，那可真是大好事。恭喜你们啊。

小郭的嘴笑成了成熟的石榴。可王老二的表情，却像入秋的柿子叶，越来越干涩。小郭捅捅他，他才反应过来说，要说还是得谢谢四婶您。都是望银引来的！姨奶说那敢情好！谁引来的都行，反正是个喜事！

这倒是个好办法，铁佛寺的菩萨。他们走后，我说姨奶，铁佛寺的菩萨真的灵验？姨奶说你不都听见了吗？按说王老二根本就不是有后的命，可小郭心诚，许了愿，就有了！我自言自语地嘀咕道，那好，我有办法了。姨奶说你有啥办法？你想干啥？我说没什么，说说玩呢。

可是小金和小春却不愿去。小金说你别信娘们的，都是迷信！小春说那里一点都不好玩，又恁远！我说你们就不恨王老二？你们要是能想出别的主意，我就不去！小金挠挠头，不再说话。小春说那求菩萨咋着他呢？叫他杀猪时，一刀捅到自己手上？我想了想，说不能那么便宜他。他得替刀龙偿命！小金说那行，你要去就去吧。可有一样儿，你去求，我可不管！我说那当然。刀龙是我的，又不是你的！

我们偷偷带着洋火，来到铁佛寺。我折断三根细树枝，扫来一堆树叶子，擦根洋火丢进去，在菩萨跟前点着，接着点燃树枝，然后插进香炉。小金说你得跪下才行。不然肯定不灵。我不太想跪。不喜欢。犹豫一会儿，这才跪下。

我闭着眼睛，暗暗发愿，请求菩萨让王老二抵命。眼前慢慢亮堂起来。我看见王老二跪在菩萨跟前，胸前插满了刀，不住地求饶，但菩萨理都不理。刀龙霍霍地出着气，在周围不停地撕咬他。我看了万分解气，不觉牙关紧咬。

我舍不得睁开眼睛。奇怪的是，王老二身上扎了那么多刀，竟然没有流血。一滴都没有。我飞快地眨眨眼再看，还是没有。没有就没有吧。告了饶就好。

树叶子还在冒烟。烟熏湿了我的眼睛。我突然有了新主意，接着又给菩萨许了个愿。求她让爸和娘赶快回来。

后来我心里一直嘀咕，同时给菩萨许两个愿，等于同时求她办两件事，是不是有点过分？还能灵验吗？

15

这个看不上，那个相不中。你约莫你还小？眼看就要分到户，少一口人，就少一分田！姨奶的表情，很不高兴。

我不管。要看你去看，我不去！幺表叔的眼睛紧盯着墙根，仿佛那里又有老鼠打架。

随你！我还能活多久？日子总要你自己过！姨奶忽腾一声抓过针线，飞快地缝起来。

我不懂得什么叫分到户，也不关心。我关心的事情只有一个，如何让王老二吃点苦头。好长时间了，菩萨并没给我帮忙。一切还是得靠自己。

刘兰芳说过，劝将不如激将。我如果不用激将法，小金和小春稳定不敢答应。其实我也不大敢，但是吐出去的唾沫，怎么收得回来？

我们三个带好弹弓和石子，戴着用树条编的伪装帽，埋伏在王老二房子后面的柿子树上。这个距离打他的窗玻璃，对我们三个来说，根本不算回事。

可我们迟迟没敢动手。王老二就在家里呢。正迟疑着，他忽然提着皮兜来到院子里，搬来磨刀石，坐下开始磨刀。

刀子好像就磨在我的耳朵上，声音不算大，但搅的人心里痒痒。他磨得耐心而又细致，让我想起电影上的解放军，打仗之前仔细地擦枪。不，他的表情远比擦枪的解放军严肃。那上面有种我无法理解的东西。现在看来，也许该叫虔诚，或者敬畏？我说不清楚。

突然，刀子亮光一闪，我眨眨眼，就发现了月亮。说起来，那不过是无数个普普通通的乡村夜晚中的一个，没有任何特别之处，但却是我记忆中最明亮的乡村月夜。多年之后的今天，我才想明白到底为什么。因为当时，我分明感受到了两个月亮。一个在天上，嫦娥仙子踩在脚下；一个就在跟前，王老二握在手中。

好亮的刀啊。明亮。漂亮。明亮得发暗，漂亮得耀眼。我把记忆的仓库翻了个底儿掉，也想不出来还有什么东西，能超过那天晚上的刀。

小金和小春也看呆了。我们都忘记了事先的计划。等王老二磨好刀子放进皮兜，背着它们出了门，我们也不由自主地跟在后面，着了魔一般。

村里有头猪生了病，如果死掉，放不出血，没长眼睛的也能看出是死猪肉，谁也不会买。那家人赶紧请王老二帮忙。我们过去时，看见那家的场院里来了好多人，大家不说眼前的病猪，都在议论分到户。宝生的嗓门最大。他说，我刚买的驴，花了二百多。早知道要分到户，我何必呢！

大约因为是病猪，不用扯猪腿吧，人虽然多，但准备得很草率。或者更准确地说，是基本没有准备。王老二慢悠悠地放下皮兜，说这是我最后一次杀猪。分到户后，我就安心种地，空闲里贩猪。收生猪，卖给屠宰点。这可比杀猪赚钱！

不光我没想到，大人们看来也没想到。所以老半天没人接腔。后来还是宝生这个混账，接的话把儿。他说你不杀猪谁杀猪？你杀不杀猪，都是屠夫！王老二眼睛一眯，说驴拉车的，我杀猪不杀猪，扯你娘的脚筋疼？再胡扯，小心我劁了你！宝生说老二，你干了半辈子，绝户头事还没干够？

王老二提着刀就照着宝生冲去，周围的人赶紧拦住。那时我心里激动得不行。我突然想起我们勇敢的复仇计划，那么希望他们俩能好好打一架。我还没看过大人打架呢。再说他们两个，都不是啥好东西。一个跟我有仇，一个跟我有怨。

遗憾的是，他们俩并没有真正动手。

16

虽然还没正式分田，但时令已过，那台旧拖拉机队里用不上了，已经被王老二提前号下。他开着拖拉机，四处买猪。那一天，拖拉机突突地在山脚前停下，小郭笑眯眯地跑上来，问姨奶上不上南湾赶集。王老二拉了几头猪要卖，小郭跟着上医院检查胎位。姨奶要是去，还可以站在另外一边，总比走路或者坐架子车舒服。

姨奶摇摇头，说我不去。没啥买的，也没啥卖的。银，你去不？我说我才不稀罕坐他的破拖拉机呢。小郭摸摸我的头，说好儿子，还记他的仇呢？不去就不去，改天我领你，咱坐票车去！

我记得清清楚楚，那是深秋时节。山瘦了，河瘦了，树木瘦得更加明显，露出一根根的骨头。我和小金小春穿行在树骨头中间，准备去牛颈坡拣栗子。大人打栗子，拣不了恁干净。剩下的栗包刺已经干透，用鞋底使劲一碾，就能碾开，剥出粟米。

小金的爷爷正好那座老坟附近放牛。他是队里的牛倌。母牛鼓眼性子烈，不老实，爱抵人。我特意加了小心，可还是出了毛病。虽然躲过了鼓眼，也没让草丛里的断碑绊着，但却奇怪地一滑，哧溜一声跪倒在地。

小金的爷爷说小侉子干啥，给你爷爷磕头呢？我说你说梦话的吧，这里是董家河，又不是楚王城，咋给我爷爷磕头？小金的爷爷指指老坟，说傻孩子，你还不知道？你爷爷就在这里睡瞌睡呀。

我一下子愣了：不说是国民党吗？小金的爷爷说也是国民党，也是你亲爷爷！

我突然一阵反胃。如同偶然发现新衣裳上的油污。我使劲拍打膝盖，仿佛上面有很多灰尘。其实地上都是层层的落叶，根本见不到泥土。

碑真是王老二砸的？我看着小金的爷爷，没话找话。

他不砸谁砸？他有煞气呀！小金的爷爷咧开大嘴，露出黄牙的残兵败将。

鼓眼跑了，小金的爷爷赶紧吆喝着跟了上去。这时候山上的青草越来越少，牛群在哪里都扎不住，只能到处乱跑。

我呆呆地跟着小金和小春，上了牛颈坡。蹲在地上，我眼前没有树叶子，也没有栗包，只有那半块残碑。

手一直露在外面受风，很冷。我直起身子，两手合在嘴巴跟前哈气。就在这时，透过树木的间隙，我清楚地看到了宝生的架子车。车上拉着什么东西，但他没有坐着赶着驴跑，而是自己走着，旁边还有个女人。那不是别人，正是小郭。

小郭好像在哭。走到大湾附近，哭声越发清晰。一听那哭法就知道，稳定死了人。我们顾不上找栗包，转身就朝下面跑。我跑得太快，小金在前边荡起一根树条，结结实实地抽在我腿上。要搁平时，我弄不好就得跟他急，可现在，我顾不上，他也顾不上。

人群早已将他们厚厚的包起来，像个巨大的蜂巢。姨奶也在里面。我们使劲朝人堆里钻，只见面前一个又一个的屁股，上面都打着补丁。突然见到一块完整的屁股，我明白到了。那稳定是小郭。

小郭靠在姨奶身上，哭得说不出话。宝生一遍又一遍地重复经过，给新来的人。他说这几天，我都是跑两趟。马上要分到户，我也得回去种地，毛驴得处理掉。一头毛驴好几百，可不便宜。我想抓紧时间多拉两趟，把毛驴钱找回来。我在那边正要爬快过岭，他们俩正好迎面过来。他不知咋回事，拖拉机直接对着我就来了，呼呼腾腾的，吓死个人。我赶紧朝旁边闪，可路就恁宽，还能朝哪儿躲？眼看就要撞上，他猛一拐弯，可能拐得太急，车头完全转了个圈，翻了。

拖拉机翻过来，车上的猪正好把王老二压死。送到医院时，人还很清醒，抢救中间，突然就断了气。医生检查过，小郭除了几处皮肤擦伤，一点事都没有；王老二也几乎没有任何外伤，都是那两头猪，猛地砸到身上，肋骨被砸断，内脏受了伤。

我感觉头发一下子立了起来，像根根树枝。铁佛寺的菩萨，果真是灵验。如果不是前后左右都有人，我当时一定会倒下。这太可怕了。我突然之间，就成了杀人犯。现在才知道，我虽然确实恨王老二，也许过愿，但并不想真正要他死。刘兰芳说，杀人偿命，欠债还钱，他只不过杀了一条狗，并没有杀人啊。

这事只有小金和小春知道。我必须瞒过所有的大人。我低着头，避开小金和小春，匆匆挤出人群，朝家里跑去。我一边跑一边流泪，后来抽泣声越来越大，我担心别人听见，就把拳头塞进了嘴巴。

17

送葬需要孝子。如果没有我，王家还真麻烦。王老二没有孩子，王老大家又是一窝小妮儿。小郭过来跟姨奶商量，她穿着重孝，不能进别人家门，就在门口跟姨奶说话。姨奶说行倒是行，就是这孩子脾气拗，我怕他不听话。小郭泪汪汪地看着我，说银，人死如灯灭，你还记恨他？我使劲摇头，好险没把自己摇晕。小郭说那你愿意？我点点头，眼泪刷拉一下涌了出来。小郭带着浓重的哭腔，说还是这孩子有良心啊。老二生前，没白疼他！

那天我不停地流泪，但却不敢哭出声。似乎那样，会把白布下面的那个人惊醒。他会坐起来，问我为啥一定要害他。按照规矩，我得披麻戴孝，手里抱着孝子盆，后面是八个人抬棺材。村里的邻居几乎都在跟前，包括宝生。很多人脸上都带着笑容。不时有人轻轻地扯皮开玩笑。还有人琢磨着，怎么能要到下湾的那一大块好田。宝生摸摸我的头，浅浅地笑道，这个干儿，还真有个干儿的样子！

小眼，你少碰他！宝生话音刚落，小郭就愤怒地喊道。宝生笑着还要辩解，看看周围，笑容随即凝固。他讪讪地说现在不是那天要我拉他的时候了？这事你不能怪我，是他朝我开！小郭说男人的头，女人的脚。只能看，不能摸。你不懂？你个驴拉车的，别损我干儿的福分！

这理由瓤了点。我到底还是个孩子。宝生的脸刷拉一下白了。不过他啥都没说。这时，道士仙喊一声起灵！喇叭唢呐随即响起。我也像被人拧开了嗓门的开关，放声大哭。

葬了王老二，村子里很快就恢复平静。仿佛根本就没有过这么个人。偶尔有人说起，大人的反应也都是惊人的一致，就像课堂上的学生回答。对了，说到这里我才想起来，我已经辍学一年多了。当初老师教过的字，不知道脑子里还剩下几个？

大人都说，他那是命。你想想，人家小郭也在车上，为啥一点都没受伤？他为啥没叫石头碰死，也没叫拖拉机压死，单单死在几头猪下面？一报还一报，那就是命！我觉得很有道理。而且越想越有道理。于是不断说服自己，那确实是他的命。他不该杀了那么多猪，又让那么多猪断子绝孙。

那些日子里，我无比痛恨自己。睁眼闭眼，我眼前都有一匹宝马，吕布那样的宝马。我骑在上边，不住地挥动鞭子，想快点离开自己。可是，这怎么可能呢？小郭还特意上门找我，要我晚上过去陪她几天，说她一个人害怕。姨奶说银，你看咋样？我看看小郭，她眼里满是邀请。她说银，去吧，我有宝宝给你。你喜欢看画画，对不对？

我点了点头。

每个房间里都亮着灯。小郭纳鞋底，我在旁边看画画。王老二给我买了好几本画画，除了《虎牢关》，还有我最喜欢的《千里走单骑》和《赤壁大战》。他准备给我过生用，搁在箱子里，一直没拿出来。

我翻翻这本，看看那本，不知道看哪本好。我问小郭，说你觉得哪本好看？小郭在头发里擦擦针，笑着说我又没文化，哪知道哪本好看？你随便选吧。

翻着翻着，我突然翻出来一张纸，带着熟悉的味道。那种味道我怎么也不会忘记。只有医生或者医院来的东西上，才会有。比如赤脚医生的药箱。

我随手递给小郭。小郭凑到灯下看看，神色大变，傻了一般。那种神情让我非常害怕。我赶紧摇摇她的身子，说你怎么啦？你怎么啦？可她一声不吭。我接过那张纸，只见上面有好长一趟字，我只认识其中三个，别的可能也学过，但我都忘了。就是认识的那三个，也不明白意思。

我记得清清楚楚，那三个字是，死精子。

眼泪从小郭眼眶里漫出来，不住地朝地上砸。声音是那么的尖锐，像冬天的寒风。她一字一顿地骂道，你个王八蛋，你可害苦我了啊。正在这时，外面传来一阵敲门声，我脊梁上不觉满是冷汗。我想那稳定是王老二，天黑了要回家。小郭刚才骂的，也稳定是他。他不是喝了酒，动不动就打人吗？

我盯着小郭的眼睛，紧张得一个字都说不出来。小郭对着窗外，压低声音吆喝道王八蛋，你真就这么缺德，要敲寡妇门？一个熟悉的声音说，瞧你说的啥话。我打谱明天就走，好歹也跟你告个别！

原来是宝生。

小郭略一犹豫，又抽泣起来。她伸手揉揉自己的肚皮，说你快走吧！我没啥话要跟你说！宝生说，架子车和毛驴用不着了，留给你吧！小郭的声音猛地高起来，说你当我是谁？我再穷再苦，也不干驴拉车。你赶紧滚，滚得远远的！再欺负我，小心老二变成厉鬼，找你麻烦！

他又不是没找过麻烦。牛屎踩了，气门芯拔了，还要咋法搞？宝生的口气，有点无奈。

你不亏！你到底走不走？你真丧了良心，要欺负我孤儿寡母？

好好好，我走我走。你看看你，恁长时间的邻居，你至于嘛。

宝生的脚步水波一般逐渐消失。隔着窗纸与窗花，我仿佛看到了窗外。除了寒霜一般的月光，空荡荡的，什么都没有。那种景象，让人心里寡得慌。

小郭伏身倒在被子上，放声大哭。一边哭，一边举起拳头，朝被子砸去。然后是自己的肚皮。

天啦，我上辈子都做了啥孽呀。小郭不断点头又摇头，哭喊道。

18

从那以后，我再也没去陪过小郭。不敢。我突然产生了强烈的走的愿望。只要能走，我甚至愿意上学，挨老师的教鞭。可是，我能走到哪里去呢？我能像背着鼓的陌生说书人那样，四处流浪吗？

没错，那是个陌生的说书人。看看那样的鼓，我就知道是说书的。天黑之后，用架子一支，随即就开始咚咚敲，但敲了半天，也不进入正题。等你快急死了，他才开口道：天也不早了，人也不少了，咱们的书，就要开始了。上文书说到，岳云锤死了金弹子------

可是，那个陌生的说书人，竟然在我跟前停了下来。他看着我，不说话。我感觉很奇怪，就问他你找谁？你有啥事？

那人还是不说话，但眼圈红了。他说银，再过细看看，你当真不认识我了？波浪一点点地冲垮我们的城墙，熟悉的记忆一点点地浮现。但是我不敢确认，铁佛寺的菩萨，真的又一次显了灵验？那也太多了吧。

爸爸一把将我搂进怀里。泪水扑扑簌簌地朝我身上砸。可是，我浑身上下，都充满了前所未有的冷静。我使劲推开他，问道，你怎么长了恁多胡子？你从哪儿来的？你当真会说书？

爸爸擦擦眼睛，熟练地敲敲鼓，说你看像不像？我说像。就是不知道，你说得好听不好听。

那天晚上，大人一个劲地催我早睡，但我就是不困。没办法，姨奶只好依了我。他们说话，我在旁边看画画。姨奶说，你咋想起回来了？爸爸说不是要分到户吗？我打谱也迁过来。姨奶说你只知道要田，就不知道要儿子？爸爸闷闷地说我就是要儿子，才跑了恁长时间。

姨奶没再说话。灯花毕毕剥剥地响。半天过后，姨奶叫幺表叔端来半铜盆热水，给爸爸洗脚。爸爸一脱鞋，脚臭得要命。姨奶说你迁过来就迁过来。那边咋办呢，能撇得下？爸爸说妹妹都发嫁了，小弟也结了婚，没啥事了。娘的坟他们照看着，我该回来照看照看爹的坟。我打谱把姓也改回来。姨奶半天后长出一口气，说改就改吧。你迁来也好。我老了，任务只能交给你了。爸爸说姨，我娘叫你一个人嫁到这里，你后悔不，恨她不？姨奶干脆地说，这有啥后悔的。哪里不是一辈子？爸爸说孙长官要是不埋我爹，随便扔哪里，可能也就没这些事了。姨奶说人没有长前后眼的。他给的大洋，我还留着一块。赶明儿给你，银大了再给他。爸爸说娘手里的那些，都叫她娘带走了。弟弟妹妹，一块都没见着。姨奶说行啊，人家也跟着遭了不少罪。你弟弟妹妹见没见着不要紧，他们又不是姓张的骨血。

我的眼皮开始打架。爸爸把我抱进了被窝。迷迷糊糊中，我听见姨奶叹口气，说他还能想着他娘长得啥样？爸爸说够呛。姨奶说你们爷俩，都是苦命人。你记不得你爹啥样，他记不得他娘啥样。咋对他说呢？爸爸半天后说还能咋说，照实说呗。总不能瞒一辈子。姨奶说那不好。不行就说她死了吧。

我突然清醒过来，大声说瞎说！我娘没死！他们俩都愣了。过了一会儿，姨奶才上来话，说她没死，那她在哪儿呢？我伸手指指天，说在月亮上。她坐公安局的吉普车去的！爸爸又是一愣。半天后说嗯，你说的对。她把这个留在吉普车上，说是给你的！说完，从兜里掏出那面小镜子，递给了我。

镜子像刀子一般冰凉。那种冰凉，温暖了我的梦境。对于那天夜晚的记忆末尾，是姨奶水亮水亮的老眼。

第二天一早，爸爸就带着我回去办户口。临走时，我凑到姨奶耳朵跟前，说姨奶姨奶，你说的没错。铁佛寺的菩萨，确实灵验！

少年行

兰花·一

山上的空气又黏又稠，如同过年时才能喝到的米酒；迎面吹来的微风有淡淡的甜尾儿，像甘草根的味道。抬眼望去，四周都是森森的绿色，懒洋洋的太阳偶尔从枝叶缝隙间探一下头，然后又不见了踪影。每每回想起来，这个画面总是让我心底泛起一阵温暖而又甜蜜的伤感。

那是大别山里一个初春的中午，我刚刚放学回来，正在山上打柴火。说是打，其实只是拣地上的枯枝断根，我这个年龄，现在还打不动。尽管娘早就恨不得给我压百十斤的捆子。打柴火得用斧头和镰刀，拣柴火没那么麻烦，只消带一根绳子。

但那天我身边还带有一样东西。是个罐头瓶子，里面还有小半瓶刚灌的泉水。我不仅要打一捆柴火回去，还想采一株兰花。当年春天的第一株兰花。我知道它肯定已经开了。我甚至能闻得到它的气味。如果不是它们已经悄然开放，山上的空气不会这么黏稠，风也不会这么甜。只是它们都隐藏在不起眼的角落里，得慢慢寻找。若不仔细看，即便在你脚下也未必能够发现。因为它们淡黄的色调，跟旁边的颜色基本没什么反差。这时候山的外衣都是绿的，但内脏却还是一派永恒的枯黄。树林间从来都少不了落叶。

沿着山坡一直爬到山梁上，还是一无所获。这让我非常焦急。最近一个星期以来，我一直在找，但都没有找到。如果今天再找不到，也许就永远找不到了。自然，我说的是第一株，当年春天的第一株兰花。果真那样，我会伤心死的。

我啊找啊，不知不觉又到了那个轻易不愿也不敢去的山坡。那是妈妈的领地。几年以来，她的房子就一直在那个地方，掩映在树木之中。不管刮风下雨，都不肯回去和我们同住。她的房子和我们不一样，看起来像一个没有捏好的馍馍。真是奇怪，小时候我那么愿意钻她的被窝，可现在却一点都不敢靠近她。不知所措地站在原地不动，心扑扑乱跳。过了好一会，才镇静下来。妈妈老坟上覆盖着厚厚的一层草皮，那是我去年清明的劳动成果，现在小草都已发芽，水灵灵的。看着它们，我不由得满怀伤感。那是一种远远超越年龄的成熟的感觉。

妈妈总会帮助自己的儿子，即便她已经到了另外的世界。我很快就强烈地感受到了兰花的气味。绕过去一看，老坟尾巴后面不远，有一株开了的兰花。已经开出四朵，长短不一，花瓣是我说不上来的颜色，但是都很好看。凑到跟前闻闻，香气先是淡淡的，几乎闻不出来；随后慢慢浓烈起来，简直没把我熏倒。

蹲在兰花边上，我踌躇半天，为该不该采而犹豫。人的老坟都是很神圣的。尤其是坟尾那一块，更动不得。如果有人敢在别人老坟尾巴后边动一锹土，其后人必然要跟他拼命。因为那是挖坟主人的后代根。所以我不敢断定，究竟能不能采这株兰花。想了半天，我决定还是采下。我就是妈妈唯一的后代根，这完全是我们自家的事。

我把兰花藏在路旁的一处林子里，然后才背着柴火回家交差。否则让娘看到，轻则没收，重则扔掉。当然，最遭殃的还是耳朵。如果那样，那我一晌午的力气岂不是白费。一进门，娘的脸就耷拉下来。生气地拽下捆子往旁边一扔，厉声喝道："怎么才这么点？你又野到哪儿去了？鬼孩子真是不晓得阴道，光吃不干活。谁前辈子欠你的，该养活你？"我嗫嚅道："大家天天拣，附近都没有了。明天晌午我跑远点。"娘说："跑远点，就指望你？"我不敢分辨，低头走进堂屋，坐到桌前赶紧端起饭碗。

大人们和妹妹已经吃过。饭菜都有点凉了。不过我并不在意。我感觉很愉快。如同外面的空气。这让我的喉咙热乎乎的，发堵。即便不吃这顿饭，也完全没关系。我一点都不饿。

二

虽然应付过了娘，但如何把它们顺利地带到学校而不让别人看见，还是个麻烦事。同学太多，上学时间相同，而路又只有一条。如何躲过他们的眼睛，得费一番功夫。因此那天我没像往常那样约同学，饭碗一丢就匆匆开溜。到了那处林子跟前，解开褂子，将瓶子连同兰花一起掖进去，然后再把扣子扣上，直到走出村子。

学校是个完小，坐落在小山包上。以前只有一圈破旧的围墙，大门才盖起来不久。不过尽管修了大门，我们还是时不时地爬墙头。当然那天没有爬。先下到围墙底下的草丛里，找一处合适的位置将兰花藏好，这才悄悄进去。

校园里一派寂静。估计老师们都还在午睡。我们班的兰老师和周老师也不例外。这个学期一开始，兰老师就成了我们的班主任。我最喜欢上的，就是她的语文课。虽然叫她老师，但她长得比我们也大不了多少。具体年龄不知道，估计最多也就是二十，跟周老师差不多。反正我很喜欢她。也喜欢周老师。周老师是今年春天刚从城里来的，给我们教数学和体育。城里人就是不一样，周老师的脸很嫩，总让我想起春天树杪上刚刚发出来的尖芽。衣服老是整整齐齐的，裤腿正中间有条线，笔直地从上一直劈到裤脚，非常打眼。更好看的还在下边，那双锃亮的皮鞋。另外，他还有辆崭新的自行车。因为房间小，白天车子扎靠在宿舍门口，晚上才搬进屋。其实晚上放在外边也不会丢的。谁再穷再胆大再不讲理，也不会偷他这样从城里来的老师。

下午第一节课是语文，第二节体育，第三节自习。推开教室门走进去，坐下打开课本，却一个字都看不进去。心里怦怦直跳，好像偷了人。当然，我本来也不用预习。凡是兰老师讲的，我都能迅速理解并且牢记。这也是她格外喜欢我的原因。

无聊地起身擦擦原本也没有字迹的黑板，走出教室，内心充满期待。终于，兰老师的宿舍门开了，但我无论如何也没想到，会首先看到周老师那张漂亮的戴着眼镜的脸。见了我，兰老师还是那么亲切，主动跟我打招呼："王根成，这么早就来啦？"我一个愣怔，脸忽然不由自主地发起烧来。含混不清地答应一声，低头而去。

兰老师从我身边经过，留下了一路好闻的香味。那香味是那么的熟悉。那一刻我眼睛虽然瞪得溜圆，但却漆黑一团，视若无物。只有内心是明亮的，并且在明亮中将她超越我的过程分解成一个又一个细小的段落。正中心的那个段落是她又抬起手，随意摩挲一下我的脑袋。就像上次我和何文宏打架之后。那天其实一点都不怪我，何文宏欺负小同学，我看不过眼，说了两句公道话，结果引火烧身。你想，我哪是他的对手啊，结果被打得鼻青脸肿，还流了血。然而因为我调皮捣蛋的名声在外，老师们都不向着我说话。可兰老师却没有习惯性地先拿我开刀。她摸摸我的头，轻言细语地说："王根成，你怎么一点都不明白呢，他那么壮，你能打得过他？打抱不平是好的，但也要讲究一下方式方法。你的家庭情况我知道，要学会保护自己啊。"

何文宏把我打得那么厉害，我都硬挺着毫不示弱，这番话却让我一下子败下阵来，眼泪不争气地噗噗直掉。不过我还是坚持着，使劲咬住嘴唇，始终没哭出声。兰老师把我领回宿舍，用毛巾擦掉我脸上的血和泪水。受伤的地方一擦拭还是很疼，但我心里却有种莫名其妙的舒服。如果兰老师还肯给我擦脸，那我宁愿再让何文宏那个王八蛋痛揍一次。

遗憾的是，那个段落一直在虚花花的明亮之中，我一整开眼就消失得无影无踪。

三

那天的语文课，我头一回开了小差。当然我不想这样，如果兰老师知道会伤心的。可是没有办法，我无法控制自己。心里如同长了草，毛刺刺的。具体瞎想了什么，我也说不清楚。很快，兰老师发现了我的走神。她先是看看我，然后再抬起眼睛面向全班："同学们，请用心听讲！"我揉揉眼睛，端正姿势，想把注意力全部看管起来。刚开始还行，但过了没几分钟，不知怎么回事，它们就再次放了羊。兰老师用她那好看的眼睛瞪瞪我（真要命，她瞪人都这么好看），提问我一个问题。我站起来后才弄明白问题是什么。不过这也难不倒我。兰老师表情复杂地看看我，既没批评也没表扬，只是简单地示意我坐下。坏了。她可别真生气了。我心里万分懊恼。如果她从今往后再也不喜欢我，她的课代表王根成同学，那可怎么办？

下半节课我听得很认真，过一会就掐掐自己的大腿。听讲认真，回答积极。这是我本学期以来的一贯作风。据说以前的老师一致表示不可思议。也是，谁能给睡仙桥小学的这匹野马栓上缰绳呢？

下课了。然后又是上课。体育课。学校门口有一块其实很不平坦的平地，就是我们的操场，周围都是陡峭的山坡。出于安全考虑，体育课都是两个老师一起上。每次我们上体育课，班主任兰老师都跟着。

先还是整队做操。我是排头，紧靠着周老师。他穿一身运动服，袖子和裤腿两边都有两条白色的粗直线，让他显得更加精神。每次看到他这个打扮，我都会想起评书和小人书中的两个三国人物。吕布或者赵云。我记得评书上有这么一句话，叫人中吕布，马中赤兔。估计就是周老师这个样子的吧。说真的，你想不到我多么渴望穿上这样的运动服。这个梦想因为过分遥远而显得太不真实，所以我从没跟任何人提起。

微风吹来周老师身上那股熟悉的城里人身上才会有的香味。那是我一直非常喜欢乃至迷恋的气味。可是不知怎么回事，这会儿它忽然让我有些不舒服。就连他胳膊和大腿两边漂亮的白线，也显得扎眼。

做完操，我们纵队变成横队，开始脱外衣。说实话，如果体育课不要求脱外衣，我会更喜欢的。因为我里面的褂子都很旧。有补丁是肯定的，但更要命的还是，有时候来不及打补丁，露着大大小小的窟窿。今天这件褂子虽然没有窟窿，但很多地方都即将透亮。

我是在大家都开始活动以后才溜出去的。同学们都在撒欢，没有人注意到我的短暂缺席。摸到那处草丛，抄起兰花然后又翻墙进了学校。

第一排是一二年级，第二排是三四年级，五年级、办公室和厕所在最后一排。每排房子的旁边，都有教师宿舍。兰老师的宿舍正好在第二排，翻过墙头就是。这会儿她的宿舍门锁着，不过没关系，我知道白天钥匙都放在门枋子上头，踮踮脚就能够得着。你肯定不知道，低年级阶段考试的卷子，有时我都要帮兰老师批。这是我们俩，语文老师和语文课代表之间的一个神圣秘密。

看看左右没人，我贼一样麻利地打开兰老师的宿舍。一进门，里面就是那种熟悉的气味。我非常喜欢的气味。好像春天刚刚开放的槐花。不过我来不及享受回味，赶紧将兰花放到桌子上，伸手随意扶扶，再后退两步偏头略一端详，便悄悄溜回操场。

出门时我本来想把门锁上的。但想想还是没有。我不想让兰老师一下子就猜到我。想象一下她看到兰花的惊喜，以及皱着眉头回忆与猜想的模样，我要多开心有多开心。

回到操场，我也撒开了欢。尽管那只篮球很破，我们还是很愿意玩儿。这是高年级学生的特权。因为只有一个，我们只能分成三班玩儿。一组跳高，一组跳远，一组打篮球，这是本学期我们体育课的永恒内容。三年级以下的学生，就是体育课也别想碰篮球。

我去时正好赶上第三班。兰老师和我们一起玩儿。一个攻防过程中，我突然摔倒在地。没办法，操场就是这个样子，同学们在操场上摔倒是常事。不过这一次我摔得比较厉害，膝盖疼得很，老半天爬不起来。就在这时，我忽然听到旁边传来周老师的声音。我注意到，他好像一直在看兰老师。按照说，他这会儿的任务是照看另外两组学生。

周老师说："王根成，快起来啊。勇敢点！"

我非常愤怒。我之所以起来得慢了些，固然是因为摔得比较重，但更关键的还是，我希望有人，最好是兰老师，能将我扶起来。就像上次和何文宏打架那样。你怎么知道我不勇敢？至少比你勇敢。你有什么本事，一条狗都能将你吓得屁滚尿流！这是前不久才发生的事情。周老师要到我们村家访，结果被何文宏家的狗吓掉了眼镜。

爬起来一看，膝盖虽然没流血，但却磨掉了一层皮。兰老师凑过来说："不要紧吧？"我头一昂，忍住疼，故作轻松地说："没事！"说完看都不看她，就一瘸一拐地下了场。

先整队再解散，体育课结束。周老师的哨音一落，我赶紧急步跑到衣服跟前，先麻利地穿上自己的衣服，再将两手使劲往身上擦擦，然后站在原地不动，眼睛远远地看着兰老师。

他们俩有说有笑地向这边走来。兰老师快走到衣服（她和周老师的衣服紧挨在一起，下面都垫着报纸，当然是她准备的）跟前时，我估计她能看到了，准备弯腰去帮她抱衣服；但就在这时，她好像根本没有注意到我的存在，弯腰抄起周老师和自己的衣服，转身继续有说有笑地走进学校。

我浑身的血液顿时凝固。还有知觉与神经。愣在那里半天挪不动脚步。

同学们都走了。操场上只剩了我独自一人。出了一身汗，这会儿小风一吹，有些凉。不过我觉得还是心里冷。那是一种绝望的冰冷。如同水面上的涟漪，一点点地扩散开来，逐渐布满全身。

我真想哭。可是不能。

上课铃响。我慢慢走向教室。此时我才明白膝盖上的伤痛有多么严重。它简直让我不能自持。

过了大门是第一排教室。还有周老师的宿舍。那辆漂亮的自行车，依然雄赳赳气昂昂地停在门前，在血红的落日映照下，闪耀着崭新的金属光泽。

一下，两下，三下，自行车的反光老是刺我的眼睛。我无比愤怒。随即折转方向来到车子跟前，假装低头系鞋带，偷偷拔掉了车轮上的气门芯。

从来没有听到过如此畅快的声音。从急到缓，先大后小。那声音险些吓到了我。轮子出了气，我也出了气。赶紧起身继续向后走，但目标并不是四年级教室，而是兰老师的宿舍。门还虚掩着，也就是说，在此期间主人并没有进门。一推门，浓郁的香气扑面而来。兰花的气味，还有兰老师的气味。这香气是那样的强烈，熏得我的眼睛简直要流水。

桌子，板凳，床铺，书架，地图。屋里的陈设还是那么的熟悉，但却不再令人亲切。我所有的感觉，都是伤心。要知道，这是诀别。

我没有犹豫，抄起花瓶掖进衣服出了门。出门的一刹那，我略一停顿，想想又按上了门锁。

四

那节自习课我没有上。溜出大门，来到树林里，将罐头瓶狠狠惯在地上。在玻璃的碎裂声中，我的眼睛随即出现两股小溪，一只眼睛一股。小溪汩汩地往外冒，像枯水季节的秋天那样。

瓶子已经打成碎片。这是我好不容易才寻到的一只合适的罐头瓶。一般的罐头瓶都是矮胖矮胖的，像娘那样；只有这只身高体长。像兰老师。我刚寻来时，它外面还贴着商标，上面写着五个大字："糖水梨罐头。"让我看了满口生津。

我呆呆地坐在草地上不动。直到屁股被茂盛的青草汁液沁湿。

拍拍屁股站起身来，眼睛还盯着地上的兰花。它上面压着散乱的玻璃碎片。想了半天，我又将它们拣了起来。

五

第二天中午，我又将那四朵兰花送回原地。

我在妈妈的老坟跟前站了老半天。嘴唇都快咬破了，可是，我没有哭。

回家·一

刚开始有一大群同学同路，大家有说有笑得很是热闹。慢慢地同学越走越少。来到这座山梁跟前时，我已是独自一人。

这是个春末的下午。星期六。我结束了一周的学习，正在回家的路上。天很好，不冷不热。四周望去，入目的都是盈盈绿色，让人眼里心里都很舒服。大别山里的春末，到处都是这样。山梁很陡，也很高。我爬得有些吃力。细密的汗珠从额头和两鬓处慢慢渗出来。前胸后背也感觉汗浃浃的。不过我并不觉得累，就是有点饿。其实午饭也刚吃过不久，还没到达午饭与晚饭之间的中点。可是午饭吃得太少，又走了那么久的山路，我还是感觉腹内空虚。

爬上山梁，精神一振。那感觉跟做出一道难题差不多。好几个老师都给我开小灶，在正常的作业之外另外再布置几道难题。这些难题我基本上都能做出来，就是要多花点时间。不过这也没什么。学校在镇街上，出去玩就要花钱，还不如待在教室里，既学知识又省钱。

我在山梁上歇了一会儿。山高风大，衣服紧紧贴在身上，边角部分飘扬欲飞，呼呼啦啦地响，跟学校门口的国旗一样。那风是“吹面不寒杨柳风”的风，也是“春风复多情、吹我罗裳开”的风，吹在脸上痒痒的，很舒服。不一会儿，汗吹干了，微微有些凉意，于是开始下山。

村落慢慢多了，耳边不时会有几声狗叫。我的眼睛不住地左右踅摸，可正是青黄不接的时候，除了菜园里的萝卜，再无合适的目标。稍早一点，有映山红，花瓣嚼起来酸酸的，有些甜尾；晚一点就多了，黄瓜，洋茄子，红薯。再往后还有板栗。不过我也只是看看而已，并不真想弄点什么东西吃。奶奶说过，那是偷东西，很丢人的事情，坚决不能干的。其实照说这也没什么。瓜果梨枣，谁见谁搞么。只要不带着走，就算不上什么事。课文《社戏》里，不也有小孩偷瓜果吃的情节么？可是自从娘把我和妹妹撇给奶奶，奶奶就坚决不准我那么干。老师也说过，都中学生了，要有涵养。涵养具体是什么意思我不大明白，但有一点是肯定的，未经允许拔别人的萝卜，就是没涵养的表现。

二

到家时门锁着。我踮起脚尖，伸手从门枋子上头摸出钥匙。奶奶知道我要回来。我拿着钥匙先开了厨屋门——我们这里，管做饭的那间屋叫厨屋，另外的主房叫堂屋；堂屋两边人睡觉的房间，叫房屋。走进厨屋揭开水缸盖子，抄起水瓢舀了半瓢水，咕咕咚咚地仰脖就朝嘴里灌。我们都吃泉水，比学校的自来水好喝多了。甜着呢。

水缸里的水不足两成。喝完后将瓢扔进水缸，抬手抹抹嘴巴，环视四周。屋里有一股熟悉的令人放松的气味。具体是什么说不清楚。那是一种耳鬓厮磨多年之后才会有的亲切。左看看又看看，最后目光落在锅台上。揭开一口锅，里面是空的；再揭开另外一口，锅底里只有一点水。我失望地盖上锅盖，又打开碗柜门。饭菜的味道立即扑鼻而来。饭是红薯饭，米粒镶嵌在里面，如同珍珠一般只是个点缀；菜是炒萝卜，油水比学校是大些。我双管齐下，右手抓把红薯饭，左手拈起几片萝卜，狼吞虎咽。

随意吃了几口，然后抓把饭向外走。打开堂屋，将那三个房间挨个看了一遍。如同在外边游荡了一天的狗，夜里回家时总要到处踅摸踅摸，东闻闻西嗅嗅。和上回一样，屋里没有任何变化。这个发现让我既放心又有些失望。走进自己房屋，摘下书包远远地扔到床上，然后径直来在稻穴子旁边。稻穴子是用篾席子扎的，用来存放秋天打下来的稻子。因为上半部分已经空了，用手一扒，席子立即变形，朝着我丑陋地瘪过来。稻穴子本来就不大，现在已经空了大半。指望它们坚持到秋收，眼见的有些难。我刚到家的轻快一下子就没了。失望地放开篾席，又朝奶奶和妹妹的房屋走去。我要看看米缸。

我探测米缸的精度惊人。掀开盖子只瞄一眼，就知道米缸正处于将见底还没见底的程度。无论如何，是不够自己带的。一般我每回都带三十斤左右。多了背不动，远途无轻载么；少了不值当的不说，称米时还怕人家笑话。

我这才感觉到累。疲惫不堪。筋疲力尽。心力交瘁。都是课本上学到的词语。步履沉重地回到房屋，坐在床上发呆。一只手放在裤兜里，将那剩下的四两饭票捏得热热乎乎。上星期共总四斤饭票，吃了一周，还剩下四两。怎么吃的呢？每顿二两，这是食堂卖饭的起点，一天就是六两；周六晚上回家，周日晚上又要补上，整整六天。四十减去六六三十六，不多不少正好四两。这是再简单不过的算术题。

我没有任由自己一味待下去。不一会儿就站起身来，活动活动腿脚，又向厨屋走去。体育老师说过，运动之前应该先活动活动肌肉，否则容易造成伤害。进去后，径直来到水缸边，揭开盖子就往外舀水。往邻近的那口锅舀了一些，奶奶做饭时用得着；剩下的都往水桶里舀。舀了没几瓢，就开始碰到缸底，舀上来的水里有不少镇子（按照书面用语，应该叫悬浮物）。我见状放下水瓢拿起炊把，将缸底仔细刷刷，然后推动水缸往旁边一歪，将这些水用勺子刮进一只水盆。刮干净之后，再倒进一些干净水，淘一遍。最后端起那瓢水，将上面清水的倒进水缸，下面有镇子的倒进水盆。这些水，奶奶可以用来煮猪食。或者沉淀好之后，用上面的清水洗碗。反正都有用处。

刮完缸脚子，将水桶里的水倒进水缸，然后担起桶向山下的水井走去。水桶是爸爸的手艺。爸爸是个不错的木匠。水桶很大，就是爸爸自己担，恐怕也有些吃力。我是十二岁即去年开始担水的。从半桶开始，然后是大半桶，最后是满桶。头回担水，裤脚和鞋子都被溅出来的水打湿不说，上山时还跌了一屁股，弄得担子一头重一头轻，担起来更加费劲。好在跌倒的地方离家近，总算将剩下的水全担了回来。奶奶听到跌倒声走出厨屋一瞧，赶紧用围腰子擦擦眼睛，大声呵斥孙子："担不动就别担，逞什么能?！小心摔破了桶！"我虽然吃力地担着担子，但却一直在观察奶奶的反应。我看到了她擦眼睛的动作。因此挨了斥责并不难过，反而有些兴奋。我没有没意识到，这就是我的成人仪式。那一年，我小学五年级。

一连担了三挑，水缸基本满了。约莫着剩余的容量装不了一挑，擦擦汗这才作罢。放好水桶歇歇气，我又拎起那只大竹筐上了山。

三

提着满满一筐猪草到家时，厨屋已在冒烟。那烟远远看着很亲切，也很真切，但等走到跟前，烟柱也就不那么显眼，最显眼的是味道。我远远的叫声：“奶奶，我回来了！”边说边向厨屋走去。

厨屋的门开着，奶奶说声：“银回来了？”同时迎出来，边走边用围腰子擦手。我乳名叫银山，奶奶一直叫我银。

奶奶的眼睛紧紧盯着自己的孙子。孙子还是那样瘦。那样黑。那样小。奶奶和孙子都在向前走。我们的距离越来越近。奶奶首先停住脚步。她在离门口不远的地方截住了我。我的脚步也停下来。奶奶伸手要接竹筐，但我不让，奶奶的手就自然而然地向上延伸。她抻了抻我的领子，正要顺势给我擦汗，我却将身子向后一躲。我已经是大人。再过三个月零八天，就是我十三岁生日。况且还是中学生。我说：“奶奶，你看你手上，净是菜叶子！”

奶奶的手霎时在空中僵住。不过那只是一瞬间的事情。她恢复常态，淡淡地说：“歇歇去吧。饭一会儿就好！”我哎了一声，将猪草倒下，放下筐洗洗手，站在锅台边陪她说了几句闲话，又向村头走去。

妹妹回来时天就要黑了。她总想让自家的牛多吃几口草。在即将遮盖一切的暗色中，我一眼就认出了妹妹的身影。我大叫一声：“妮！”就向妹妹和牛跑过去。妹妹的乳名叫二妮，奶奶一直叫她妮。我到镇上上学之后，也用了这个称呼。

妹妹也看到了哥哥。她扔下手中的牛绳向哥哥跑去。一边跑一边叫：“哥，你哪时候回来的？”我说：“你怎么才回来？我早就到了！”姐妹俩随即胜利会师。我嘿嘿笑着不说话，只是看着妹妹。妹妹也是笑着不说话，但紧紧抓住我的一只手。片刻过后，我伸手摘下妹妹头上的一根野草：“快回去吧，奶奶都做好饭了！”一边说一边绕过妹妹向前走几步，拣起那条被牛拖在地上的牛绳。

牛肚子吃得鼓鼓的，一边迈着四方步一边兀自反刍，那安闲的神态比后来我看到的人嚼口香糖的动作自然得多。我亲热地随手在牛肚子上拍一把，像老把式那样喝了一声：“得儿——驾！”

这时节天已黑透。周围的草树房屋只剩下一团黑乎乎的影子。黑暗中弥漫着庄稼人才能闻到的和着炊烟的饭菜味道。很香。

四

一进屋就觉得不对劲。空气中飘荡着浓烈的只有肉才能发出来的香味。怎么回事，不年不节的，奶奶要给我们打牙祭吗？过去一看，果然是打牙祭。饭虽然还是红薯饭，但菜却是一碗土豆一碗鸡。另外还有中午剩下来的萝卜。

奶奶已经盛好饭。这样的天时不怕凉。我端起碗一看，自己碗里的米明显比奶奶和妹妹的多。我呼的一声站起来：“学校天天吃米饭，都吃厌了。我想吃红薯！”说着话到厨屋将米尽量赶到锅里，然后再挑些红薯补上。

鸡不是特意为我杀的。奶奶轻易还真舍不得。这个星期二，大姑父来了。捎着一麻袋土豆，还有一麻袋红薯。他要来帮岳母料理料理农活。奶奶犹豫再三，还是杀了只鸡。不过大姑父只吃了一点，坚持要给我留点。这正合奶奶的心意，于是就留了一半。怕放坏了，奶奶顿顿饭都要热热。热到现在，肉全酥了。用筷子一挑，骨头就会自动分离。而且放到现在，实际上已经变质。品品有点异味。不过这鸡是奶奶用瓦罐煨在锅底下炖的，里面有晒干的红辣椒，吃起来还是非常过瘾。那点异味，我一点都没放在心上。说起来，真已是三月不知肉味。我能异常清楚地回忆起上次吃肉的情景。那是三周以前，我在学校食堂打饭。我要了份青菜，但师傅正好刚刚打过荤菜，一片肉被粉条缠在勺子上。看到那片肉，我的眼睛顿时瞪得溜圆，心也扑扑直跳。我不知道那块肉能不能落到自己碗里，也不知道落下后师傅会不会再挑出来。无论如何，我付的是一角钱的菜票，按理没资格吃肉。还好，勺子一歪，那块肉稳稳落进我碗里，师傅也跟没看见一样任我飞快地抽回碗。因为其中的油已经被汪洋大海一般的菜漂尽，那块肉后来吃起来味道远不如想象。但尽管如此，我还是很清楚地记住了那个师傅。她很面善，是三个师傅中最和气的一个。姓金。

奶奶将那只鸡腿夹进我碗里，我又将它夹给妹妹："妮吃吧。你正在发育，需要营养！"妹妹不要，又要往回夹："你学习重，更需要营养！"我将碗向后一撤，躲开妹妹的筷子："你要不吃，就给奶奶！"妹妹无奈，只好向奶奶求援：“奶奶，你看我哥！”奶奶的脸一下子沉下来：“真是没出息，不就是一条鸡腿吗，吃了又能怎么地？银吃！”

我只好将碗伸出来。鸡汤和饭的热气上冲，顶得我两眼发热。物理书上说，热气碰到冷东西，会结晶成水。眼下那些热气就有在我眼眶上结晶的危险。我之所以没有继续推让，就是担心出现那样的局面。

五

吃罢饭，一家三口围坐在堂屋的煤油灯下。空气中还隐约散发着鸡肉的香味。奶奶缝衣服。妹妹给她打下手。我在一旁看书。眼睛盯在书本上，心思却没在这上头。在昏暗的煤油灯下，奶奶眯起眼睛穿针，穿了几下都没穿进去。我看了不禁心里一紧。妹妹要帮奶奶的忙，我赶忙叫道：“我来我来！”一边说一边夺过针线。

我麻利地帮奶奶穿上线。很遗憾针只有一个，不像以前她缝被子，一穿就是好几个。我似乎是突然发现的，奶奶的白发有那么多。一掀开头发，发根基本都是白的。有些则已经全白，东一缕西一缕的。那是种很难看的令人伤心的白法，因为乱。没有规律。不像以前的爷爷，头发全部是白的，如同春天快要化了的微微泛黄的残雪。村子里奶奶这个岁数的女人，没一个像她这样的。

我一直在想怎么跟奶奶开口。不说是不行的。而且越早越好，让奶奶好有个准备。正要开口，奶奶却说了话：“银，饭票吃完没有？还有多少？”我如释重负，脱口而出：“还有四两。”奶奶轻轻啊了一声，随即抬起手指放进嘴里吸了两口。她自我解嘲地说：“老啦。不中用了。眼花了！”顿一顿又说：“不要紧，明天我给你准备上！”

怎么准备，无非还是个借。稻穴子里统共就那么些稻子，得吃到秋天新米下来。再说，打米也是需要钱的。我最不忍心的就是这个。我知道，奶奶最不情愿的事情就是向邻居开口借钱借粮。可是没办法，学校食堂连面都不收，更别说红薯土豆那样的杂粮。他们只要大米。我除了将裤腰带勒紧点再勒紧点，没有别的办法。

在无边的沉默中，我忽然开口说道：“奶奶，早点睡吧。老熬夜费煤油！”

六

次日早上我起了个大早。先将牛赶上山，让妹妹睡了个懒觉。妹妹吃完早饭上山接牛，我回来吃罢饭又帮奶奶整了会儿菜园。干了没多久，就被奶奶坚决地撵了回来。奶奶让我回去学习。

中午还是红薯饭。妹妹还没回来，饭桌上只有我跟奶奶。接过饭碗就感觉不大对劲。在里面一拨拉，原来下面埋有一块闷罐肉。过年杀好猪后，为了长期保存，主妇们将肉切成半大块，在油锅炸个半熟，然后搁在油罐里。随时吃随时拿出来，切成小块再炒。这肉才好吃呢，又香又不腻人。

这块肉足有我的手掌那样宽，只是没有手掌长。上面十分之一是猪皮，中间五分之四是肥肉，下面一半是瘦肉。足见奶奶是下了狠心的。去年过年家里杀过一头猪，不小，一扇一百二十多斤。肉叫奶奶卖了大半，剩下的都放着。现在虽然还有一些，但也要接到过年杀猪才行。它们都是战略预备队，关键时刻才能拉出去的。

将菜埋在碗里，一般对贵客才这样，让他不能推辞的意思。我的眼睛又有些发热。我生气地说："奶奶，油流流的你叫我怎么吃？我不要！"奶奶的声调并没有顺着孙子而升高。她平静地说："银，你要知道，你是替咱们全家去念书的，包括你爸；你也要替咱们全家吃这块肉，也包括你爸！"说完奶奶看了一眼堂屋正中间的供桌。那上面有父亲的照片。我觉得无论从哪个角度看过去，爸爸都在笑眯眯地看自己。

我看了看供桌，彻底没话。

七

奶奶吃完饭，拿条口袋要下到村子里去借米。等奶奶走远，我到厨屋将那块肉放到案板上，用刀切下一小溜放进嘴里。嚼嚼，真是香死了。我想想，又切下一小溜。比头回的小些。吃完这溜，随即坚决地收起菜刀，然后将剩下的都埋进菜里。

我们家在半山腰上，邻居们多数都在下面的一个宽阔地里。我向下村望去，用目光寻找奶奶。奶奶从一家出来又进了另一家。跑到第三家口袋似乎才有了重量。她背着口袋开始往回走。我俯视着她，总觉得她腰弯得厉害。那点米对她来说根本不算回事，她原本不必如此。是什么东西压弯了奶奶的腰？我心里明白又不明白，不明白又明白。

奶奶回到家里，扎好口袋，将早已替我炒好的酱疙瘩放进一个尼龙网兜，又该出门了。猪还等着要吃。

奶奶迟疑地对我说："银，我去打猪草。你路上小心！"

我哎了一声。

奶奶又说："你别太用功，该玩就去玩玩！"

我又哎了一声。

奶奶接着说："你别太克，该吃就吃点，要钱就言声！"

我还是哎的一声。

奶奶和孙子的眼神只一碰，就各自闪了过去。是孙子先闪开的。奶奶的眼神从孙子的脸摩挲到了他右手的胳膊肘。那里的衣服快透亮了。我可是村里唯一的秀才，给我打补丁，她怕丢面子呢。我的眼神则一直在奶奶头发上逡巡。也就是那头丑陋的杂发。不过那丑陋的背景，不是恶心讨厌。而是一种不由自主的同情。怜惜。与心痛。

奶奶弯腰提起竹篮，却并不立即走开。她迟疑着还想说点什么。我催促道："奶奶，你快走吧。你当我还是小孩子呀？我都十三了！"奶奶听了这话笑了。那笑容里既有畅快，也有几分凄然。都说儿大不由爷，这么快就来了么？

八

听到妹妹回家的声音，我飞快地盛好饭，然后从菜里翻出那块肉放在最上边。我知道，如果埋在下边，妹妹死活是不会吃的。

我说："妮你快吃吧。奶奶中午炒的。咱们三个一人一块！"

妹妹有些不信："真的？我不信！"

"我还能骗你。奶奶本来不想炒，是我要的。你快吃吧。凉了就不好吃了！"我说着话，把饭碗推了过去。

妹妹夹起肉正要吃，忽然又放下了："哥，我看水缸空了，你再担挑水去吧！"

我知道水缸本来就不满。奶奶早起又煮了猪食。虽然水缸盛不下一挑水，但剩下的可以暂时放在桶里，一样用。

我痛快地说："行！"

挑完水回来，那块肉已经进了妹妹的肚子，连同半碗饭。也是，谁能禁得住它的诱惑呢。我满意地看着妹妹吃完饭，将菜放进书包然后挎上，再扛起米口袋，准备出发。正要走，想想又回过头来："妮，你在家别惹奶奶生气，顺着她点！"

妹妹点点头。

我说："别让她熬夜，眼都熬坏了！"

妹妹又点点头。

我又说："在山上放牛小心点，别老钻树窟窿，仔细碰到长虫！"长虫就是蛇。

妹妹还是点点头。

我还要再说点什么，妹妹在后面扑哧一声笑了："哥，我看你也快成咱奶了。婆婆嘴！"

我也笑了。我笑着上了路。

九

到校不久，很快就到了开饭时间。跟以往一样，我打好饭回到宿舍。同学们开玩笑时用钱来衡量人，条件最好的叫十块头的，他们兜里能掏出十块整钱；条件较好的叫五块头的，随后是两块头的和一块头的。眼下两块头以上的同学都在食堂吃热饭热菜，以下的则回到宿舍，就着从家里带的菜下饭。我们一人一个角落，谁也不影响谁。大家带的一般都是咸菜，比如酸白菜，酱疙瘩，或者臭豆腐。这回奶奶给我炒的是酱疙瘩，搁在罐头瓶里。

打开罐头瓶，我呆住了。那块肉竟然还在里面。上面草草盖着一些咸菜。拨拉开一看，除了肉皮被妹妹咬去，剩下的完好无损。

我的眼泪不觉吧嗒吧嗒地往下掉。

宿舍里很静，周围只有细微的咀嚼声。大家各自为战，没有人知道我的心事。

七夕·一

脑袋一探出墙角，我简直目瞪口呆。那姑娘实在是俊。俊在哪儿也说不上来，我当时根本没细看。没工夫，也不好意思。开了学就要上初三，还盯着人家姑娘看，算个什么事？

“老表，快呀！”表兄在后面压着嗓子吆喝。还有老黑，也伸着舌头嘿嘿出气，催命鬼似的。我下意识地闭闭眼，缩回脑袋，冲姑娘的方向发出指令。

“老黑，上！”

管她俊不俊呢。谁叫她是望银的表姨。

老黑狂吠着冲过墙角。那边随即传来一阵惊叫。我心里一紧。探头一看，姑娘已经从地上摸起一根棍。老黑一边叫一边后退。我心里一阵轻松，但很快又上来一股邪劲。混账东西，一见漂亮姑娘就没了斗志，还能中个什么用？

我踢了老黑屁股一脚。压着嗓门说：“上，上啊！”老黑又打起精神，叫着朝前冲。可那叫声让人哭笑不得，跟气球被扎了一针似的。

老黑再度败下阵来。姑娘的脚步，也跟着匆匆朝我心头踩。“谁家的狗？再不看住，小心我剁了吃肉！”我的眼睛询问表兄，他的嘴巴作了回答：“快跑吧，她不怕狗！”

二

屁松屁松地回到家，钻进厨屋舀瓢凉水刚要朝肚子里灌，却见舅母正在拾掇饭。看架势是要来客。我嘴巴里一下子湿润了许多。没办法，我就是喜欢来客。

“又神哪儿去了？还不快来择菜！”舅母皱着眉，扫了我们俩一眼。我咕咕嘟嘟猛灌几口，就撂下瓢蹲到表妹跟前，和她一起剥蒜瓣。

舅母叫表兄洗把脸，去喊叶大妮吃饭。叶大妮是谁？就是望银的表姨。天老爷，这可怎么办？看看表兄，脸上也写满紧张。

“啊，就今天？不年不月，非亲非故，请她吃的什么饭？”

“你管这么多呢？叫你喊你就喊！”

“我不去！要喊你去喊。我又不认得她，怎么喊？”

“怎么不认得？就算不认得，望银家你总认得吧？快去！”舅母飞快地擀着面条，头都顾不上抬。

表兄到底还是没去。饭也没吃，跑了。后来我偷空给他送了两个凉馍。大舅说：“要不我去喊？”舅母说：“你喊是你的意思，他喊是他的意思，能一样？看你养的什么儿！”

客没请成。表兄不敢回家，我也带着语文课本，溜到池塘边。是初三的语文课本，从别处借的。我下下学期才能学到。但这没关系，我就是喜欢看，喜欢读。尤其是后面的古诗。反正除了这个，也没什么别的东西可看。

知了生就一张婆婆嘴，在柳树上不住气地吵闹。风从池塘上吹来，带着荷叶微微发苦发涩的清香，热乎乎的。背了一气，脑子慢慢被字句搅成刚出锅的糨糊，于是脱掉衣服背对着水，直直地摔进去。脊背拍在晒热的水面上，有点疼。我一动不动，就那样沉入水底。

下面的水凉快。睁开眼睛，面前除了稀疏的藕根就是水草。偶尔有两只鱼虾游过，但你永远别想抓住。阳光透过水面照进来，一切都虚花花的，很有意思。一口气用完，我四肢同时向下用力，呼啦一声扎出头来，大口大口地喘气。经过太阳的蒸烤，荷叶苦涩的清香味越发浓重，有点辣。

藕根上有刺。我小心地穿行其中，尽量躲着。泡了一气，再爬上去继续背诗。指头在腿上随意一划，便留下一道白印。这是罪证，得小心点，否则耳朵可能会遭殃。

“秀才，一个人在这里用功呢？叫我看看，书上都有什么。”叶大妮如同神兵天降，吓了我一跳。她笑吟吟地伸出手，丝毫看不出恶意。那种笑容磁场一般，将我手中的旧课本磁化，然后吸过去。

“七什么？念我听听。”叶大妮的手停在杜牧的《七夕》上。

这有何难，我张口即来，一字不差。银烛秋光冷画屏，轻罗小扇扑流萤。天阶夜色凉如水，坐看牵牛织女星。说心里话，我一直希望有人来跟我谈谈诗词文章科学道理，讨论，探询，甚至像老师那样提问，或者干脆就是考试，都行。但是，没有，总是没有。整个村里，就找不到一个学问人。

“怪好听的。说的都是啥意思？”她又把书递还给我。

意思？字都认识，但组合起来有什么含义，却说不清楚。我顿了一顿，说：“也没什么意思，就是看天上的牛郎织女。”说到最后，我一下子来了精神。当时我并不知道，那一刻自己的灵魂已经脱壳，溶入遥远的未知世界。

“哦？诗文里还有牛郎织女？”叶大妮眼睛一亮，然后又迅速熄灭。如同那天晚上，天空闪过的流星。

“当然，诗文里什么都有。”我越发神采飞扬。

“不错，你学得不错。这样很好，千万别学望银。还有，上午那样的事，也尽量少干。”

我脸上一阵发烧，支吾半天也没说出个子丑寅卯。灵魂仿佛天上的风筝被粗暴地拽回地面，又坠入昔日的躯壳。那是个典型的硬着陆，有点疼。其实有我什么事？都是表兄的主意。老黑听我的，我听表兄的，就这么简单。

当然，我不能告诉她。

叶大妮飘然而去。看着她的背影，我突然又闻到了某种熟悉而亲切的气味。很像荷叶苦涩的清香，但又不是。也许，那就是所谓的薄荷？我无法确定。唯一能确定的是，那时我才发觉她有降温功能。她一过来，周围凉快了许多。

三

叶大妮到底还是来了我们家。确切地说，是大舅家。去年奶奶去世之后，就跟他们生活在一起，妮儿去了大姑家。虽说是亲舅舅，但外甥终究不是儿子。拿舅母的话说，外甥狗子外甥狗子，养不了家的。

叶大妮叫表兄大弟，叫我二弟，叫表妹小妹。舅母叫我们喊她大姐。我和表妹答应得很干脆，但表兄一直不肯。在他嘴里，我和表妹的大姐没有称谓，只有一个字：哎。

不过我也有疑问。望银那家伙虽然该锤，但也是老表伙的，照说他表姨我们不叫表姨就叫表姑，总之要高一辈。这点道理，我一个中学生，还能不懂？显然，这个问题也难住了大姐，她的脸一下子泛起绯红，如同春末山间刚刚绽放的野杜鹃。舅母狠狠地剜我一眼，刚要开口，大舅已经接过话茬："这不奇怪，这叫各亲各论。"这么一说，我有点明白了。《水浒传》我看过很多遍，三十六天罡七十二地煞的外号全都倒背如流。那上边浪子燕青是玉麒麟卢俊义的干儿，可别人把他们俩同时称兄弟。大舅说："没错。你闲书没白看，还能学点道理。"大姐也说："二弟到底有学问，就是不一样。"

舅母安排我去街上打油，表妹到厨屋帮着择菜，表兄呢，在堂屋里陪客。我可不想上街去打什么油，那么远，哪有在堂屋跟大姐说话有意思。可我都这么大了，又是中学生，不听招呼还行。只得脚不沾地地一路狂奔。可回来一瞧，大姐却在厨屋里帮忙烧火。我站在大姐旁边，鼻子里漂浮着那种类似薄荷的气味，眼里闪耀着在灶膛中欢笑的火，耳边回荡着大姐的声音。

不错，你学得不错。这样很好，千万别学望银。二弟到底有学问，就是不一样。

“谁要打牌，快来哟！”是表兄的声音，夹杂在火笑声中。很显然，大姐最先听到。我仿佛听见她的耳朵翘了一下。火映红了她的脸，连我都看见了热。舅母手中的动作停顿一下，皱皱眉头，然后又飞快地舒展开来：“大妮，你快去打牌，我一个人能行。”

舅母把大姐推出厨屋。我跟在后边正要过去，忽听舅母自言自语地轻轻骂了一声：“鬼孩子，真是不懂事！”这让我既不解又难过。我做错什么了？没有嘛。叫我打油，我不是按时完成任务了么？

大姐让我很快就原谅了舅母的不讲理。也不是原谅，而是忘记。可我的后脚刚要迈进堂屋门槛，又被舅母的叫声拽了出来。她让我帮忙烧火。

从那以后我才明白，坐在灶门上并不舒服。好热呀。

四

大姐给了我一个前所未有的暑假。充实而且愉快。那个夏天她一直在那里，偶尔到望银家住两天，主要跟我们在一起。有什么活儿干什么活，有什么饭吃什么饭。舅母弄点好吃的，她给这个夹那个让，就是自己不吃。她喜欢我们全家人，我们全家人也都喜欢她。哦不，除了表兄之外。

说真的，我经常会产生那样的错觉，大姐不是大姐，而是年画上的仙女。我真希望那就是事实。我无法理解，表兄为什么老对她爱答不理。问他原因，他说不是平辈。我说什么平辈不平辈，你跟望银虽然同宗同辈，但早已出了五服；她跟望银呢，又是远房表亲。再者说了，不是各亲各论么？表兄说得了得了，别再提你的什么燕青卢俊义。她比我大，你懂不懂？我说这有什么，就因为她比你大，所以咱们才该叫大姐呀。表兄闻听，用那种无奈的眼光看着我，说不跟你说了。磨破嘴皮你也不懂。哎，孩子就是孩子！那种眼光我非常熟悉。课堂上望银答不出问题时，老师就那么看他。这让我很不服气。我可不是望银，朽木不可雕。表兄虽然大我好几岁，但别说《封神演义》，就是《水浒传》里的好汉外号，他都分不清，怎么能说我不懂？他知不知道，我能背多少首诗？书上不是也说过么，有志不在年高！

随他去，反正我有大姐。他不喜欢，我们喜欢。姐肯定比表姨亲，这道理傻子都懂得。

二〇九每周五晚上放电影，周围的村民都可以去看。二〇九是个微波站，没有人知道什么叫微波，是用来干什么的。我也不知道。可是这不重要，重要的是，我们可以跟大姐一块去看电影。

舅母叫表兄跟大姐去看电影，我和表妹在家写作业。真是鬼话，晚上她能舍得我们点灯熬油？我不敢反对，也不用反对。因为他们三个都反对。

表妹一定要去，大姐让大家一起去，表兄说估计又是老片子，他懒得去。

他不去正好。我们三个——不，也是四个，还有老黑——又不是去不了。熊样。但是舅母不让：“那么远的山路，真叫你去看电影的？你得跟着长个胆！”大舅也朝外撵他。表兄像上刑场那样出了门，便跟后面有鬼追赶似的一溜小跑，根本不过问我们。要搁以前，我肯定跟他一起，但现在他再那个样子，谁还把他当盘菜？我和表妹一左一右拱卫着大姐，老黑屁颠屁颠地跟在后边，一会儿左一会儿右，没个安静时候。它是去年从放学路上拣的野狗。奶奶去世后我们俩一起来投奔大舅。

真是羡慕表妹，她一直拉着大姐的手，藤缠树一般。我可不行，我是中学生，不是孩子。要是妮不跟大姑，也在这儿就好了。不过很快，我也有了那样的机会。来到二〇九的水泥台阶前，朝上爬坡时，因为台阶不够宽——其实怨不得台阶，因为人家原本就没想设计成三车道——我一个趔趄，险些摔倒。大姐飞快地伸手一拉，我才没掉下去。

月光薄雾一般笼罩着下界，脚下是平整方正的水泥台阶，你永远也无法理解此时我内心的那些愉悦。防蛇带的木棍敲打着两边的铁护栏，声音在月光的五线谱上跳着欢快的舞蹈。我清楚地记得，大姐的手是有味的，类似薄荷；也是有色的，月光一般，或者如同月光下的水泥台阶。我心里一阵战栗，如同那天独自一人淘神，偶然摸到广播线的感觉。

电影很好看，我完全忘记了时间，直到突然之间光明再降，人群发出蜂巢一般的嗡嗡声。灯光太强，我只得眯起眼睛。但眯得再紧，也找不到表兄的踪影。

我们只有自己走。还好，一路上都有人。已是夜深时分，大家都没了先前的劲头，包括老黑。表妹不住地打呵欠，大姐的话也少了许多。

“二弟，你老表说没说媳妇?”大姐问到第二遍时，我才意识到她说的是表兄，不由得扑哧一笑。他才多大，拿舅母说我的话说，也是屁大一点的孩子，说什么媳妇？大姐肯定也觉得好笑，月光搅拌着她的表情，我也混淆了印象。反正她不是笑了就是红脸了:“真的?”“那当然，我什么时候说过谎话?”大姐伸手摸摸我的头，我下意识地要避开，但动作还没做到一半，脑袋就像单摆那样自动复位:“他绝对没说媳妇！也没有女朋友。村里的女孩儿都不喜欢他。”说到这里，我突然意识到，自己也有点不喜欢他。确切地说，是他不讨人喜欢。这么黑的天，这么远的路，他撇下我们自己溜掉，算怎么回事?

大姐抬头看看月亮叹口气:“你那天背的牛郎织女的诗文呢？都是怎么说的?”我熟练地又背了一遍。大姐仿佛要寻找牛郎织女那样仰着脖子:“今天就是七月七。”“什么七月七？七·七事变?”大姐笑笑:“什么七·七事变？就是你背的诗文。七月七，天上牛郎会织女。可我怎么看不到牛郎织女的影子呢?”

大姐又轻轻地叹了一口气。仿佛一阵秋风吹过，我浑身立即泛起凉意。抬眼看看，月亮好像是谁用圆规比着画出来的，吊在半空中，给地面均匀地涂抹了一层薄霜。周围万籁俱寂，偶尔有一声狗叫夹杂进我们的脚步当中，也是敷衍塞责的样子，就连老黑后来都不肯再停止脚步竖起耳朵。我说:“大姐，天上真有牛郎织女吗?”大姐没有立即回答，想想后说：“谁知道呢。八成是有。”我说：“那他们多孤单呀。没有爸爸妈妈，也没有兄弟姐妹。”其实那一刻我想的是表兄，以及远在大姑家的妮儿。不过去了表兄一个人，我便感觉周围空了许多。牛郎织女可怎么办呢？

大姐老半天没有回答。等待的空当里，我感觉月光一点一点地渗透过皮肤，钢笔水洇湿作业本那样，湿透了我的心。我想，也许自己问了一个错误的问题。

五

一群孩子拦住我和表兄。望银领的头。后面是他家来的亲戚，姑老表还是舅老表的，一大群。这家伙，上回吃了亏，还是不服气。

他们人多，我们得避开。可怎么避呢，路只有一条，我们又不能回头，丢不起那人。

望银看看表兄：“冤有头债有主，没你的事啊。”表兄刚要说什么，却被我抢过话茬：“对，跟他没有关系。”望银说：“没爹没娘的野孩子，有种啊。老规矩，不论谁输谁赢，不能告大人。谁告谁是王八蛋！”“你才没爹没娘！”“那你爹娘呢？肯定都怨你这个小鬼作孽，他们才得的脏病！”一股潮水涌来，险些没把我冲倒。还好，它们的力量只够冲到眼眶。爸爸因为卖血染上艾滋病去世的，妈妈是什么病，我不知道。

表兄呼啦一下子冲到望银跟前，推了他一巴掌：“你说什么？你再说一遍！”“我说他，跟你有什么关系？”“怎么没关系，他妈是我大姑，他爸是我姑父！”

表兄和他们几个厮打起来。他虽然瘦得如同影子，但却很能打，要不望银怎么会想把他撇出去？可再能打也架不住他们人多啊，那些家伙很快就把他彻底淹没。他大声招呼道：“老表，上啊！”可我还是没有立即参战，犹豫半天，还是被望银那小子卷进来的。

水冲在伤口上，很疼。但再疼也得洗，就这弄不好回去还得挨训。表兄的伤口明显比我多。可我的泪水还是在眼眶里打转。表兄说：“不要紧，回头咱们再找机会收拾他。就望银那个挨打架子，能翻什么大浪？”他不说还好，他这么一说，如同压倒大象的最后一根稻草，彻底冲垮我泪水的最后一道闸门。亲老表就是亲老表。这家伙，够朋友。自从来到大舅家，他一直是我最好的朋友，或者说唯一的朋友。老黑是，可是它不会说话；大姐也是，可她才来几天。上回看电影他自己偷跑伤了大姐的心，也伤了我的面子。我想既然我们俩是最好的朋友，大姐也是我最好的朋友，那他们俩也应该是最好的朋友。他就算讨厌大姐，至少也要看我的面子。既然不给我面子，那他也别想有面子。可是现在，他浑身上下的伤口告诉我，他也许是错的，但我也不对。我应该不等他开口，就跟望银拼的。

我决心要让表兄和大姐成为好朋友。

六

现在不比头两年，在河里摸鳖可不容易。想想也是，你摸我摸他也摸，大家都摸，河里还能剩下多少？可再少我们也得摸。我们得给大姐扯件新衣服。表兄终于肯和大姐说话了。尽管没喊大姐，叫的是大妮，同时也不让大姐叫他大弟，只让她称呼名字，我们还是很高兴。是的，大家都很高兴，连老黑都直摇尾巴。

水面上翻出几个气泡。表兄冲我做个手势，我们俩立即屏住呼吸。我第一个看到了老鳖的踪影，躲在岩石旁边。我当然知道不能轻举妄动，下面的岩石都很光滑，也许背面还有一个王八洞。它要是一缩进去，谁也掏不出来。

表兄慢慢举起笊篱朝下罩。那动作很慢很慢，我想他的胳膊肯定酸了，因为我的眼睛都酸了。突然，他猛地一使劲，笊篱迅速沉入水中。成功了。剩下的问题只是那句简单的成语，瓮中捉鳖。

我们用火钳把鳖使劲夹住。上了岸，随手朝地上一撂，它立即四处乱爬。但是无论爬到哪里，前面总有我们的笊篱或者火钳。它终于接受现实，做了缩头乌龟。

我们俩蹲在跟前，意犹未尽。表兄逗了几下，趁它伸头咬火钳的机会，一把掐住它的脖子，玩弄几下，随手扔进口袋。

舅母叫我们俩明天先拿到街上卖掉，改天再领大姐上信阳，给她扯件衣服。我一听要领大姐去信阳，顿时来了精神。你不知道信阳有多高级。这样的好事，怎么能落下？但是舅母不让。

我们俩围着老鳖磨牙。我说："我不管，反正我要去。我得亲手把衣服递给大姐。"表兄说："我也不管，只要你舅母同意。"我说："是我先看见的，卖的钱应该归我！"表兄说："太赖了吧。你知道老鳖翻什么花？再说还是我逮住的。""谁让你不叫我动手的？还有，我要是动弹一下咳嗽一声，你能逮住？"表兄看着我，半天没吭气，最后说："你怎么回事，变得这么不讲理？"

扭头一看，老鳖的绿豆眼也正盯着我，满眼嘲笑。我的火腾的一下着了。趁他们不注意，悄悄提起老鳖来到稻田里，把口袋朝下一倒转身就要走。

"不叫我去，你们也别想去！"

我迈开步子准备朝前走。耳朵里满是老鳖的脚步声。管他呢，就当没抓着。可是一抬头，不远处大片的荷叶簇拥着荷花忽然直直地射入眼帘。这种大别山里随处可见的景致，仿佛头一次进入视野，让我顿悟。我立即转过身来。但老鳖已经隐入半人高的稻谷丛中。我低着头，一行行地寻找。粗糙的稻谷与锋利的稻叶从身上尖锐地划过，生疼。幸亏水已经放干，下面又是实底。我跑过半个稻田，这才踩住老鳖。它挣扎几下没挣脱，又作了缩头乌龟。我蹲下去，用手捏住它脑袋的出口位置，重新捉拿归案。

第二天村街逢集，我屁松屁松地跟着表兄朝下走。他叫我提口袋，我才不呢。讲好价钱称好斤两，买鳖的叫我们算账。表兄立即把脸转向我。我不是秀才嘛。两位数对三位数的乘法运算要是算不出来，那书岂不是白读了？可算到最后，我心里一动，故意少进了一个十位。

就这点钱，看你还能扯什么衣服。

我报出价钱，表兄又重复了一遍。买鳖的笑笑，随即付钱成交。表兄一把接过钱就塞进裤兜，起身要走。他可真是个棒槌。

走了几步，又走了几步。我心里擂鼓一般咚咚作响。说不说呢？再不说那人一走，可就晚了。等下定决心，我们俩已经走出一里多地，村街都隐到树林背后了。

表兄说："你怎么算的账？一下子就少了十块！"他不说我还心存愧疚，他一说，我心里顿时轻松了许多。"你呢，你怎么不算算？你是表兄，不是表弟！"表兄剜了我一眼，跺跺脚不再说话，转身就朝回跑。还好，那人没走。表兄说："不对，刚才钱算错了。"那人笑笑："没关系。反正有账算不蚀！"

七

信阳远着呢。表兄和大姐得牵拉石头的拖拉机颠簸半天。我哀求地看着大姐。我知道，她一开口舅母肯定会给面子。她是客么。可是，没有。她笑吟吟地说："二弟，你在家复习写作业，回头我再带你去！"

写什么作业，作业早就写完了，甚至连不该背的课文，我都背得烂熟。可是我又能说什么呢？只能眼睁睁地看着拖拉机带着他们俩，消失在山峦背后。

老黑在旁边嘿嘿喘气。它刚刚去送了他们一程。“老黑，你有爸爸妈妈吗？你妈妈在哪里？你还记不记得咱们老家？”我蹲下去摸着老黑的头，盯着它的眼睛。可这家伙竟然拒不作答，只是无辜地回看着我。我看见，它的眼睛也是水汪汪的，如剥了一点皮的葡萄。葡萄酸倒了我的牙，汁水漫过了我的眼眶。我使劲眨眨眼，也挤出几颗葡萄，小的。再睁开眼睛，眼前雾蒙蒙的，如同清晨的山岚。就在那薄雾之中，我突然看到张张青翠的荷叶。水珠子溅到上面，分解成几颗珍珠，来回滚动。它们滚来滚去，滚出鲜艳的荷花。一朵，然后又一朵。那种带着苦涩的清香，随即将我包围。

我擦干眼泪，从兜里掏出一样东西。是一副旧扑克，每张扑克正面都印着一首古诗。我随意翻检出一张，然后开始默读。书上说，书中自有黄金屋，书中自有颜如玉，书中自有千钟粟。我不知道书里有没有这些东西，但我知道，书中有平整方正的水泥台阶，无论晴雨，踩在上面都不会泥泞打滑。

无所谓，你们不和我玩，我也不和你们玩。我反正有课本诗文，你们有不懂的。

怀念一些被人遗忘的老歌

年轻的朋友来相会

年轻的朋友们，今天来相会。荡起小船儿，暖风轻轻吹。花儿香、鸟儿鸣，春光惹人醉，欢歌笑语绕着彩云飞。啊年轻的朋友们，美妙的春光属于谁？属于我，属于你，属于我们八十年代的新一辈。再过二十年，我们重相会，伟大的祖国，该有多么美。天也新，地也新，春光更明媚。城市乡村处处增光辉……

学校的大喇叭挥动画笔，仔仔细细地涂抹着大别山里那个名叫董家河的小镇。它真是个伟大的画家，甚至能勾勒出人们内心深处的沟壑。因此多年以后回想初中生活，王海波脑海里总会浮现出那些歌曲。它们如同树木的年轮一般清晰。也像阳光下的镜子，只要你看便会闪光，瞬间照亮幽暗的记忆长廊。大喇叭接在电唱机上，从晚饭后开始，一直唱到晚自习前。它唱得尽心尽力，几乎从不偷工减料，一旦露出丝毫的疲惫，便会被换掉。但是那种事情并不经常发生，所以难得给人留下印象。

正是大别山里最好的季节。刚刚入夏，放眼看去，触手可及，到处还是春天。风吹在脸上，有一丝丝的痒；连绵不断的绿海里，不时会飘过朵朵金黄与深红的云彩。金黄是油菜花，在坡地里的麦田旁边；深红色的则是杜鹃，他们叫映山红，散乱地点缀在山上。那种景致是王海波会背诵的。暮春三月，江南草长。杂花生树，群莺乱飞。虽然《与陈伯之书》是从课外辅导材料上读到的，并不要求掌握；虽然时间地点与人物都不对，但他还是会不由自主地联想起来。每当爬到学校后面的山上，眼睛出神地看着远方的盈盈绿水，总会想起类似的许多句子。

身旁的草地上搁着一支笛子，两本书。语文课本，与《二刻拍案惊奇》。语文课本崭新，《二刻拍案惊奇》卷边泛黄。这两本书他都喜欢。语文书后面的诗词与古文，读起来朗朗上口，远比数学呀物理呀有趣；《二刻拍案惊奇》是好不容易才寻来的课外书，意义更是非同寻常。

但是那天傍晚，两本书他几乎都没看。甚至那一首首熟悉的歌曲，也没能被他的听觉系统吸收。他胸中依然澎湃着下午的激情。学校举办物理知识抢答竞赛，他们班得了第一。其中他回答的问题最多，贡献最大。当场已经发过奖，三个成员每人五块钱，外加一张花花绿绿的奖状。这让他整个晚饭都食不甘味。确切地说，他当时根本没有食欲。一点都不饿。虽然依旧打了四两饭并干干净净地倒进肚子，但丝毫没有品尝出味道。

刚吃完饭，他就揣起两本书，穿过街道与小河，爬上后山。那是离镇上最近的制高点，能清楚地看到学校。不时有学生三三两两地进入视野然后再消失，他们都是那么的渺小，仿佛巨人脚边的矮子。那种感觉让他难忘。

看了半天，都没有看到熟悉的人影。所谓过尽千帆皆不是。等得实在无聊，便抄起笛子，吹了一曲《步步高》。旋律欢快，可惜没有听众，无人喝彩。放下笛子再听，回声很快便被大喇叭吞没，并无绕梁余音。愣怔片刻，翻开语文课本，读了几段，一个字都没进脑子，只好再换上《二刻拍案惊奇》。左手捏着书脊，右手轻轻掠过去，让书页从眼前飞快地翻过。突然，他眼睛一亮，立即捏紧书页，朝前翻几张，找到那些擦亮眼睛的燧石。

那是几个连续的空格，后面有带着括号的说明，此处删去多少字。他已经养成这样的敏感，在一页页书中迅速发现这样的目标，如同张飞在万马军中直取上将首级。打开一看，还是第二十五卷，《错调情贾母詈女　误告状孙郎得妻》，以前看过的。可随便读两行，关键处依旧能让他精神一振。

孙小官见贾闺娘颜面如生，可怜可爱，将自己的脸偎着他脸上，又把口呜嘬一番，将手摸摸肌肤，身体还是和软的，不觉行动起来。心里想道："生前不曾沾着滋味，今旁无一人，落得任我所为。我且解他的衣服开来，虽是死的，也弄他一下，还此心愿，不枉把性命赔他。"就揭开外边的衫子与裙子，□□□（此处删去一百零七字）

熟悉的声音揪住耳朵。包华终于来了。还跟张红霞一起。王海波迅速合上书本，笑吟吟地看着她们俩。张红霞冲他笑笑，招呼都没打，便撇下他们继续朝前走，很快就消失在树林背后。

包华在旁边坐下：你物理真好！有的题我现在还没转过弯来！王海波说我还是不够细心。算浮力的那一道，弄得太急，忘了还该除以二！要不还能再得两分。

当时物理老师公布正确答案时，特意看了看王海波，彼此心领神会。包华说可以了，你表现够好的了！王海波咧嘴笑笑，没再答话。包华肯定走得急，脸比平常更加红润，如同年画上的工笔仕女。坐下时大约被草棍挂住裤腿，靠着王海波的那条下摆卷了一点，不平整。王海波跪着过去，将裤腿顺手捋好，随即在她身边坐下。包华看看周围，也没说什么。

包华随手抄起那本《二刻拍案惊奇》，结果就翻到了那一页。她看了两行，不觉腮边飞红，信手扔掉：什么烂书！低级趣味！王海波用嘴硬抵抗心虚：才不是烂书呢，是古典文学名著！还有个《初刻拍案惊奇》，连同冯梦龙的《醒世通言》、《警世恒言》、《喻世明言》，合称《三言二拍》。不信你去问陈老师！

陈老师是他们的语文老师，班主任。

包华说不跟你犟，你反正总有理。王海波说不是我犟，这是事实。包华说我就是怕你看坏书受影响。你那么有前途，我还望着你好呢。

王海波一下子从那些删除的字句里脱身，进入《岳阳楼记》的氛围。那篇课文他倒背如流，每次通读，都有淋漓尽致荡气回肠之感。读到最后，仿佛他自己成了范仲淹，在离此不算太远的邓县花州书院，蹙眉低首，一挥而就。这其实也是他喜欢来后山的原因之一。在这里可以看到南湾水库的上游。那些曲曲折折的河汊子，最终都通到大坝，然后经过信阳，流向遥远的东五县，他从没去过的地方。

衔远山吞长江浩浩汤汤是什么感觉？也许坐快船在南湾水库里跑一圈，就能体验到？

在《年轻的朋友来相会》的旋律中间，王海波干脆利落地说你尽管放心。我知道轻重！那话听起来似乎平淡无奇，实际却是一句誓言。对包华，更对他自己。包华说咱们班有人看黄色小说呢。听说周勇和蒋丽都看过《少女之心》！王海波说可能吧，我也听说过。嗨，他们本来也就是流氓，看什么都不奇怪。

天色越来越暗，落凉了。王海波下意识地伸手摸摸包华的胳膊：你冷不冷？包华轻轻推开他的手，说小心人家看见。我不冷。你冷？

包华的胳膊凉丝丝的。现在回想起来，像蛇。这是王海波头一次接触异性的身体，但他内心无比纯洁，像南湾水库里的水一般透明见底。那一刻，他早已将那些删除掉的字句从心底删除干净。

脚印

洁白的雪花飞满天，白雪覆盖着我的校园。漫步走在大路上，留下脚印一串串。有的直，有的弯。有的深来有的浅。朋友啊想想看，道路该怎样走，洁白如雪的道路上，该怎样留下脚印一串串……

头一次注意这首歌，是冬天的某个晚上。周六。王海波没有回家。同桌李刚家住在镇上，父亲开了个铁匠铺。那天晚上，王海波应邀到李刚家玩。吃了晚饭也没回宿舍，跟李刚通了一夜腿，在床上听到那首歌，从收音机里。

在那之前，他们俩一定聊过什么，只是声音越来越低。灯已经关掉，书桌上的台灯压得很低，光线正好覆盖着收音机。站在书桌背后的李刚只剩下黑暗的轮廓，以及城镇孩子从小就开始刷的牙齿的洁白。明快的音乐流水一般溢出书桌，挤满房间，如同宣纸被水墨洇染，给王海波松开的记忆上紧发条。这首歌其实学校的广播每天都播，但他那天才知道歌名是《脚印》。

与其说对这首歌印象深刻，还不如说是那天晚上的经历令人难忘。去李刚家的路上，李刚的姐姐不知怎么说到了王海波的缺点。提醒他别太酸，说话别老是拽词。她比他们高两级，马上就要毕业。个子比较高，几乎完全就是大人的样子，但性格羞怯，平常话不多。爱屋及乌吧，她对弟弟的同桌王海波充满友善。友善得让他不时心生幻想，希望现实生活中能真有这么一位姐姐，亲的。

以前从来没被人这么说过，所以印象深刻。不仅如此，她还强调过蒋丽，评论很简洁，只有两个字，一个标点：骚货！语气与天气严丝合缝。

在那天的饭桌上，打铁的伯父仰头慢慢喝下一口散酒，悠长的滋溜声久久激荡着王海波的耳膜。待酒下肚，咂摸回味一番，伯父抹抹嘴道，抽烟大红花，喝酒六毛八。神仙还能怎么样？不过你们不能学我。你们还得好好上学！你们也出不了这个力。几十斤重的大锤，你们能抡动？

伯父一边说一边夹菜吃。虽是家常便饭，不过油水大些，但酒味飘荡在空中的温暖感觉，依然足以磨尖记忆的锥子。那是他头一次深入城镇家庭。吃商品粮的，有专门的粮本。尽管李刚的父母没有正式工作，只有白本而没有红本，能买的粮食少，但依旧值得向往。考出去，吃商品粮，是王海波寒窗苦读的最大动力。朝为田舍郎，暮登天子堂。虽说进亦忧退亦忧，他还是愿意进。先居庙堂之高，再忧其民不迟。

可是现在想想，他对雪的记忆，根本没有白的印象。都是那种乌黑乌黑快要化掉的雪。水珠从廊檐上滴下，扑簌作响，教室墙边的雪地被割开一条笔直的黑线，离黑线越远颜色越淡，越像雪。超过一定的距离，雪再度肮脏起来。无数的脚印叠加成路，很滑。可以想见，那种色彩不会纯洁，更不会赏心悦目。

雪已变黑时，秘密被周勇发现。王海波没听见他进来的动静，否则会合上书本消除罪证，至少也要随便翻开几页，不会被抓现行。周勇是运动员，总穿着运动鞋，也许可以作为他悄无声息的解释，但王海波更愿意相信他是成心的。他鬼鬼祟祟地进来，就是为了抓自己的把柄。当然这并不重要。重要的是，已经被发现。

周勇飞快地摁住书页：好啊，你也看黄书！

王海波浑身一哆嗦。看看再无旁人，苍白的辩解道什么黄书。不懂别瞎说！这是古典文学名著！

周勇嘻嘻一笑：古典名著怎么还要删去多少字？你别跟我解释，我不听，你对老师校长解释去！他留过几级，年龄比他们大，嘴唇周围已经发青，又是运动员，因此看起来不太像学生。说是刚毕业的老师，也有人相信。此刻带着那样一副表情，越发像是老师巡查。

你告去！谁怕你告！告到哪儿我也不怕，古典名著就是古典名著！《三言二拍》，哪个老师不知道？

周勇又是嘻嘻一笑：瞧你那个紧张样！谁告？我可没那个爱好！这算什么，告诉你，《少女之心》我都看过！手抄本。你没见识过吧？

王海波看着周勇，没有吭气。周勇放低声音：实话告诉你，比这刺激得多！想不想看？王海波赶紧摇头。周勇见状哈哈一笑，伸手拨拉一下王海波的脑袋，说我就知道你不会的。你是谁？你是老师的好学生！说到这里又低下头，轻声说知道我跟谁一起看的吗？蒋丽！你不知道女人什么样吧？我知道！

王海波一下子就看到了蒋丽。她也是外来的留级生，老考不上，就改了体育。她的样子很像大伯家的大嫂。胸前鼓着两个包包，如同熟透的苹果。运动会或者训练时，她穿着运动服从跟前经过，总像夏天的太阳那样耀眼。

王海波愣怔片刻，皱着眉头说你真是个流氓！周勇哈哈一笑：这还用你多嘴？小孩子家，懂得什么！王海波说你才是小孩子！周勇说算了，别跟我磨嘴皮子。是不是小孩子，你问校长去！

原来是开会通知。校长召集各个班级的班干部，还有成绩比较好的学生，严防死守即将上映的《摇滚青年》。

校长依旧随身带着那个黑色的皮本子。打开，低头看看，不清嗓子，讲话。仿佛所有的话都在里面。不，不仅如此。仿佛还装着所有先进同学的优点，落后学生的把柄，以及大家的前途。王海波可以忘记整个童年，也不会忘记那个神奇的黑皮本子。他无论如何也想不明白，它为何一直用不完。

校长从本子上抬起头，扶扶眼镜左看看右看看，形容肃穆。片刻之后，声音响起：你们这些同学，都是品学兼优前途无量的好学生。你们要积极带头安心学习，不要偷偷去看电影。什么破片子，我还真看过，但是看不下来！动不动就摇头摆尾，站没站相坐没坐相，叫什么电影？我看就是精神污染！

校长叫大家轮流发言，表态谈感想。王海波说那个电影我没看过，有人说好看，有人说不好看。好看不好看我不知道，但我知道再好的电影以后都有的是机会看，而学习与中考只在眼前这段时间。错过这个，要耽误一辈子！校长闻听带头鼓掌：到底是好学生，见解就是不一样！你们只要能从这个角度去看待问题，肯定会有正确的认识。说到这里略一停顿，看看黑皮本子，接着说下面我还想讲一个问题。就是男生女生的关系问题。咱们学校有没有早恋现象？我看是有苗头的！据说还有些胆大包天的学生，有不适当的亲密行为。我警告大家，要洁身自好，悬崖勒马！别得劲三分钟，后悔一辈子！咱们学校天天都放《脚印》。年轻人不是喜欢听流行歌曲吗？那你们就好好听听，仔细想想！

校长咔的一下合上黑皮本子，摘下眼镜，怒容满面。

电影院在离学校不远的小巷里头。青砖的外墙，黑瓦的屋顶，石铺的路面，浓重的阴沟气味，是关于那条巷子的记忆要素。王海波贼一般溜出教室，强忍心跳，走到学校门口。他恨不得计算出每一步的距离与时间，唯恐被人看出破绽。左右巡视，没看见他们班的老师与学生，立即撒开丫子，一路飞奔。

电影票钱是从菜票里省出来的。学校门口的小店，饭票菜票都收。可以换钱，也可以换瓜子零食。到了售票窗口，刚要掏钱买票，身后忽然传来一记炸雷。有人使劲拍了他肩膀一下。

好啊，你敢逃学！

身子一偏，好险没吓出魂来。回头一看，是两个熟人。周勇与蒋丽，都笑吟吟的。王海波推了周勇一把：干吗呢，装神弄鬼的！吓坏老干部，你赔得起吗？周勇嘻嘻一笑：我们不上晚自习，你也不上？王海波说想上就上，不想上就不上，你管得着吗？周勇说脾气还不小。为了庆贺在电影院的伟大会师，我请客。

在蒋丽高跟鞋的清脆引领下，王海波进了电影院。蒋丽还是老习惯，下身一条牛仔裤，绷出浑圆的臀部。落座时，她大大方方地在最里面坐下，然后一把拉过王海波，说你坐这儿吧，我有问题要请教！王海波看看周勇，可黑暗中看不清表情。略一停顿，周勇伸手将他朝里面一推：你就坐这儿吧。人家爱学习！

眼睛慢慢适应，人们的轮廓渐清。王海波不住左顾右盼，唯恐再看到熟脸。他殷切盼望电影能早点开演。灯一关，校长老师也就闭了眼。可气的是，银幕老是一片虚空，仿佛特意要跟他怄气。

一股特殊的气味慢慢漾起，如同黎明前的光线，越来越亮。像新买的香皂，也像刚刚洗净晒干带着太阳味的床单。也不，比它们都好闻，好闻得多。一定是蒋丽身上的香水。王海波心里一震。周勇说得看来没错。她一定是个坏女人。就像电影上随时准备勾引我军侦察员的女特务。美女蛇。而原本应该嘶嘶吐信子的美女蛇，竟像磁场般富有吸引力。无论他在内心将她想象得多么可怕，多么无耻，都难以抑制向她倒下去的冲动。

我要是侦察员，该有多好。

蒋丽悄悄将头歪过来，但依然目视前方，不动声色地说头一次跟女生看电影吧？感觉怎么样？王海波不知如何回答。跟女生看电影算什么？包华的胳膊他都摸过的！可是那一刻，他不想承认。他宁可被蒋丽看成小孩儿。

这算不算虚伪？他心里多少有些疑虑。但他暗自辩解，他们的行为是高尚的，毫无杂质。那天晚上他内心洋溢的都是美好的情感。无论如何，包华不是美女蛇，他也不是周勇那样的流痞孩子。他是三好生，前途无量的。

蒋丽嘻嘻一笑，倒点瓜子给王海波，又递来一颗大白兔奶糖：好学生，你就慢慢看吧。好看着呢。到底是城里的学生。那还是王海波头一回吃到传说中的大白兔奶糖。

很难描述那个夜晚对王海波的影响。震撼，刺激，盖帽，叫绝，都可以，但都不全面。世界辞典中，大约还没有那样丰富的语汇。毫不夸张地说，那个电影几乎打碎了他此前的全部认识。他无法相信，人体内部竟然蕴藏着那样的力量，让他们的手脚与身体能如此自由地舞动。仿佛所有的关节都被换成可以三百六十度旋转的螺栓，他们的动作总能出其不意。那场面简直令人陶醉到恐惧。那么大的能量，只有魔鬼才有。对，一定是人体内部的恶魔，在那个瞬间掌控灵魂，让身体随着指挥棒舞动。就是那个词，群魔乱舞。

他们确实不再像人，而像一群纠结在一起的蛇。

可远远不止于此。事实上，那场电影给他留下的印象跟对蒋丽的印象差不多。既极力排斥，又强烈吸引。那种大雨滂沱般的激情，几乎要冲垮他自制的堤坝。他感觉到了前所未有的快感。仿佛夏天，他跟几个伙伴一起，脱得光溜溜的，猛跑几步，一头扎进小河。那种顺畅刺激，那种飞流直下，那种水摩擦身体的光滑，简直让人发疯。他恨不得就此蹦起来，跟随他们的节拍，随心所欲，自由起舞。没有学习，没有老师，更没有校长的黑皮本子。

那是何等的畅快。

《摇滚青年》王海波一共看了两次。后面那次是他自己一人。这记录几乎赶上了《少林寺》与《少林弟子》。《少林寺》他看了四遍，《少林弟子》更多，六遍。

美酒加咖啡

美酒加咖啡，我只要喝一杯。想起了过去，又喝了第二杯。明知道爱情像流水，管他去爱谁？我要美酒加咖啡，一杯再一杯。我并没有醉，我只是心儿碎，开放的花蕊，你怎么也流泪。如果你也是心儿碎，陪你喝一杯。我要美酒加咖啡，一杯再一杯！

电影票原来是有代价的。周勇很快就来索取回报。要王海波替他写封情书。当然，是给蒋丽的。

王海波本能地拒绝：你们不是都那个了吗，还要什么情书？周勇说这不闹了点别扭嘛。其实这样才有意思。你没谈过恋爱，你是不知道啊。哦也不，你小子经验肯定比我还多。包华多好啊，含苞欲放！王海波说你少胡说啊。我们可不像你们！周勇说对对对，你们是纯洁的好学生。求求你帮个忙，行不？

周勇以再买一个新日记本的代价，换得一封情书。实际不是日记本，而是里面的彩色插页。那种三十二开的小日记本，里面都带着插页。有时是山水名胜，有时是明星照片，有时是工笔侍女。以前王海波经常找同学要，甚至偷偷地撕，但这次不必，他可以正大光明地领着周勇，到文具店现选。最后选了山水名胜。一共六张：肇庆七星岩、扬州瘦西湖、昆明大观楼、颐和园佛香阁、苏州网师园、西湖三潭印月。

接过日记本，抬手就要撕插页。周勇说别别，何必撕呢，都是你的！王海波略一停顿，最终还是下了手。撕好之后将插页归拢整齐，日记本朝周勇怀里一扔，扬长而去。

找个没人的地方，细细品味那几张插页。手指轻轻抚摩画面，如同诗文里的情人吻别。那些青山绿水映衬下的古典建筑，像夏日里的浓荫，让他通体舒泰。他闭着眼睛，仿佛自己也是古代诗人，在其中流连忘返，诗酒唱和。那种感觉实在令人陶醉。

如此漂亮的插页，他既舍不得让人看，又舍不得不让人看。芳树无人花自落，向来不是他喜欢的意境。他总觉得其中有丝丝的悲凉。因此当天傍晚，在学校的后山上，包华也看到了它们。

好看吧？王海波满怀期待。

嗯，还不错！好看倒是好看，可你不能老弄这个呀。不浪费时间吗？包华的口气是淡淡的。

王海波不觉一阵遗憾。夕阳泼洒下来，如同一张孤独的网，将他团团包围。

不几天，情书就有了反应。蒋丽悄悄把王海波约出来，说要请他帮忙拿个主意。力不白出，有礼物为赠。一盒笛膜，还有一个崭新的日记本。粉红皮面，比周勇买的那个更漂亮。尤其是里面的插页。都是工笔仕女画，也是六幅。天仙配，牛郎织女，洛神赋，柳毅传书，白蛇传，梁祝。那种细致的线条，饱满的色彩，瞬间清空他的词语库存。除了好看，再想不出别的。

这些反应显然都在蒋丽的意料之中。她微笑地看着他，不说话。王海波说真的给我？那我撕了？蒋丽说给你是给你，但是不能撕。一起给你！王海波早已发现扉页上的题签。上面写着赠王海波、友谊万岁。落款是蒋丽的名字。这样的东西，他不能要。不能这样要。他要她送的日记本，算什么事？

王海波说你知道的，我不喜欢日记本，只喜欢插页！我要买椟还珠！蒋丽笑吟吟地说，大才子的这个习惯，谁不知道？但是这个你必须得要。我有个建议。你把所有的插页都整理好，归归类，然后贴到这个日记本里。要不到处乱放，既不方便保存，也不方便欣赏。你觉得怎么样？

包华怎么就没有这样的主意？真是遗憾。但是再遗憾，这个建议也得接受。他说好倒是好，但无功不受禄啊。蒋丽说怎么无功？我得麻烦你一件事，你不是有主意吗。说着话掏出情书递过来，说你看看这个。你觉得我该怎么办？

王海波装模作样地看看，说是周勇啊。你们的事，我可说不好。你们都是运动员，不是挺合适的嘛。蒋丽一声冷笑：哼，就他！他那两把刷子，我还不知道。还不一定是谁写的呢。是不是你干的？我提醒你，聪明用到正道上去，这样的事情少掺和。

蒋丽坐在那儿，眼睛盯着河流消失的方向，嘴里哼着一段熟悉的乐曲。是邓丽君的靡靡之音。同学们对这个名字都很熟悉。刚进校门，戴着酒瓶底眼镜的教导主任就召集训话，提了无数的要求。男生不能留长头发、大背头、大包头、大鬓角；女生不能奇装异服、浓妆艳抹、搽口红。说到最后声音提高八度：坚决不能穿喇叭裤，不能听邓丽君的靡靡之音！

王海波站在旁边，想坐却没有勇气。站可以解释为偶遇，一旦坐下，性质就完全变了。可是又下不了走的决心。蒋丽回头看看他：怎么不说话，哑巴了？平常不是很能说吗，词一个接一个的。王海波笑笑：你喜欢这个歌？蒋丽的眼睛一下亮了，仿佛云层闪开缝隙，漏出一线阳光。

当然啊！邓丽君的。真是好听！你喜欢么，能不能用笛子伴奏一下？

王海波忽然感觉自己成了呆头鹅，跟着蒋丽的指挥棒转。这让他很不舒服。这歌他不但不喜欢，而且相当讨厌。熟悉的旋律一起，他眼前总会浮现出醉醺醺的舞女形象，散发着腐烂的气息。无论如何，它跟《钗头凤》、《鹊桥仙》的反差太大。有个字，是不能随便说的。只可意会，不能言传。

这个不行。不是所有的歌曲都适合笛子。再说我没带笛子，也没有曲谱，不知道指法。

蒋丽沉默片刻，喃喃自语般说真奇怪，你竟然喜欢插页。王海波说萝卜白菜，各有所爱。蒋丽说那倒也是。我就喜欢蝴蝶！王海波说蝴蝶？这不到处都是吗，有什么好稀罕的？蒋丽长叹一声，说蝴蝶好啊。哪里花香花美它就在哪儿。你有时间，给我抓几个？王海波说周勇个子高，灵活，他更有优势啊。蒋丽剜了他一眼，什么都没说，转身便走，似乎很生气。

蒋丽的情绪如何，王海波已经无暇关心。那些插页，已经将他的注意力牢牢焊接。六个故事中除了洛神赋，他都有所了解。其实也不必了解，只消看看画面内容，就知道是才子佳人，是诗词文书中经常描写的古典浪漫爱情。六幅图画都很合意，他最喜欢白蛇传。白娘子与许仙携手，小青跟在几步远的后面。他们的细部神情纤毫毕现，立在地上简直就能翩翩起舞。目光长时间停留在这个画面上，一阵淡淡的忧伤慢慢将他的内心穿透。那种感觉开始并不强烈，如同刚刚醉酒，但很快就上了头，让他不能自已。他突然就产生了一个奇怪的联想。自己是许仙，蒋丽是白娘子，而包华不过是小青。

没错，就是这样。联想一旦开头，便会越来越真实，越来越合理。画中的白娘子两腮绯红，身材丰满，一身素衣，更显袅娜；而小青呢，怎么看怎么像个仆人，像个书童。包华在蒋丽跟前，又何尝不是如此。

那个发现让王海波既恐惧，又悲哀。

那件事情发生在雨天。学校食堂不大，高峰期间很挤。虽然派有值日生，但纪律还是不好。正赶上下雨，大家都希望快点躲进棚子，快点吃上饭，因此纪律更糟。几个值日生完全被淹没，不见踪影。

王海波自己也不明白，为何能在人堆中一眼发现蒋丽。她像狂风中的一叶扁舟，艰难地随波逐流。王海波突然产生了强烈的冲动，希望能到她身边，就那么紧紧地贴在一起。那冲动是如此的强烈，推着他如同蛇那样钻了进去。

他紧贴在蒋丽身后，手中高举饭盒，一边朝前使劲，一边向后吆喝。

别挤，别挤！

原来书上所谓的身体和软就是那样的感觉。他突然就回到了幽暗的电影院，看到眼前群魔乱舞。人不是人，都是自由游动的蛇。于是他的手仿佛也长出可以三百六十度旋转的关节，引领手掌越过蒋丽的腋下，然后在她胸前定格。

握住那颗熟透的苹果，电流随即通遍全身。

蒋丽费劲地扭过头来，盯住王海波的眼睛。那一刻，王海波心里不停地暗骂自己的卑鄙。因为他若无其事地捏着，把玩一样，同时向后边扭头并且使劲做出试图挣脱的样子，怒斥后边的学生。

别挤了！别挤了！再挤稀饭泼你头上，你倒霉啊！

那天的饭没滋没味。并非污蔑食堂的厨师。三年的住校生活足以锻炼出世界上最坚强的胃。问题是王海波心里一直在重复刚才的动作。

吃完饭洗碗时，王海波不停地搓洗那只手，仿佛上面带有无数的病菌。回到宿舍，还下意识地打它。他不能原谅自己的堕落。两情若是久长时，又岂在朝朝暮暮。这道理他不是懂得么？更何况对方不是包华，而是蒋丽。

王海波一边打一边安慰自己，用阿Q的方式。

既然周勇那样的流氓都摸得，我为什么就摸不得？反正只此一次，下不为例！

万里长城永不倒

昏睡百年，国人渐已醒！睁开眼吧，小心看吧，哪个愿臣虏自认！因为畏缩与忍让，人家娇气日盛。开口叫吧，高声叫吧，这里是全国皆兵！历来强盗要侵入，最终必送命。万里长城永不倒，千里黄河水滔滔！江山秀丽叠彩峰岭，问我国家哪像染病！冲开血路，挥手上吧，要致力国家中兴！岂让国土再遭践踏，个个负起使命，这睡狮渐已醒。

王海波一直很羡慕周勇。倒不是因为蒋丽，主要他有两样非常漂亮的衣服。一件风衣，还有两套运动服。风衣还好，并不是天天都穿，但运动服几乎从来不离身。除了固定的体育课，他和蒋丽每天下午都要训练。运动服的胳膊与裤腿上，都缝着两根平行的白色布条，从上到下，在蓝色的衬托下，非常醒目。多年之后再回想，他脑海里几乎找不到周勇的形象，眼前只有那两根白布条的影子。它们随着固定的节奏，在蒋丽周围晃动，时前时后。

王海波做梦都想得到那两件衣服。他是农村孩子，风衣太遥远，暂且搁下，但运动服一定要买。他暗暗攒钱，从牙缝里抠下每一枚可能的分币。本来过程漫长，但有件事起了助推作用。

学校组织篮球赛，周勇毫无疑问是他们班的主力，王海波呢，蜀中无大将，廖化当先锋，也上了场。好在他虽然球技不行，但体力不错，精神头足，满场乱跑，也能给对手制造点麻烦。

周勇频频得分。他上蓝的动作确实漂亮。在那期间，王海波对他的嫉妒全部转化成羡慕，以及些许欣赏。他不但会投篮，还能过人，球在身后拐个弯就到了左手，同时超越防守队员，不服不行。那家伙平常最喜欢《霍元甲》的插曲《万里长城永不倒》，有事没事就哼哼，现在上了场，唱歌不够劲，便吼。看他每次投篮命中后低头回后场时的得意，王海波耳边总会想起这两句：冲开血路、挥手上吧。歌还不错，他只是不喜欢粤语。好好的，何必非要南腔北调？而此时此刻，粤语竟不再刺耳。那两道白布条子左冲右突，这歌则越琢磨越有味道。

不少女生聚集在场外，给他们加油。随意扫两眼，就准确捕捉到两个目标。包华，蒋丽。王海波不知道从哪儿拣来的运气，竟然得了两分。同学们连声叫好。王海波劲头更足，在前场跟人家拼抢，结果动作太大，刷拉一声裤裆开线，裤衩若隐若现。

秋裤当然已经旧得要死。上场之前，他特意抽出松紧带重新紧了紧，这才没有发生掉裤子的笑话。但没想到松紧带守住了贞操，裤裆却又晚节不保。

什么都别说，换人下场吧。那种窘迫尽可想象。他的脸简直成了李刚父亲锤下烧红的铁片。低着头，在哄笑中离开操场跑回宿舍，穿好裤子，却没再出来。

初二开始，王海波不再每个周末都回家。反正母亲已经不在，回去也得自己洗衣服。只要饭菜票还够，他就不再跑路，只对父亲说课程紧，要留在学校复习。父亲当过吹鼓手，那是爷爷传下来的手艺。只是父亲吹了没多久，钱没吹来，却吹跑了老婆。他对儿子的全部影响，就是那支笛子。

回去当然不如留下。回去要自己洗衣服，在这里则有人代劳。包华简直就是传说中的田螺姑娘。

学校后面有条小河。从遥远的山里而来，再向遥远的山里而去，通过南湾水库汇入淮河。河水日夜流淌，哗啦哗啦的声音却让人熟视无睹。他们经常会去河边，读书，洗衣服。或者干脆什么都不做，只是看着河水发呆。那天包华在河边洗衣服，她那件淡蓝色褂子上的白点映在水里，随着波纹荡漾，像夜空里的星星，不断闪耀在路过的王海波的眼前。聊了几句，包华突然说你把褂子脱下来，我给你洗洗。王海波说不用了吧，我才洗过！包华一撇嘴：什么才洗过，根本没洗干净。你们男生真脏，我们脱下来换洗的衣服，也比你们刚洗过的干净。

话说到这个份上，王海波也不再客气。最初的意外之后，他其实有些迫不及待。他喜欢那种感觉。他不会让包华白洗。在此之前，他为她解答过无数次习题。那不是老师们经常说的所谓互相帮助，而是他从书上看到的一个词。相濡以沫。那是什么样的感觉？仿佛心尖接了低压电，整个身体都陷入战栗之中。

那些日子里，王海波对包华的学习更加上心。几乎每天上午下午下课之后都要去找她，问她有没有问题。问题当然是有的，但过去的接触远没有如此频繁。他们的座位并不相邻，虽然只隔着几张桌子，却也有万水千山的距离。越过千山万水每天都来两次，动作未免太显眼。

与此同时，王海波却有意识地控制让包华洗衣服的次数。包华嗔怪道：你逞什么能？洗又洗不干净，白浪费洗衣粉！王海波说不想浪费你时间。你学习任务比我重。我希望你也能考上。包华半天没吭气。再开口时，眼角已经有泪光闪现：你对我真好。你能永远这样对我好吗？

包华的声音略带颤抖，如同风中的嫩叶。

王海波脑子里一团乱麻。白蛇传中的三个人物在里面飞速转圈，慢慢地，先融合成一个，然后又分离开来。

王海波皱皱眉头：能。我保证能。

本想给自己戴个紧箍咒，束缚住那些罪恶的想法，但是不行，那个努力效果并不明显。他总是下意识地试图从包华身上寻找蒋丽的某些特征。而那些特征，原本都是肮脏的，或者罪恶的。

周勇与蒋丽的频繁接触终于发展到了校长忍耐的极限。他召集那几对表现突出的学生训话，另外找了几个有苗头的学生陪绑，打预防针。王海波就在其中。还好，没有找包华。

起初训话进展正常。后来校长点了周勇与蒋丽的名。因为他们都是从别的学校转来的。校长说我同意接收你们，是希望你们能从这里考出去，成长为社会的有用人才，可不是叫你们在这里找对象的。对象要找，但现在还远不是时候。中学生，不能谈恋爱！谈恋爱耽误学习耽误中考，你们会后悔一辈子！我要对你们的前途负责！

谁也想不到，蒋丽会开口反驳。她说校长，谁说我们谈恋爱？您有证据吗？校长说还需要证据？你们俩成天出双入对，咱们学校谁不知道？蒋丽笑吟吟地说什么叫出双入对？我们都是运动员，接触多点很正常啊。彼此交换交换训练心得，对提高成绩有好处。您不是经常提倡互相帮助嘛。

校长哑了。他翻开黑皮本子又合上，抬抬头又低头：你不要强词夺理！你要是不遵守纪律，我开除你！蒋丽说您当然有权开除学生。但我相您不会那么做。您是校长，是讲道理的人。没有直接证据，您怎么会胡乱决定呢？

这件事情不了了之，却让王海波对蒋丽刮目相看。离开会议室时，她故意紧跟着周勇；一拐弯，再落下来。周勇回头招呼她说，蒋丽，你真行！我服了你！蒋丽憋出一个鼻音：哼，现在来本事了，早呢？

蒋丽说完，径自离去。

风雨兼程

今天你又去远行，正是风雨浓，山高水长路不平，愿你多保重。记得那年初相识，也在风雨中，风浓雨浓情更浓，祝你早成功。来也匆匆，去也匆匆，就这样风雨兼程；来也匆匆，去也匆匆，就这样风雨兼程……

谁也没想到，包华会突然遭到那样的打击。其实那天的生理卫生课有很多人说话，并不是她自己。而且可以肯定，她说得不是最多的，纪律也不是最差的。她的一贯表现，大家有目共睹。要说问题的起因，肯定在于她的同桌张红霞。谁都知道，那个住在兽医站的女生，是个嘴子包，特别话痨。

生理卫生前面几章都已经学完，最后一章生殖系统，张老师说不统一讲，你们自学，不懂可以提问。当然，谁都不会在课堂上看。那节课，大家一般用来复习，或者写作业，只要不出声不破坏课堂纪律就行。然而这并不代表我们不懂生殖系统的知识。我们对这一章的掌握，实际上超过其他任何一章。不过都是在课外时间悄悄学的。

如果真要找个原因，那只能怪包华的运气不好。因为张老师那么个性格温和的人，竟会突然发火，这事无法解释。而且他在发火之前，还给过包华提醒或者警告，瞪了她们好几眼，而她们竟不知收敛。

包华，你不好好学你的生殖系统，还啰唆什么？你怎么那么多话？一个女同学，一点都不害羞！看生殖系统就看吧，还开小会！

本来嗡嗡的教室里突然安静下来。安静得简直震耳欲聋。随即，那种安静又如同盘子从高空落地，摔得粉碎。

整个教室哄堂大笑。

王海波坐在后面，看不见包华的表情。但是不用看，他都知道。因为他自己也涨红了脸。半晌之后，包华受了伤一般晃晃悠悠地站起来，挣扎着抗议：张老师，你胡说！我根本没看生殖系统。我一直在看英语！不信，你问张红霞！

问什么问？你们俩都在看！看就看吧，还堵不住嘴！

包华一屁股摔到椅子上，埋头抽泣。教室里开始叽叽喳喳，像打开了的蜂房。张老师用黑板擦使劲敲敲讲桌：安静！自学生殖系统！这本是他最近几节课以来一直重复的话，但此时再说，却仿佛意味深长，又激起一阵哄笑。

包华由此全校闻名。没有人不知道那个外号生殖系统的女生。她找到校长，要求张老师澄清事实，给她恢复名誉。她先进的校长室，王海波悄悄摸到校长室的后窗，听到看到了里面的一切。

校长威严地打开那个黑皮本子，扫一眼，低头从眼镜上面看看包华：生理卫生课，你看生殖系统有什么？应该的嘛！

我没看！我就是没看！包华使劲咬着嘴唇。

你没看？你没看说明你不遵守课堂纪律呀。校长忽然轻轻一笑。

不是我不看，是同学们都不看！

包华同学，我看这没有什么。你还是回去吧。当时的情况我了解一些。你看也是完全正当的。没有什么不对的地方。要叫我说，你们还是应该遵守课堂纪律，就是自习课，也不应该交头接耳！

校长又看了看黑皮本子。

接连两天，王海波都没能在后山等到包华。他写张纸条，趁下课从她身边经过的机会，悄悄丢到她面前，约她出来。

等了很长时间，还是没见到包华的影子。耐心即将用完时，她总算来了。低着头，仿佛在地上寻找失去的名声，也像背上压着沉重的担子。

包华咬咬嘴唇：我没看。我真的没看！

王海波仔仔细细地看着那张曾经无比熟悉的脸。不过两天，竟然就有了陌生的意味。她憔悴了许多。如同被摘下来的花瓣。他说哎，还说这些干吗？我相信你。就是真的看过，又怎么样？那是课本！

包华啪地给了王海波一巴掌，大声喊道：告诉你，我没看，我就是没看！说完转身一路狂奔而去，如同运动员听到发令枪响。

本来王海波还真是希望她看过的。他错过，如果她也小小地错一次，彼此正好扯平。但是此刻，他突然产生了一个奇怪的印象。包华看过，就是看过。她每天都偷看。心底里原本压抑着的对她的不满意，而今浮上水面，带着一丝厌恶。

包华随即消失。后来才知道，她转了学，但没考上，最终去了深圳。

包华走前给王海波留了一封信，还有一样礼物。是条月份卡，十二个月，每月正面一个女明星头像，背面除了日历，还有一首歌。月份卡平常是折叠的，第一首露在外面，就是那首《风雨兼程》。

东西都搁在他的课桌抽屉里，两天后才发现。信没有抬头的称谓。那时大家都这样。他们都不知道应该如何称呼对方。

“我走了。请不要再找我，安心学习吧。你学习那么好，很有前途，千万不要错过这个机会。我知道你很喜欢《风雨兼程》，就送你这首歌吧。等你考走的时候，让它替我为你送行。

忘了我吧。

我没看生殖系统。我真的没看。请相信我。”

信上字迹漶漫，带着打湿后又自然风干的卷曲。此刻，它再度被一滴接一滴的水湿透。那些简单的歌词仿佛是一只只干木耳，被泪水迅速发开，然后在他的心灵深处接了一根学校食堂才有的自来水管。随手一拧开关，那种旋律的急流立即喷涌而出，冲进血脉。

插页本被校长收走，都怪同桌李刚。

因为包华的事情，那些日子王海波一直心神不定，上课也没有情绪。英语课上，李刚不知道犯了哪门子邪性，突然就对那些插页产生了兴趣，非要看。看就看吧，还要跟他讨论。讨论也是常事，反正那天英语课很简单，问题是隔墙有耳，校长就在窗外。

校长没收了插页本。说我暂时替你保存着，中考以后再还给你。如果考得好，我还可以再送你一些。

如同被人摘去心肝，王海波越发魂不守舍。李刚说这可怎么办，要不我赔你？慢说不好意思要他赔，就是真要赔，急切之间，他又到哪儿去找那么多插页，再仔仔细细地贴好？

我暂时替你保存着，中考以后再还给你。如果考得好，我还可以再送你一些。王海波耳边一直回旋着那句话。那是全部的希望之所在。从哪里送，就你那个破黑皮本子？想到这里，他忽然心里一震。他预感到那个黑皮本子，会跟自己发生一些奇怪的关系。

现在王海波几乎想不起来，当时是怎么进的校长室。印象中只有扑扑的心跳。下午的课程全部结束，学生自由活动，运动员在操场上训练，等待开饭，是学校最热闹，也最乱的时候。校长刚刚出门，他就悄悄摸了进去。巧得很，抽屉没锁。拉开一看，黑皮本子和插页本都在。

本来想得好好的，只拿黑皮本子，不拿插页本。他也没收校长一回。但在那个瞬间，他顺手一翻，正好翻到白蛇传那一页，于是所有的决心全部动摇，预订计划彻底打乱。

拿回来先检查插页本，毫发无损；再仔细看看黑皮本子，里面并没有黑名单，也没有什么黑材料。他，包华，周勇，蒋丽，事迹都没有被收录进去，就是简单的工作笔记。翻到开会部署防堵《摇滚青年》那一页，并无丰富内容，几行字迹而已，时间，地点，人物，主题。三言两语，一带而过。字迹比较多的，都是正式会议。比如党委会，办公会，以及乡教育工作会等等。也是，他的口才很好，脱稿讲两个小时都不带重复的，全校学生无人不怕，原本也不需要材料。

完全可以将插页本或者两个本子一同还回去。没有人知道，他为什么不；也完全可以不在黑皮本子上做那个批示：放屁！同样也没有人能知道，他为何非要捋老虎的胡须；最后还有个办法，校长找来时，他可以态度诚恳地承认错误，然后把那一页悄悄撕去，可问题是，都没有。

刚开始自然死不承认。最后抵挡不住，只得招供。校长雷霆震怒。他要开除这个害群之马。

关键时刻，是班主任陈老师救的急。当然，现在想想，校长的所谓开除，原本也不过是气话，吓唬吓唬他而已。他们还指望他贡献点升学率呢。

校长的最后一次谈话，让王海波真正体会到了何谓语重心长。他说王海波，你所有的优点与缺点，我都很清楚。我用不着记到那个本子上去。学校的一切，都在我脑子里。我在这个学校干了将近二十年，什么样的学生没见过？我完全可以不管你。但那会毁了你一辈子。你会后悔终身。你逃课看过电影吧？你跟女生有过不太适当的频繁接触吧？你别觉得自己成绩好。我告诉你，成绩提高很难，但是要下去，却是眨眨眼睛的事情。你没了母亲，父亲独自支撑你上学。你要是不能升学，还能有什么前途？本子里的那些风景，还跟你有什么关系？你就跟你父亲一样，老老实实在家里修地球吧！

王海波痛哭流涕。那一刻，他真诚地希望校长像父亲那样，抽他一巴掌，或者踢他一脚，但是没有，一切都没有。校长甚至提前归还了插页本：你拿去吧。你是聪明人，我相信你能把握住轻重缓急！

是否

是否，这次我将真的离开你？是否，这次我将不再哭？是否，这次我将一去不回头，走向那条漫漫永无止境的路？是否，这次我已真的离开你？是否，泪水已干不再流？是否应验了我曾说的那句话，情到深处人孤独。多少次的寂寞挣扎在心头，只为挽回我将远去的脚步；多少次我忍住胸口的泪水，只是为了告诉我自己，我不在乎……

那张法院的布告，是周勇拿来的。撕得不整齐，只有死刑犯王成松的光辉事迹。自然，他的名字上划着血红色的叉叉。

“王犯乘夜晚翻墙进入李 XX 家中，将她按倒在床上，调戏猥亵。王犯对上述罪行供认不讳。依据中华人民共和国《刑事诉讼法》第八条第六款及第十三条第五款，判处强奸犯王成松死刑，立即执行，剥夺政治权利终身”。

周勇诡秘地说，要严打了！今天下午开公判大会，开完会就枪毙！你去不去看?

王海波忽然感觉脊背发凉，眼前一阵眩晕：你真大胆，人家才贴上，你都敢撕！我不想去。周勇嘿嘿一笑：管他呢，反正没人看着。去吧。告诉你，可热闹了，镇上的人都要去！

公判大会在离学校不远的河滩上。王海波跟在周勇后边，脚步迟疑。抬头看看，蓝天上飘着朵朵白云，都是课本里描述过的情形。街道和往常一样逼仄，食物的香味与阴沟的臭味交相辉映。路过李刚门口，他父亲还在那儿埋头打铁。锤子下去，火星四溅。那件肮脏的背心破着大大小小的口子，几乎跟赤身裸体一样。王海波的脚步略一停顿，似乎希望再次听到他自信的声音：抽烟大红花，喝酒六毛八。但是没有。他什么都没说，只有叮叮当当的锤击声。

一排犯人胸前挂着大牌子，低头站在汽车上。那一串剃光了的脑袋上都带着黑色的头发茬儿，给人阴暗的感觉。他们的级别都很高，每人身后都肃立着两个持枪的保镖，还伸手扶着他们。人声鼎沸，大喇叭也不顶事，根本听不清楚罪行。这并不重要。重要的是，故事即将发生。看了一会儿，周勇就拽着王海波赶紧跑。说要不等会儿汽车一开，咱们撵不上，就看不到枪毙了。

刑场在两里地外的一个山坡间。他们过去时，周围已经挤满了人。持枪的警察站在里面，前面拉着一道绳子。没过多久，就听见身后人声骚动：来了，汽车来了！随即汽车开过来，从其中提溜出两个，向山坡间的空地拖去。他们俩都没吭气，腿也没有站稳，完全是拖过去的。王海波似乎清晰地看到了身体在山地拖拉的嘈杂声。小草不断倒地再抬头，一堆干枯的树叶子在王成松腿下聚拢，发出干涩的滋啦声。

两人隔着十米左右的距离。警察一松手，他们随即瘫软下去；警察见状又提溜起来，在他们腿上使劲踹一脚，大声喝令：

跪下！

费了好大的劲，才把两人的姿势摆弄好，摆弄得合符规矩。

周围一共有四个持枪的警察。谁来开枪？开几枪？王海波内心腾腾狂跳，迫切希望知道答案，考试过后渴望看到分数那样。周勇说别急，他们都不是刽子手。刽子手等会儿才来。说着话对面又来了一辆吉普车，一个戴着墨镜的武警从车上下来，旁若无人地越过那条警戒线和人群，走到两个犯人跟前。

王海波这才看到，墨镜带着白手套。那手套想必是崭新的，因为它把手枪衬托得无比肃穆。

墨镜抬起枪，首先对准了王成松。

枪毙两个人，至少会有两声枪响，但王海波只记得一声。也不，一声枪响都没有。那唯一的声音，来自他自己的下体。墨镜举枪的同时，似乎抬头朝他们的方向看了一眼。就在那时，王海波感觉一阵内急。随即有什么东西汹涌而出。黏稠的，冰凉的，带着强烈的快感。它喷射得那么有力，让他想起一个词，朝气蓬勃。没错，就是蓬勃。可是那种蓬勃令他羞愧。他不得不略微低下头拱起腰，以免前面的人发觉。

那真是少有的热闹。前前后后都挤满了人。

王海波无力地朝旁边一倒，周勇赶紧伸手扶住。到底是运动员。他说怎么，这就怕了？告诉你，好戏还在后头呢。

墨镜枪口一指，王成松随即仆倒在地。暗红色的血液喷射在陈年树叶与干草覆盖的山地上，原本并不明显，但回想起来还是相当刺眼。它告诉观众，罪犯已经枪毙。也让王海波无比深刻地领会了一个词语的内涵：火红的青春。血从王成松太阳穴的位置流出来，斜着流过他的眼睛。他对生命的最后印象——如果那时他还有印象的话——肯定是火红火红的吧。

随即有个白大褂走到王成松跟前，俯身用什么东西戳他脑袋上的伤口。周勇说你看，戳他的脑子，看他还有没有反应，到底死没死。

墨镜丢下王成松，转向下一个犯人。看得出来，他业务相当熟练，两次都是一针见血。白大褂跟墨镜说了句什么，墨镜随即揣起手枪，再度越过人群钻进吉普，绝尘而去。

人群逐渐解散。拉犯人的车，也开始发动。周勇说再等会儿吧，他们家人会来收尸，可能还有人蘸脑浆吃呢。补脑！脑浆你没见过吧？告诉你，就跟咱班他们带的臭豆腐一样。白卡卡的！

王海波呕的一下，好险没吐出来。从那以后，他再也没吃过臭豆腐。

王海波终于凑够七块九毛五分钱，买了套运动服。其实根本不是什么运动服，就是普通的秋衣秋裤，多缝了几道白布条而已。好像那几道白布条就值三块钱。没有它们，还要不了五块。

可无论如何，穿上还是很有感觉。身材似乎高了许多，跟周勇不再有那么明显的反差。他恨不得天天都上体育课，那自然不可能；他希望学校再搞一次篮球赛，当然也仅仅是他的希望。中考在即，学校哪有那样的兴趣。王海波穿着运动服打过几次篮球，但不是正规比赛，肯定吸引不到足够的观众。他技术不行，打了两次，就没有人愿意再要他。

无奈之下，他只有利用下午下课后到开饭的那段时间，穿出来跑步。

头一次亮相，还是需要很大的勇气。他并不是运动员。只有运动员才穿运动服，训练。好在有了第一次，就有第二次。

是蒋丽发现的新大陆。她上看看下看看：风流才子，你可以呀。穿上运动服，还挺潇洒！

那句话好险没把王海波重新憋回教室。

操场不够大，有的运动员就在外面跑步。蒋丽也是。那天王海波不远不近地跟在后面，一路上越过文具店电影院合作社邮电局兽医站，直向大桥而去。一出校门，他就感觉四肢逐渐舒展，离学校越远身体越柔软越灵活。

那应该就是生命蓬勃生长的感觉吧。毫无疑问，街上的人不会知道他是冒牌运动员。

路过铁匠铺，李刚的父亲依然穿着那件几乎就是皇帝新装的破背心。王海波的脚步不觉慢了下来。

那一刻，他的心脏被前所未有的优越感吹成了透明的巨大气球。

运动鞋踩在石板街道上，富有弹性；信用社的外墙上还贴着那篇大字报一样的文章，《杨友富发“羊”财》，是陈老师的手笔，写某个村里的养羊专业户，说是赚了不少钱。陈老师的毛笔字不错，只是经过长时间的风吹雨淋，字上布满从上而下的暗黑色道道，不成样子；卖豆腐地吆喝着降价处理；租小人书的那家已经开始当街吃饭；几个孩子围在一起抽陀螺；一个姑娘捂着嘴巴伤心地哭泣；一个老人领着小孙子或者小外孙仰着脖子放风筝。王海波看电影一般，脚步轻快地经过，超越。

过了大桥，就是乡医院。医院旁边是李刚的姐姐开的一爿小店。她没考上高中，也没有复读，就此下了学。这里的位置并不好，出门就是大片大片的麦田，与街道还隔着一段距离，显然不是做生意的好地段。没有人知道她为什么会选择这里。大家都说她眼光有问题。从这里开始，公路拐个弯开始爬坡，在山间穿行。王海波刚拐上山，忽然看到蒋丽停在路边，似乎是在等谁。

王海波的脚步越来越慢。他预感可能要发生点什么。蒋丽说累了，休息一会儿吧。说着话钻进旁边的树林。王海波略一犹豫，也没头没脑地跟了进去。

许多次要的情节，王海波早已失忆。他只记得蒋丽说了点什么，然后突然将他搂住。曾经体验过的无比温软的胸脯，紧贴在他身上。王海波可能试图抗拒过，但蒋丽不知道哪儿来的勇气，抓起他的手，摁到自己胸脯上。

胸脯突然就成了铁匠铺里发红的铁片。王海波眼前一黑。他看见的是校长的黑皮本子，还有那双墨镜。那是一种他自己也无法解释的情绪。尽管亲眼看过黑皮本子，知道底细，却依然心存芥蒂。每次想起总像在树林里与蛇不期而遇。后来梦回少年，也经常以打开黑皮本子开头。仿佛自己的那段人生档案，全部建立在其中。

王海波刷拉一下抽回手，好险没把蒋丽拽倒。他盯着蒋丽，如同突然发现了陌生人。没错，刚才的动作一定不是蒋丽做的，而是她身体内部的魔鬼，像《摇滚青年》里那样，突然伸出魔爪。

蒋丽吃了一惊：你怎么回事，病了么，手那么凉！有病就不该跑步啊。

王海波含混不清地说，没有，我好好的。这么说，周勇说的都是真的？你们真的？

蒋丽从鼻子里挤出声音：听他说的，明天过年！癞蛤蟆想吃天鹅肉！就他那样的，四肢发达，头脑简单。哼！

王海波说那你怎么？蒋丽咯咯一笑，说你少装蒜。你又不是没干过。别当我不知道！王海波一下子想起那次下雨她的眼神。赶紧支支吾吾地说什么呀，我从来不干坏事！

蒋丽走前流了泪。她悲怆地说原来你们真的都那么看我呀。我以为你有才有头脑有见识，谁知道！

大别山里的夏天，说来就来。那天游泳之前，蒋丽邀请过王海波。她跟周勇要去下边训练，以游泳的方式。那里通着南湾水库，水干净。她说你敢不敢来，咱们比试比试？别看你在水边长大，我敢保证你的狗刨不行。我可是正规的蝶泳！

王海波并不知道什么叫蝶泳。他很后悔，当时没有过去亲眼看看。那天夜里他们俩很晚才回来。在乡医院门前，王海波耳边一直回旋着悲怆苍凉的歌声。那不是学校的大喇叭，而是李刚姐姐的录音机。很久以后才知道，那首歌叫《是否》，苏芮唱的。但是第二天，他就用笛子找到了其主要的旋律。在学校的后山上，能俯视乡医院的地方。

当时王海波肯定顾不上这些。眼前的一切，攫取了他的全部感受。周勇灰头灰脸地站在人群里，湿漉漉的游泳裤勒在身上，大腿中间雄姿英发。有人举着火把，照亮了最前面的那头牛，以及它驮着的蒋丽。蒋丽横趴在牛背上，头发披散着。乳房被身体压迫，从某个角度泄露出来一点点。

蒋丽从此睡去，再也没有醒来。

那天夜里，王海波做了一个梦。他梦见自己上了考场，但是明明考的化学，发下来的却是物理卷子，上面写着高中字样，题他一个都不会作，有些甚至看都看不懂。他清楚地听到了秒针穿着运动服和跑鞋的飞快脚步。时间接近尾声，监考老师大声提醒道，还有十分钟。请大家检查一下试卷，姓名学校班级写好没有，有没有写错。检查完的同学，可以交卷。没有做完的同学，请抓紧时间！王海波想大喊一声，说老师，我的卷子发错了！但声音无论如何也发不出来。他一着急，下身随即一阵痉挛。

王海波醒了。他感觉到了裤衩上面的黏稠液体。惨白的月光从窗户里爬进来，照在邻床的脸上。他听见有人说梦话，但说的什么听不清楚；还有人磨牙，也有人打呼噜，开拖拉机一般。

王海波一动也不敢动。他们的床铺是竹连子，用绳子把晒干的竹子穿起来做的。朝两条大木头上一搁，就成了床。竹连子上面的竹节硌得肉生疼，这暂且不说。最要命的是，你随便一动，都会嘎巴作响。尽管还在深夜，尽管不大可能有同学醒着，王海波依然感觉到了危险。仿佛月光照不到的黑暗，都是睁开的黑眼珠。

后来才了解蒋丽淹死的些许细节。周勇说，他们先从河汊子里游了几个来回，休息时蒋丽眯眼看着河中间的一个小岛，说你能游过去吗？周勇说那当然。不过不能直接回来，得休息休息。蒋丽忽然起身就向河里走去，说我去了。那边有群漂亮的蝴蝶！

周勇略一愣怔，然后也起身扑进河里。他奋力挥动双臂，但一直没撵上，直到眼睁睁地看着她从水面上消失。几个放牛的老乡帮了周勇的忙。他们费了好大的劲，才把她捞上来。然后用牛背驮着赶路，希望控出腹腔内的水，将她从龙宫门前拉回来，可惜没能如愿。

没有人相信蒋丽曾经看到过蝴蝶。那么远的距离，除非她有望远镜。然而周勇信誓旦旦，坚信没有听错。而且那么明显的事情，他当时竟然也没有丝毫的怀疑。街上的大人都说，是蒋丽该死。那里每年夏天都要淹死一两个人，所谓的蝴蝶不是蝴蝶，而是淹死鬼。他们希望蒋丽过来接替，他们好快点托生。

事后周勇被学校开除。他到别的学校复习一年，次年考上信阳师范学校的体育科。

那是毕业前夕的事情。王海波没有参加中考。他和另外两个同学一起，被保送进入县一高。临走之前，他带着运动服来到学校后面的河边，在流水的伴奏下，吹了一曲《美酒加咖啡》。没有专门的笛子曲谱，指法与装饰音全凭想象，可能不太成功，音调幽咽哀婉。

吹完之后呆立良久，然后把那身还很新至少能穿两年的运动服，扔进了河里。

本来可以去下边的河汊子。他知道路，也有时间。但是，他不敢。他对那里怀有莫名的恐惧。

河水欢快地叫着，带着运动服消失在远方。那也不是远方。它会流到下边，流进南湾水库，然后经过信阳到东五县，最终汇入淮河。

也许，那才是真正的远方？

还有一句题外话。李刚后来也考上了信阳师范学校。王海波高中毕业那年，李刚到县一高来找他，要他去替考化学。考完试，李刚留饭。吃饭期间一个谜底揭开。李刚的姐姐之所以非要把店铺选择在那里，其实是因为一个男青年。跟她同级不同班的农村学生。他当时借住在乡医院的亲戚家里。他们俩可能从来没有说过话。男青年应该对此一无所知。蒋丽被牛送回来时，他已经在复习一年后、于上一年考走。据说是桂林航空管理学校。

说这话的时候，李刚的姐姐已经进了精神病院。王海波高考结束后跟李刚一起去看过她。她还跟过去一样安静，经常在纸上画画，脸上带着羞怯的微笑。毕竟没有经过专业训练，画得几乎不成人样，只能约略看出男人的体型，还有那座熟悉的后山。

我曾经指点江山

1

当时我在董家河中学念初中。我是个十足的问题少年。老师们都拿我没辙。因为我跟一般的问题少年不同。我虽然贪玩，看着平时不用功，可每回考试还都不出级部前三名。尤其是英语。三年级时老师甚至特许我可以不听课。老师一方面想拿我祭旗树立威信，一方面又指望我给他们的升学率做点贡献。想痛下杀手又有些舍不得，不由得他们不头痛。还有，一般的问题少年如果实在惹不起，那也很好办，置之不理就是，但对我又总有些于心不忍。你看看，这事难办吧。

因为这个原因，我在同学们中间占据了统治地位。谁敢不服，我立马收拾他。后来发展到这种程度，凡事都不需要我亲自动手，甚至也不需要我身后的马仔动手。我们只消一种语气、一个眼神，就一切搞定。尤其是对女同学。人人都惧我三分。包括那帮来自镇上的吃商品粮的小痞子。不过，这一切都是通过艰苦的南征北战才得到的。我为此也流了不少血。因为我并不人高马大力壮如牛勇武无比。由于营养不良，我实际上生得又黑又矮又瘦，简直就是手无缚鸡之力。初一时头回上篮球课，别人可以潇洒地屡投屡中，我呢，即便站在篮板跟前抱着球随便扔，要挨到蓝筐也很费劲。我有多大的劲儿，你明白了吧？

2

一年级的语文老师是个刚毕业不久的毛头小子，他的课大家都不愿意听。我更是如此。为什么？因为我得承担随口纠正他引用古诗文错误的责任。我头回想当他的一字师时，他很不服气，训斥我不该随便接腔，结果我随口给出证据。这样一来他彻底没词，面红耳赤，好不尴尬。出了这样的风头，我只顾得意，却没意识到已结下梁子。后来有一回，我在课堂上跟同位开小会，终于被他抓住把柄。他严厉地喝令我们俩站起来：“你们有什么话要说？现在大家都听着，你们上来说吧！”其实话题还是同位引起来的，我一直被动作答。如果我的态度好点，一声不吭，事情也能过去，因为这是正常现象，根本算不上情节严重后果恶劣。但我偏不。我两眼若无其事地盯着他，一点都没有心虚气短的意思。这下他更不干了，气呼呼地杀到跟前，伸手就拧住我的耳朵：“怎么啦？还不服气？你课堂上讲话还有理？”看来他这次真要痛下杀手，我的眼泪像半干毛巾里的水，都快被哗哗啦啦地拧将出来。我忍痛使劲挣脱，竭力挤出从容不迫的笑意，振振有词："课堂上讲话是不对，可就这你也不能拧学生的耳朵呀！你这是什么行为？军阀作风嘛！学生不懂事，所以才要老师教育。堂堂人民教师，你怎么能这样呢？"一边说一边还用身体语言帮腔。到最后我完全忘记了耳朵的疼痛，脸上笑靥如花，从含苞待放到迎风怒放，真正灿烂起来。那里面，都是我的胜利宣言。

反击突如其来，让他方寸大乱，脸都气白了。恼羞成怒之下，他一把揪住我的衣襟，将我拖到讲台跟前："混账东西，还敢嘴硬！你在这里给我好好站着！"我心里有些急，但嘴上却不急，依旧得理不饶人："同学们都听到了啊，到时候请你们做个证明。周老师不仅在课堂上殴打学生，还辱骂学生！"周老师全然失去理智："骂你怎么了？我骂的就是你这号不正经学习的流痞生！"同时一个扫堂腿向我扫过来。我往后一躲，他这一脚正好结结实实地扫在前排同学的课桌腿上。课桌腿不怕疼，因此周老师只能把所有的问题都自己扛。我注意到他利用讲桌的掩护，不时飞快地将那只穿着火箭头皮鞋的伤脚在地上轻轻一踮，然后再飞快地抬起，同时上半身竭力保持平衡，整个动作如同蜻蜓点水。没办法，他得保持人类灵魂工程师的尊严与风度。迟疑片刻，他一边用不易被人发觉的轻微动作从牙缝间抽凉气，一边调动全身的力气大吼一声："李文强，你给我滚出去！"

滚就滚。这样的烂课，还有什么上头。我用煽风点火的眼神看看周老师再看看同学们，略微向同位挤挤眼，扬长而去。后来据同学们说，周老师整整让他们上了半节自习。

3

这事过去不久，我又跟个小流氓发生了武装冲突。起因是他打饭插队。

学校食堂只有三个窗口，高峰期非常拥挤。那天早上，快排到我们班的贺道军时，林志强突然挤了上去。贺道军非常不满，眼睛看着旁边叫道：“别插队别插队！”同时调整姿势想挡住对方。

林志强是乡林管站长的儿子，比我们高一级。他从小流痞惯了，升上初中后还是不学习，整天领着镇上的那帮同学鬼混。这家伙很霸道，是个流氓头子，经常欺负人。贺道军之所以没有看着他抗议，就是不敢跟他发生正面冲突。

林志强一把将贺道军推开：“识相点啊。谁插队啦？你们谁看到我插队啦？谁能证明？”边说边凶巴巴地环顾四周。目光所到之处，同学们的眼睛望风披靡。

这事正巧被我碰上。当时我刚好端着饭盒，从旁边一个窗口出来。贺道军也是农村孩子，平时很老实，从来不敢惹事。我心里很不忿。于是分开人群走上前去，不由分说将林志强从窗口边拖了出来：“干什么？大欺小是不是？到后边排队去！”

林志强何时吃过这样的亏呀，二话不说回身就给了我一拳。一动开手，他的同伙也跟雨后春笋似的，都从地下冒了出来。我平常连饭都不吃饱，典型的营养不良发育不全，一对一也未必是对手，何况这样的寡不敌众。情急之下，我端起饭盒，像连环画上的观音菩萨用杨柳枝洒甘露，将稀饭劈头盖脸浇了过去。

稀饭烫倒不是太烫，关键是样子不好看。我这招一亮，那帮人只顾得狼狈不堪地收拾残局，战事随即陷入停顿。愣怔片刻，林志强恶狠狠地说："好，你有种！晚上咱们再见！"接着定了一个时间地点，饭也顾不上打，随即匆匆逃离。

他们一走，我周围顿时一片欢呼。大家伙长期受这帮人的欺负，从来没见人挫败过他们的嚣张气焰，这下当然感觉解气。

其实我当时的情况也相当狼狈。脸上挂了彩。衣服掉了两个扣子，心里也很紧张。然而欢呼声起，也只能打肿脸充胖子，拉开得胜还朝的架势回了宿舍。幸亏贺道军又给我送了饭，要不还得饿肚子。

我心里敲了一天的小鼓。敌强我弱，形势严峻。可好汉做事好汉当，光能惹事不能担事，那还怎么混。而且即便我不出去应战，那帮家伙肯定也要打上门来。反正扯碎龙袍也是死，打死太子也是死。同样都是个死，还不如死得光彩一点。

决战的地点在小河边。那是流经本镇的唯一一条河，也就是董家河。平时我们没事经常到那里去玩。扔下书包出去玩耍，那感觉还是相当惬意的。然而这回不同。我的腿肚子打了一路的哆嗦。从来没有救世主，今天晚上也不可能有奇迹出现。唯一的悬念只是失败的悲惨程度。说不怕那是假的。林志强这小子可不是吃素的主。

对方来了一大帮人。估计是全部人马倾巢而出。一见他们，我心里反而彻底放松。我独自前来应战，显然林志强没有料到。他吃惊地问道：“你怎么一个人？”我深吸一口气，故意用傲慢的语气答道：“靠人多算什么本事？我自己就够了！”林志强略一犹豫：“那好，咱们俩单打独斗，凭各人的本事见高低！”我赶紧抓住这个话头，指点着他身后的人群道：“这话算数？你输了也不反悔？”“男子汉大丈夫，说出去的话泼出去的水，还能收回来？”

其实就这样我也不是对手。很快就落了下风。但我坚持抗战，屡败屡战。林志强打倒一次，我就爬起来一次；再打倒一次，我再爬起来，然后摇摇晃晃地扑去。这种场面他显然没怎么经历过。他不止一次地想给我台阶下，问我服不服，但我咬紧牙关，就是不松口。最后他实在打累了，恶狠狠地说：“好，你小子有种。咱们和了！”随即在牛头马面的簇拥下，溜之乎也。

我躺在河边的沙地上，半天不能动弹。老半天之后，一个人影走近。是贺道军。他一直在不远处跟着。见对手渐行渐远，这才前来料理后事。

他从地上扶起我道：“怎么样？你不要紧吧？”说真的，那会我真想痛痛快快地哭一场。林志强这小子手实在是重。然而我只是咬咬牙：“没事！”

这事过去后，我真正成了班里的老大。大家都知道我不要命。评书《岳飞传》里不是说嘛，软的怕硬的，硬的怕愣的，愣的怕不要命的。大家说两强相遇肯定有个不强的，看来真正强的不是林志强而是李文强。不过，这次局部冲突的结果后来真的决定了学生间的政治格局。我们俩达成了平分秋色作一字并肩王的默契。他不再主动招惹我们班包括我们年级的同学。上一年级的事如果牵扯到我，双方也都会睁只眼闭只眼，各自退避三舍。我呢？对他甚至还有了莫名其妙的好感。正如那句老话说的，不打不成交。

4

在我的统治下，班里井井有条。除了我维持秩序的需要之外，几乎没有打架现象。也很少有丢东西的事。无论什么样的纠纷，只要我一出马，没有摆不平的。我的统治对象主要分两部分，一是女生，二是流痞生。管制流痞生还好理解，为什么还要着力对付女生呢？因为那时男女生不说话。除非吵架。其实我们都挺愿意接近女生的，我想女生肯定也这样。但是大家都拉不下脸。在这种情况下，我决定继续维持安定团结的政治局面。稳定压倒一切，不许打破僵局。为此我对女生做了许多规定。比如不准大声喧哗，不准打扮得太不像样等等。刚开始女生也不服气，后来经过我的强力推行，这个新秩序还是顺利建立。为了这个，有个女生还付出了代价。

那个女生叫周艳。家是镇上的。也是个惹不起。她的无边法力全在嘴上。据统计她能连续不断地骂人达一节课以上。而且内容基本不重样。我们班的学生尤其是女生，没人敢惹。那天自习课，她跟同桌说说笑笑的，很是显眼。我听了一会，见她们还没有停止的意思，就果断决定起来维持秩序。我冲她们的方向大喊一声："别喔！你们听到没有？我叫你们别喔！"

在这里，"喔"应该念 wao。这个读音字典里没有。它是土话，在我们那里，管狗叫声叫"喔"。这是我推行世界新秩序的一个主要号令。另外还有两个，别叫唤与别有动静。它们的意思就好理解多了。

周艳无动于衷，毫无收敛迹象。这样一来，我只能诉诸武力。那是我头一次，也是唯一一次真正对女生动手。周艳还是不服，我打一拳她就骂一句。打得轻骂声低，打得重骂声高，逼得我只能闭着眼睛继续操练。我一边打一边在心里扇自己嘴巴子，但一边扇还只能一边打。这个节骨眼上要是挺不住，统治秩序就会崩溃。无论如何，我这一强的面子总得要吧。

5

春天来了。董家河上厚厚的冰突然之间全部融化。山上的草多了树绿了。学校后面的山顶上有一片油菜地，这些油菜也仿佛突然长大，一夜之间开出粉味很重很重的花儿。那天吃完晚饭，我照例带本书准备上到山顶，去那片油菜地边，愣神或者看书。

我要穿过整条镇街才能接近山脚。脚下是不甚平坦的青石板路，两旁是林立的店铺。房子和路一样，也是古旧的，不知道有多少年的历史，青砖成了顽固的黑色，正好对应“青”字的本意。白天赶集的人已散尽，商家开始往里收拾东西，大家各忙各的活路，没有人注意到鹑衣百结的我。虽然并没有被他们接纳，我心情依然很好。因为这让我知道除了家之外还有一个美好的去处叫董家河，对未来朦胧的幻想因而有了确实的依托。春风吹开了红花吹绿了野草，也吹生了我模糊的梦想。我在街上左顾右盼，如同已经告别父辈面朝黄土背朝天的不堪，成了镇街上的一员。

爬上山梁，鼻梁上沁出细密的汗珠。正好有和风拂面而来，是那种吹面不寒的杨柳风，刚够吹去短暂燥热的当量，让人神清气爽。学校在远远的脚下，青石板路面的街道呈弓状向前面排开去，这种全新的角度给了我全新的感受。近处的那片油菜烂漫地开着花，老远就能闻到浓烈的香气，金黄被碧绿衬托得格外打眼。找一处草地坐下，将课本摊在腿上，却不看，想着心事。说是想心事，其实也没什么特别的事，甚至根本没有一条能够连成逻辑的思路，只是课本上的字只停留在眼睛上，没能进入心里。

正在这时我忽然又听到了那首熟悉的《风雨兼程》。供销社里有台旧留声机，经常放点唱片。那时我还没学过“兼程”这个词，它的意思是后来查字典才知道的。旋律有些伤感，但这并不是因为离家住校的原因。我虽然多少有些想家，但更想到遥远的地方去闯荡，就像李太白那样，“仗剑去国、辞亲远游”；那些许的伤感，是旋律动人的必然效果，正如美酒必然醉人。真正触动我的，还是其中美丽的送别意境。我不由自主地将自己想象成为其中的主人公，打点好行装正要上路。那时我不仅知道董家河，还知道有个地方叫县城，那是比董家河还要好的地方。念好了书可以走出家乡的山沟到那里去。因此耳边这熟悉的旋律就像是专门为我而唱。它让我没来由地伤感，也让我没来由地振奋。

留声机停了，天色暗了，我这才感觉到屁股下面的凉意。我知道青草的汁液沾湿了裤子，于是站起身来拍拍屁股下山。

6

和冰一同融化掉的，还有男女生之间的冷战。那天晚上，我从山上回到教室，进去一看，里面只有几个女生，我的那帮跟班马仔，一个都不在。这种场面让我有些拘束。有心出去，但又不能。再怎么说，这是我的一亩三分地么。

我安安静静地进去坐下。女生们在一起复习地理。说到吉林的省会时，一个个的都说不上来。真是笨啊，我心想。一个破长春还有什么难的？我心里正念念有词，忽听自己脱口而出的声音："长春！"

真是一言既出，四座皆惊。这事要是发生在过去或者别人身上，只能以叛徒和不要脸论处。还好我当时心情不错，可以从容周旋，不至于恼羞成怒。那个叫包华的女生最先回过神来。她若无其事地看着我说："哦对了。是长春。那首歌你能记住吗？我总记不住！"

那个概括全部行政区划的顺口溜是老师总结的，课本上没有。不过也很好记。我一点结巴不打地背了一遍："两湖两广两河山，五江（疆）云贵福吉安。四西二宁青甘陕，还有内台北上天。"

其实我早就注意到了包华。她就在我前排嘛。她也是从乡下来的，不过离学校很近。她很漂亮，具体哪里漂亮我也说不清楚，反正就是怎么看怎么顺眼，怎么看怎么舒服。现在想想，她那时正处于农村少女最美的时间段里。稍微大点，她们要下地干活，皮肤很快就会变得粗糙不堪。

不知道从哪天起，我们慢慢形成这样的默契：她遇到难题时，会用不太高但我绝对能够听到的声调去问同桌；假如她同桌不会，我也会用同样的声调偶然与我同桌谈起答案；在她跟前我相当乖，自习课上我免不了要高谈阔论打打闹闹，这时她看一眼比"校长来了"的警报更有效，我会以最快的速度找个理由回归座位；还有个现在想起来脸还要发烧的小秘密：早饭后我经常悄悄溜回教室，从她书包里拿出第一节课要用的课本摆好，然后再悄悄溜出去。假如哪一天这个努力因为有人在场而没有得逞，我整天都会感觉若有所失。

我们就这样成为好朋友。她成绩不好，学习上的事我自然责无旁贷；她呢？顺理成章地接过为我洗衣服的任务。那时我们住校，衣服都要自己洗。她头一回给我洗衣服时表现得很大方："你看你，衣服这么脏。脱下来我给你洗洗。"为男生洗衣服，这个举动一直被认为意味深长。我心里虽然是老鼠掉到面缸里巴不得，但嘴上却还在客套："不用，我能行。""你能行什么？我看你的笨手笨脚着急。告诉你，我们穿脏了的衣服，也比你刚洗好的干净！”

7

那时我家里很穷。要自己带米过去换饭票。我家离学校远，三十里山路，背米就是长征。不仅如此，我们村里田薄人多，口粮一直成问题。要不，我也不会营养不良的。

相比之下，包华的情况要好得多。离家近不说，路也好走。而且她们那里田多，粮食也能管饱。那天我即将弹尽粮绝，她忽然转身递过来一个纸包。打开一看，里面有五块钱和三十斤饭票。纸上还有几行字："又空了吧？如果不见外，请你收下。这钱不是我跟父母要的，是过年的压岁钱。我家近，背米方便，以后如果吃完了尽管向我开口。"要是换了别人，我的第一反应肯定是将这些东西扔他脸上去，课本上不是也说，廉者不受嗟来之食嘛。然而我抬眼一看，她的眼神清澈透明，毫无杂质。我不由自主地点了头。

饭票救了燃眉之急，但钱我一直没舍得花。那是张完全崭新的纸币，有股令人心醉的油墨香，像刚从银行拿出来的一样，挺括得简直能割掉我的耳朵。我想，即便饿死也不能花掉，无论如何也要保存起来，完好无损地保存起来，像保存革命历史文物一样。可放在哪儿好呢？放哪儿都有可能被折坏。想来想去，我将钱抻平拉直，还用那个纸包包起来，然后并不折叠，直接夹进《盆栽花卉》课本的封皮里面。《盆栽花卉》课谁都不重视，没人会来翻弄，因此绝对安全。

我跟包华之间从没说过什么过头话，也没做过任何承诺或者暗示性的承诺。我们最亲密的一次接触，是我捏了捏她的肩膀。那次学校放电影，我带着凳子先去占地方。凳子放在那里，我人却不敢老待在跟前。我是名人，许多人都愿意跟我攀交。如果有些人提出跟我同座，如何答复？可老不在那儿也不行，那样会错过包华。经过相当漫长的等待，她终于来了，在夜幕的掩护下自然而然地在我身旁落座。半夜里落凉了，那是个秋意很浓的秋夜。我感觉她穿得太单，就下意识地捏捏她的肩膀："你冷不冷？"他扭头温柔地看看我，用不易被人发觉的动作握握我的手："我不冷。快放下吧，别让人看见。"

黑暗中，我感觉她的眼睛闪闪发光。

我非常兴奋。兴奋得忘了电影的名字和内容。要知道，那时候看场电影并不容易。此时无声胜有声。我想，我们之间实际上是有承诺的。那承诺因为郑重严肃因而不必言表。

然而，最终我却背叛了包华。这让我一辈子都不能原谅自己。

8

进入初三，原来的班级被部分打乱，我们班来了不少新同学。其中包括留级下来的林志强，还有个人人侧目的女生叫陈锦云。就是因为她，我才对包华背信弃义的。

陈锦云是上学期才从外地转来的留级生。很漂亮，简直就是从挂历上走下来的女明星。最要命的是，她作文写得比模样还好。其实我早就知道她。二年级下学期，她插到了二（三）班。那时候一方面由于年龄的增长，另一方面也由于长期的稳定统治，我们一般很少对外发动战事，时局相对平静，我跟她一直没机会打交道。只是隐约听说她作文写得比她人还漂亮。这让我不由得有些好奇。在学习上，我哪一科都有竞争对手，而且因为不怎么用功，实际上哪一科也都没有确立不可撼动的霸主地位，也就是前三名。但语文不同。这一科我有绝对优势。尤其是作文。尽管语文老师对我不感冒，但也不得不承认，我作文写得好，主要是语感好。这有些不可捉摸，想努力也有劲没处使的。

说心里话，我不太喜欢这样的局面。怎么说呢？倒不是因为英雄寂寞，更主要的还在于，我本来就不想拿第一，只要保持前三名。我不想给人刻苦用功的印象。我很得意老师对我的评价：吊儿郎当吃大米。余下的精力作为战略预备队，关键时刻再拉上去不迟。如果单科成绩也老是第一，怎么说吊儿郎当人家也不肯信的。否则，教语文的班主任湛老师为何会对我持保留态度。

但我真正对陈锦云产生深刻印象，还不是因为这个。她是从县城转学过来的，现在借住在一个亲戚家里。我们回家时有一段同路。有个周末，回家的路上我走着走着忽然看见她在前面，和几个女生一起。毕竟是城市来的，总有种落落大方的气度。这种气度并不分外打眼，它是温柔的恬淡的和缓的静谧的，主观上根本没有故意争夺眼球的意思，但放在董家河这块总与时代慢半拍的青山绿水背景里，却总能自然而然地逐渐凸显。那种与众不同对我长期以来天马行空的狂妄自信，是不战而屈人之兵的毁灭性打击。它头一次让我自惭形秽。为自己的破衣烂衫，为自己的身材矮小。等等等等。我简直觉得自己一钱不值。而过去，无论在谁跟前，我都有充分的自信。

陈锦云她们走在前面，边走边说笑。我领着一帮小喽啰，本来嬉笑打闹兴致颇高，却还是慢慢沉默下来。那是个初秋的下午。天气不凉不热，山上的树叶子有些依然郁郁葱葱，有些则已泛红。空气中弥漫着醉人的成熟气息，散发出令人伤感与心痛的美丽。因为找不到别的课外书，我从小学五年级就开始背诵古典诗词。才子佳人，聚散离合，羁旅行役，春恨秋悲。以前基本上都是小和尚念经有口无心，这会却忽然有了深刻体会。这是“春去也、飞红万点愁如海”的愁吗？是也不是；是“只恐双溪舴艋舟，载不动、许多愁”的愁吗？也是也不是。反正，那一次我真正尝到了毫无来由的少年愁。它像山间的薄雾罩住放牛娃，将我的灵魂若有若无地遮蔽起来。

小喽啰们——包括贺道军。自从那回我舍身救驾以来，他就成了我的死党——还要嬉笑打闹，意思是要对前面的女生发动秩序统治，但被我两眼一瞪，劲头随即如同漏气的气球。他们不明就里，还想逗我开心，结果我还是没有领情。我就那样一路沉默着到家。其实，陈锦云跟我同路的距离很短，她的影子早已在眼前消失。但这才可恼呢，她不在我眼前闹腾，改到心里闹腾去了。在眼前闹腾烦了还能转身闭眼，在心里闹腾你彻底没招。就像牛魔王那样，不管他多牛，孙悟空一钻进他肚子里，他就只能举手投降。

我想陈锦云也一定知道我。整个董家河中学没有不知道我的。包括看门的刘大爷，打铃的申大娘，以及食堂的金师傅。知道我很正常。不知道我才不正常。否则陈锦云怎么会主动挑衅。“挑衅”这个词是贺道军他们的，我本人并不赞同，但不好公开反对。我当时就感觉那次挑衅不符合逻辑，来得未免奇怪。现在想想才明白，那实际上是她向我伸出的橄榄枝。

那天中午，我们端着饭碗从食堂回来。路过二（三）班，忽然听到当头棒喝：“别喔！”大家都知道，这是我的专用词汇。由于统治秩序良好，它的使用率已经大大降低。即便偶尔出现一回，多半也以玩笑居多。今天谁吃了熊心豹子胆，敢在关公门前耍大刀？抬眼一瞧，原来是陈锦云。她站在教室的后门前，笑吟吟地看着我。有人敢灭老大的威风，贺道军是第一个不干的。他当下就要上前教训教训她，但被我拦住。不知怎么回事，我突然满脸通红。这让我更加狼狈。于是看了陈锦云一眼，什么话都没说就匆匆撤离。等于完败。这在过去可是从来没有过的。

回到宿舍，贺道军很不理解。问我为什么不教训教训那丫头。说都这样没大没小，往后还有个规矩吗？我气狠狠地瞪他一眼：“好男不跟女斗，好鸡不跟狗斗，还不明白？你就知道打打打，不战而屈人之兵，善之善者也，懂不懂？”这话前半截他们明白，后半截肯定不明白。其实我也不太明白，不知从哪本书上看到的，大概是《岳飞传》连环画中的某一本吧。即不知具体出处，又不懂实际含义，只是记得字句。反正我一掉书袋子，他们就犯晕。他们之所以对我如此俯首帖耳，这也是个重要原因。他们都觉得我有学问。其实我哪有什么学问，我只是记性比他们好点，胆量比他们大点，脸皮比他们厚点，敢于并且善于不懂装懂罢了。

我一边没滋没味地吃饭，一边觉得窝囊；一边窝囊，一边还有些兴奋以至于甜蜜。天知道是怎么回事。

9

后来陈锦云慢慢成为全班公敌。根本原因在于班主任湛老师。

老师都想培养一两个得意弟子，可湛老师却没这个机会。上过学的都知道，小学三年级以前，语文容易拿高分。从四年级开始，语文就不如数学好掌握。因后者有规律，而前者没有，主要依靠语感。那可是看不见摸不着的东西，要人命。自我以下，语文成绩没几个像样的。好容易碰到一个我，还是个不正干的角儿，老是不肯对他心悦诚服。如果湛老师像一年级时的周老师那样，是个平庸之辈倒也罢了，偏偏还不。我得承认，他是我接触到的最有水平的语文老师，他的课非常有趣，好听，吸引人。不管喜不喜欢他这个人，大家都喜欢他的课。不像周老师，老是照本宣科，讲的都是教材和参考资料上现成的，我们自己看一个样；而湛老师不，他讲的内容课本上参考资料上多数都没有，主要都在他那本手写的破讲义里。

最开始大家还是挺欢迎他的。再怎么说，人家有两把刷子么。但是后来，慢慢地大家——主要是我们这帮男生——对他的态度发生逆转。因他对女生偏爱有加，而对男生则近乎不闻不问。他是班主任，很少进我们男生宿舍，但却经常到女生宿舍检查指导工作。我们据此编派他，说他别有用心。友好是相互的。他身居班主任之尊，我们还对他不友好，他怎么可能向我们屈尊俯就?

陈锦云一来，湛老师多年的夙愿终于了结。上帝送来了一个再合适不过的重点培养对象。他几乎每堂课都要表扬陈锦云，将她的作文当作范文读。我们的作文作业交上去后都打分，只有陈锦云的例外。湛老师只写批语。好的时候可能只有两个字:“杰作！”不好的时候则是语重心长的一句话:“锦云，好文是千磨万凿出来的呀！”不由得我们不妒火中烧。

要命的是，陈锦云也老是认不清形势，不肯跟湛老师划清界限。有事没事经常往他家跑。这样一来，大家只能将他们俩一锅烩。现在想想，那种情绪当然是不堪一击的可笑，完了用“少不更事”四个字来了结，但仔细琢磨却大有文章。怎么说呢? 大家之所以如此对她，除了湛老师的原因，以及对她的嫉妒，更主要的还在于本土文化对外来文化的自然敌意。人体有排异反应，自然界也莫不如此。除此之外，还有谁也没发现的一个重要原因，那就是大家在她跟前有强烈的自卑感。鸡为了淡化在凤凰跟前的压抑，唯一的办法就是往死里污蔑它。

在这场针对他们俩的全民战争中，我和林志强是少有的例外。我跟林志强先是麻秆打狼两头害怕，后来逐渐成了彼此尊重的朋友。小伙子现在跟我一样，比以往本分了许多。如果撇除学习因素，平心而论，小伙子还是挺潇洒的。至少不辱没英俊这个词。他和他那帮人私下里都说，他跟陈锦云是门当户对、金童玉女。想想也是，人家一来都很漂亮，二来都是吃商品粮的城市人，的确很般配。

我对陈锦云的感情格外复杂。一方面，我很痛苦她跟湛老师的密切关系；另一方面，她的作文又让我口服心服。我得承认，我有点嫉妒她。这种情绪在我并不多见。其余几科虽然都有成绩比我好的，但我清楚那是因为他们下了苦功，我只要稍微努努力，交卷晚点，检查细心点，超过他们不成问题。而陈锦云不同。她作文的优秀让我绝望。那是我无论如何努力也达不到的。要不怎么说，语文分难拿呢。以前我满足于吊儿郎当拿个二三名，现在不了。我平生第一次有了短期内超越对手的强烈愿望。我的自尊或者说自卑不允许我主动向她示好，自觉又不可能沦落到盲目同她为敌，因此只能保持中立。这引起了大家的强烈不满。贺道军曾经多次指责我骑墙。他说你这是怎么啦？怎么一点锐气都没了？过去那个敢打敢拼的你哪儿去了？你这么快就老了吗？直到这时我才发现，我对他们的统治其实都是沙地上的大厦。我只有顺应他们才能指挥得动他们。否则这种统治只能土崩瓦解。

相比之下，女生对陈锦云的态度要和缓一些。她们中间表现最为激烈的，是包华。动不动就骂她是狐狸精投胎。这让我很不理解。因为过去她一直都是两耳不闻窗外事，一心只读圣贤书的老实学生。

10

同学们的态度陈锦云当然能看出来。但她丝毫不以为意。该怎么请教湛老师还怎么请教，该怎么抛头露面还怎么抛头露面。大概是看中了她的大方、不怯场，校方安排她出任学校团委副书记，这是学生团员中间最大的官儿。

林志强一直想黏糊陈锦云。陈锦云对他则是不冷不热。表面毫不失礼，实际上却是最大的蔑视。林志强当然能感觉到，因此很是苦恼。

奇怪的是，陈锦云对我很友好。因为她在那种环境下不得不同时用青眼和白眼看人，而且用白眼看人的时候比青眼多，因此这偶然的青眼显得格外引人注目。至少在我看来如此。她跟我的交往都是公开的，透明的。在自习和课间休息时进行。当着大家的面。从来不避人。有时是请教数学、物理等理科问题，有时则是探讨语文和作文。我们之间建立公开的外交关系，源于她借给我的两本书。一本是《中学生优秀作文选》，另一本是部苏联小说《动荡的九月》。那天课间休息时她走过来大大方方地说："李文强，这两本书不错，你看看吧。对你的作文有帮助！"

我真希望当时自己的态度是潇洒（最好是傲慢）地婉言谢绝。比如："不，不用了，谢谢！"或者是："我的作文不用你操心。我自己会写好的！”等等等等。但是都不。我接受了。最要命的是，我还不由自主地呼啦一声站了起来。就正常而言，就是湛老师驾到，我一般也不会轻易从自己的虎皮金交椅上挪屁股。你不想想我是谁。那时我特别希望自己能有泰山崩于前而色不变的将帅气概，宠辱不惊的雅士风度。当然这些都是我从课外书上刚刚贩来的。可实际情况呢？我竟然像哈巴狗那样起来了。回答的语气也怎么琢磨怎么像受宠若惊：“是吗？ Thanks a lot（多谢）！”

陈锦云回身的那个瞬间，我不由自主地用眼角溜了溜前排。我发现包华的脸憋得通红。眼角与眉梢之间满是怨怼仇恨。

万事开头难，习惯成自然。有了第一回，后面的一切便顺理成章。不过我有个原则，几乎从不主动去找陈锦云，基本上一直都处于被动位置。跟她的语言交流也跟同包华不一样，完全限于学习，丝毫不牵扯其他。直到最后，我对她的家庭背景都一无所知。而包华家里的许多事情，我都是知道的。

可从内心说，陈锦云的分量却一天天地比包华重。怎么说呢？红袖添香夜读书，是我在古诗文的毒害下，培养起来的第一个才子佳人梦。我想，那添香的红袖，必然也是诗词文书画琴棋样样精通，就像林黛玉。而放眼全班，只有陈锦云接近这个层次。包华最多也就是那个苦苦学诗而未果的香菱。这中间是层次境界的差别。

情感让我靠近，理智却需要我拒绝。每次和陈锦云接触，我都有负罪感。刚开始她一走我就没话找话地跟包华搭腔，后来羞耻感逐渐接近脸皮的底线，我只能装聋作哑。这让包华格外痛苦。她的一举一动一言一行，我在后面都看得一清二楚，心里自然也不是个滋味。有天晚自习，她回身问了我一道几何题。那道题其实非常简单。简单得让我意识到，我们已经一整天没说过话。怀着赎罪的心情，我尽可能详细地给她讲解，但讲到最后才发现，她两眼呆呆地看着我，一点都没听进去。我心里一震，轻轻问她怎么了，她两眼审贼一般紧紧将我罩住，眼神里既有理直气壮地质问，也有柔肠千转的恳求。我记得曾经看过的某本连环画里，有个大家闺秀也曾用这样的目光看过倪瓒。她说："柔情似水，佳期如梦。先生难道忍心让我失望吗？"可倪瓒还是拒绝了。我一直很为这个小姐不平的。

包华用近乎耳语的声音轻轻问道："你还能像过去那样，对我好吗？"

这耳语般的声音如同道道响雷，在我耳边回旋往复，震得我肝肠寸断。我的理想是做个君子，坦坦荡荡顶天立地。因此尽管违心，我还是做出了承诺："你放心吧。我还跟过去一样。我会永远对你好的。"

我之所以敢给包华如此明确的承诺，实际上也是希望这个承诺在道德感的帮助下，能给自己的心上道保险锁。但要命的是，这根本不管用。我想，我可能真的就是背信弃义的小人，言而无信的坏蛋。对自己本质的无情否定，简直要了我的命。有段时间我的成绩直线下降。大家都以为我又在玩潇洒，实际上根本不是那么回事。

我跟包华之间的关系如同董家河上冬天的温度，一天低似一天。这让我们俩都痛苦不堪。而我的痛苦还有另外的成分。我多么希望陈锦云此时能成为拯救灵魂的救命稻草，我多么希望她能同湛老师划清界限，明明白白地站到我这边来，但我又什么话都不能说。不能。别说没有机会，就是有，我也不能允许自己堕落到这种摇尾乞怜的地步。

11

那天林志强突然找到我。他要我帮他写封情书。

我的第一反应是拒绝。而且那一刻，我心里酸溜溜的。林志强盯着我的眼睛问道：“你说，咱们算不算朋友？”

我点点头。

“朋友有困难，你应该不应该伸手援助？”

我沉默不语。

“你帮我写，我送你一套《水浒传》。”

我呼的一下抬起头来：“你这是干什么？打发要饭的？”

林志强赶紧拍拍我的肩膀：“那好，我把那套《隋唐演义》也送给你！”

我的脸一下子涨得通红：“你干吗？别侮辱我好不好？”

林志强疑惑不解：“你什么意思？我怎么啦？”

“既然是朋友，为什么还要做交易？”

林志强大松一口气。他又拍拍我的肩膀：“别误会。这是两码事。拿你的话说，都是君子成人之美。我喜欢陈锦云，你喜欢连环画，这不都是君子成人之美吗？”

我再度陷入沉默。良久，才虚弱地点点头：“就这一次！”

林志强的手掌向我伸来：“绝对保密！”

我使出全身的力气恶狠狠地在他掌心上拍了一掌，什么都没说，转身扬长而去。一路上，我心里不停地翻江倒海。我恨自己为什么如此软弱，我骂自己实在没出息。但这都不管用。受人之托，忠人之事。我已经别无选择。

12

几天后的一个下午，课间休息时陈锦云走过来递给我一个本子：“李文强，你看看这道题该怎么做？”我接过来一看，上面写着一行字：“晚饭后在乡政府后面的桥下等你。我有事要跟你说。”

混账，她怎么能用这样的口气跟我说话？我有什么义务一定要去？我跟包华还没有彻底了断，如果我今天前去赴约，这就是实质性的背叛，是真正的脚踏两只船，是见异思迁。要知道，我跟包华之间，都从来没有过像这样真正意义上的约会呀。

我心里不停地说不能去不能去，可手却不听使唤地抬起来，在那行字后面写道：“行。你先去吧。”然后交还本子：“你看看吧，很简单，就这么做。”

过去之后，陈锦云递给我一封信。我只看看开头就明白是怎么回事。林志强这小子还挺聪明的，知道找个字好的喽啰再抄一遍。我装模作样地从头看到尾，然后将信还给陈锦云，一言不发。

陈锦云问道：“你说我该怎么办？”

我心里又是一阵痛苦的翻江倒海：“我觉得林志强挺好的呀。很讲义气，也有正义感。不过还是要你自己拿主意。”

陈锦云的目光紧紧逼视着我：“我想听听你的意见。”

我故作大度地扬扬手：“这事谁说都没用，关键在于你自己。都八十年代了，咱们也都不是小孩子，应该知道如何处理这些事情。”

陈锦云不语。无边的沉默不断堆积，越发沉重，几乎窒息。我赶紧反问道：“那你觉得他怎么样？你喜欢他吗？”

“我对他一点毫无兴趣。纨绔子弟。真可笑，这封信还不知道他从哪儿抄来的呢。”

我心里一下子轻松下来：“也不能这么说。他的本质还是不错的。至少我这么看。不过还是那句话，这事你得自己拿主意。”

13

林志强再度找到我时，满脸的气急败坏。他一把揪住我的衣襟：“你小子怎么回事？你不够意思！”

我竭力做出无辜的表情：“怎么啦？你什么意思？我没干什么呀！”

“你别装糊涂！”

“她拒绝你跟我有什么关系？我可是给你说了不少好话！”

“还装蒜！你怎么知道她拒绝我？谁告诉你的？”

我哑口无言，他步步紧逼：“你跟她到底怎么回事？以前我觉得你挺够义气的，现在看来是我瞎了眼。你这是玩弄别人的感情你知不知道？你为什么要这样？先不说我和陈锦云，你对得起包华吗？”

我嗫嚅道：“你说什么呀。我玩弄谁的感情？我跟陈锦云之间真的什么都没有。我绝对没做对不起包华的事情。”

林志强劈胸就是一拳：“好汉做事好汉当。你小子以前的勇气都哪去啦，连承认的胆量都没有了吗？老子真是瞎了眼！”

我一动未动，也没有开口辩驳。到了这个份上，说什么都是白说。林志强顿了一顿又说：“你不能这么不讲义气。我警告你赶紧退出，别耽误我的好事！”

我苦笑道：“我本来就没有进去，何谈退出？你又不是没看见，我从来都没有主动找过她，都是她来找我的。”

这话对林志强绝对是更大的刺激与伤害，但他的口气反而越发强硬：“你是不是还想再打一架？告诉你，要是再打，我可不会轻饶你！”

我两眼无神地看着对方没有吭气。林志强说：“你哑巴啦？说话啊！边说边推了我一把。”我还是不吭气。他劈脸给我一巴掌。这小子虽然很长时间没打架，但手劲还是毒辣。这一巴掌下来，我感觉左脸好像被刀剥去了皮，火辣辣地疼。不过我还是没吭气，既不支应也不还手。这个场面可能他又没料到，因此有些手足无措。半晌过后，他恶狠狠地骂句孬种，然后踢我一脚，气急败坏而去。

等他走远，我才抬手摸摸脸。很烫，像上回生病发高烧那样。

14

我与过去公开决裂、在舆论中彻底站到陈锦云一边，源于她跟贺道军之间的那场战争。

尽管许多人都反对陈锦云，但大都停留在情绪上，很少有人付诸行动。可能是为了从悬崖边上将我的马勒住，最终贺道军站了出来。他公开用言语和行动侮辱陈锦云。陈锦云当然不肯受这样的窝囊气，当面锣对面鼓地和他较起真来。本来就是贺道军不占理，他口才又不及对手半分，很快就理屈词穷。恼羞成怒之下，这只过去的跟屁虫终于动了手。陈锦云顺手抄起课桌上的墨水瓶自卫，贺道军随即脑袋见红。

进入二年级下学期以来，打架现象便很少发生。而这样在教室发生的流血事件，即便在战国时期的一年级，也不多见。我们有矛盾，一般都约着出去解决。事情因而闹得很大。尤其是，当事人中还有学校的团干部。

学校派人调查。因我的身份特殊，这些日子学生内部的分裂上头也还不知道，他们还以为贺道军是我的跟班，因此一定要取我的证词。

作证时我心里很平静。客观公正，原原本本，丝毫没有添油加醋。这个态度意味着什么就不用说了吧。根据这个结果，学校并没有处分陈锦云。虽然同时对双方都提出批评，但对贺道军的批评更重。当时我们正在开《法律常识》课，湛老师说你们学过《法律常识》，应该知道陈锦云的行为属于正当防卫。贺道军你算怎么回事，在女生跟前炫耀武力？你真有本事，咱俩打一架试试！

我和陈锦云顿时成为全班公敌。可尽管如此，我们的关系却并没有水涨船高。一方面，我更加仇恨湛老师，希望陈锦云也跟我保持一致；另一方面，我总觉得还是不要过于激怒同学们的好。本来我是死猪不怕开水烫，但现在有了陈锦云。她是瘸腿，只有语文成绩好，其余几科都不大行。人家从城里转学来农村是要升学的，不是要跟人结仇。现在再去分散她的注意力，她升学的希望必然更加渺茫。

当然，最关键的一点还在于，我不能容许自己向她低头。在我看来，每一个微小的主动，都是低头的表示。

这样一来，我们班的政治格局一片混乱，原来的两派对立变成多极共存。在嫉妒的唆啃之下，我公然向湛老师发起挑衅。以往再不满，表面上终归还在师生关系的框架之内，现在这个底线也被我决然突破。尽管湛老师格外大度，从来没接我的战表，但我能感觉到，我们之间关系的缰绳，已经不动声色地绷紧，随时都有绷断的可能。

应该跟包华有个了断了。那天晚上，我头一次也是唯一一次约了她。我能看出来，她目光中虽然充满敌意，但也有淹没在绝望中的渺茫期望。只要我退一步，她肯定能彻底忘记这些不愉快。这目光刺痛了我的心。也让我想起连环画上的许多词儿：当断不断，反受其乱。长痛不如短痛。伤其十指不如断其一指。等等等等。

我虚弱地说：“包华，谢谢你过去对我的帮助。这些我不会忘记。总有一天，我会报答你的。”说完，我递给她一个纸包。包华疑惑地接过纸包，打开一看，那五块钱还跟那时一样崭新，另外还有一斤面值的饭票三十张，码得整整齐齐。

这是个早春的夜晚。料峭春寒融化在空气中，我感觉浑身冰凉。包华用仇恨和期待调动起来的勇气在寒冷中不断收缩，直到彻底消失。在清冷的月光中，两行眼泪扑簌扑簌地从她脸上往下掉。

我不忍再看下去，匆匆说声再见正想走，又被她叫住。她一直没有哭出声，这会也没有。她用缓慢然而不容置疑的动作将钱和饭票撕碎，然后劈脸扔了过来。

她一字一顿地说：“无耻！全当我喂了狗！”

回去的路上我接连扇了自己好几个耳光。我发现自己的确是个混蛋。我光想减轻自己的罪责和心理压力，却没想到这对包华来说是更大的伤害。我敢保证，她当初帮我时，绝对没想到什么回报。我一个破衣烂衫的泥腿子孩，天知道将来能不能挣出一分活命钱来。

可这样也好。至少可以表明我去意已决。为了保护视力，同排的座位每隔一段时间轮转一次。回去后不久，正好赶上调位。当时我的位置正靠墙，对于听讲来说，这不是个好角度。既然我们愿意不换，对方当然乐得玉成。就这样，我们从空间位置上也拉开了距离。

15

一年多以前，我意气风发地统治着这个班级乃至级部时，我觉得自己具有无穷的力量，谁也不能与我为敌。而现在终于明白，所有这一切其实都是错觉。同学们将我当成个人物我才是个人物，同学们不把我当个人物，我就什么也不是。就像庙里的泥菩萨。

集体冷落个人是轻而易举的事情。比如本来大家说得热火朝天，等你一进去里面立即鸦雀无声。再比如大家都胡侃海吹，但没一个人搭理你。当然还有更直接的，那就是时不时说两句风凉话给你听听。这些，都是我在三年级上学期后半段以来体会到的。而在此以前，它们都是我用来对付别人的人民战争的法宝。

说来奇怪，从前呼后拥到众叛亲离，那些日子里我脾气格外好。我曾经收到过匿名信，抬头称呼我为清华大学的高才生，里面对我极尽冷嘲热讽之能事。其实我那时还不知道有考大学这回事。我一直以为考大学跟过去考状元一样，四年才有一次，不是每个人都能碰得到。我当时最大的理想，就是考个小中专，把户口转出去，成为城市人。这些事情我都不知道，别人当然也就没理由知道。因此我敢断定，这封信中有周艳的功劳。作为城里人，她向来是发布这类消息的权威。当然，其中肯定也有包华的杰作。这从语气中可以看得出。

但我并没有因此而跟她们红脸。我甚至希望她们骂得更狠一点。一来我欠他们的，二来要想抬起头来跟对手作战，就必须找到仇恨的理由。既然找不到，那我就只能低下头去，发奋读书。我要彻底拉平与陈锦云之间的距离。她的一个单科第一我要用几个来抗衡。进入三年级，考试和测验不断，它们正好给了我展现自我的机会。不过，我也希望陈锦云的理科成绩能尽快上去。到时候争取升入同一所学校，彻底离开这个让人窒息的鬼地方。当然了，这些话我没有跟她说起过。

后来有一天，我忽然收到陈锦云的一封信。信不长，也没有称呼。我知道她在这个问题上犯难。直呼其名太冷太远，省略姓又太热太近。因此只能忽略不计。

信里写道：

“你放心，我会努力的。我要用成绩叫她们瞧瞧。希望到时候咱们都能有好成绩。女孩嘴碎，闲话成堆。看后即毁，勿留后患。又及，我看到一首好词，特抄录给你，相信你也喜欢。”

原来是唐婉和其表兄与前夫陆游的《钗头凤》：

“世情薄，人情恶。雨送黄昏花易落。晓风干，泪痕残。欲笺心事，独语斜阑。难、难、难！人成各，今非昨，病魂常似秋千索。角声残，夜阑珊。怕人询问，咽泪装欢。瞒、瞒、瞒！”

我从连环画上也看到过陆游与唐婉之间浪漫而又凄美的爱情故事。说实在的，即便现在，我也不敢说读懂了字里行间的全部无奈与悲哀，毕竟许多东西只有身临其境才能感受真切，否则说得再多也不过是隔靴搔痒。但尽管如此，当时我却自认为读懂了这首词。我简直觉得，它就是为我当时的心境而写的。

眼泪刷刷地往下掉。自从升入初中，我几乎就没有掉过泪。我要考虑男子汉大丈夫的颜面。但是今天，我什么都顾不上了。如同暗夜中艰难跋涉的行者，猛抬头忽见远方隐隐约约有一簇火把。尽管对方的面貌看不真切，但只要有个同路人，那就是莫大的安慰。

16

我跟湛老师的图穷匕见颇具戏剧色彩。五四前夕，照例要发展一批新团员。在陈锦云的鼓励、督促乃至严令之下，我也递交了申请。学校一来考虑到我的成绩，二来也希望能给我这匹野马栓道缰绳，原则上基本同意，也就是过过手续的事。然而真正开始投票时，湛老师忽然跳出来公开反对："李文强不行。上次劳动我点名让他抬石头，他都不肯。这样的觉悟，怎么能入团？"这话不假。可谁让他早不说晚不说，偏偏在我就要弯腰的那一刻，不合时宜地发出这道命令呢？

班主任的反对意见如此证据确凿，怎么办，只能告吹。这个结果终于将我激怒。连续一个多月惨遭围追堵截所酝酿的敌对抗争，喷薄而出。说心里话，本来我根本不在乎团员不团员的。怎么说呢，凡是上头号召的事情，我的直觉就是反对。但这回不同。大家都知道我也写了申请。湛老师此时这么干，无异于当众给我一耳光。不行，我必须采取行动。

新团员宣誓，老团员和一般学生都要陪绑，这是惯例。但那天的大会我既没请假也没参加。他们前脚一走，我后脚就在黑板上画了一个醒目的“卍”字旗，然后用粉笔写下一行大字：“又一批纳粹青年加入纳粹党”，后面还有两个大大的叹号。

后来想想，这的确有些猖狂，因为打击面太大。但非常奇怪的是，原本对我不怎么友好的同学们，反应都很平静。大约因为入团的毕竟还是少数积极分子，总不免曲高和寡吧。但湛老师进来一看，顿时如临大敌。大家都知道这是谁干的好事，湛老师自己也并不糊涂。可尽管如此，他还是进行了现场取证。他往讲台跟前一站，用粉笔在周围画了一道圈，严肃地问道：“谁写的？这是反革命犯罪现场！没有我的同意，谁也不能擦掉！谁写的？站出来！”

一片寂静。大家都在等待好戏开演。本来我还觉得不够解恨，但听说是反革命犯罪，不觉紧张起来。反革命罪可不是好玩的。弄不好要杀头的。看了这么多书，这道理我懂。本来我计划在他问第一声时就大义凛然地站出来，像历史上的革命党人那样，但现在不敢了。

湛老师明显有些不耐烦：“谁写的？听到没有，谁写的自己站出来！”片刻之后见还没有动静，又接着喊道：“谁第一个进的教室？当时谁还在场？”

我可不能等他老人家将同学们一个个都排除掉，然后水落石出揪出我。果真如此，那我真要颜面丢尽。不等这个肯定有答案的问题揭晓，我噌的一声站起来，瘦驴拉硬屎般朗声道：“我！”

湛老师走下讲台，来到我跟前。四目相对，里面都是仇恨愤怒。片刻之后，他了开口：“好，有种。你知道这是什么性质吗？你这是污蔑党污蔑国家！大家都看见了，这是你自找的。从今天开始起，你不用上课了，听候处分吧。我个人的建议是你把行李打好，不管怎么处理，你肯定都不用再在董家河中学上学了。”说完这些，他转身走上讲台，看看黑板然后再看看下边，犹不解恨地重复道，“记住，这是反革命犯罪现场。谁敢破坏，跟李文强同罪！这要在“文革”中，肯定是枪毙！”随后他又拉拉杂杂地举了两个“文革”中的反革命例子。一说有人画毛主席像很有一手，别人从上往下画，他偏偏从下往上画，而且还画得特别像，于是声名鹊起，各单位争相邀请。有一天他快要画好时，那单位的领导正好经过。领导客气地跟他打招呼道，谁谁谁你画得真像啊！这不过是句客气话，那人当然知道，于是也随口谦虚一句：像什么像，跟小鬼似的！结果引来杀身之祸。还有个单位搬家，某个新来的小年轻特别积极。跑最后一趟时，两样东西中有一个拿不了。要么是毛主席石膏头像，要么是新买的痰盂。奇怪的是，将毛主席像倒放在痰盂里不大不小正合适，这样他就可以少跑一趟。结果没能省事，反倒坏事。

17

从表面看，我跟往常的无数次一样是坐下去的，但实际上却是瘫倒下去的。我两眼死盯着书本，但一个字都认不得。老辈人对我反复强调的“文革”历史，祸从口出的警告，越来越清晰，像不断放大的黑体字。湛老师讲的那两个故事，尤其让我脊背发凉。那是个下午，我开始一直没动，趁大家都去打饭的功夫，才进了宿舍。进去后躺到铺上就再也爬不起来，仿佛腰杆断了一般。过去我貌似天马行空，其实一切都有底线。我是小事不断大事不犯，学校拿我没办法。他们需要我改善升学率。所以我可着劲地折腾，尽情体验诗中表现出来的那种指点江山激扬文字粪土当年万户侯的豪情自由与奔放。为了争夺优秀生员，县一中准备接受一批免试的保送学生，前不久他们副校长已经来过一回，我们几个尖子生都参加了面试。当时虽然没说死，但即便没有我，考试我也不怕。那对我只有好处没有坏处。至少，它能让我最后再辉煌一次，为我的初中生涯画一个再圆满不过的句号。而今被湛老师揪住小辫子，升学恐怕已经没戏。果真如此，即便爸爸手下留情不要我的小命，我自己恐怕也活不下去。我唯一的能耐就是学习和考试，离了这两样我就是只爬虫蚂蚁，狗屁不是。而刚刚之前，我在黑板上发泄私愤时，心里还想着两句诗：仰天大笑出门去，我辈岂是蓬蒿人。我心想你们现在得意算什么，咱们出腿再看两脚泥。到时候我肯定跳出农门吃商品粮，你们几个有这样的本事？可是现在呢？全部泡汤。

宿舍的条件很差，南北各支着两根木头，我们自带竹连子铺好再放上被子，就是床。长长的宿舍只有两扇小小的高窗，采光一直不好，那天尤其天昏地暗。当晚我没吃晚饭，第二天一天只喝过几口水，却一点都没感觉到饿。同学们不在时我思前想后，暗自饮泣，下课铃一响我立即擦干眼泪，若无其事地翻看林志强送我的那两套连环画。在横无际涯的孤独中，我真希望见到陈锦云，但她一直没有出现。其实我也知道这是不可能的。女生进男生宿舍，根本不可想象。

第三天早上，我实在饿得顶不住，便等窗口没人时去打了饭菜。金师傅非常吃惊："李文强，你是不是病了？两天不见，你怎么就瘦成了这个样子？"我顿时泪如雨下。顾不得解释，赶紧端起饭碗，贼一样离开食堂。我没有镜子，不知道当时的尊容如何，但从金师傅的话里可以想象。以前在课文上学过，李自成因为部队过不了黄河，一夜之间急白头，当时只道是胡扯，现在看来也平常。我要是个胖子倒也罢了，偏偏鹑衣百结的我，浑身上下根本找不出一块像样的肌肉。我一直怀疑《生理卫生》课本上关于肌肉的描述不够科学不够准确。要不，我自己身上为什么总找不到？

第三天我只吃了那顿早饭，就再也没脸去食堂。我不能当着大家的面儿丢人现眼。尤其不能碰到陈锦云。晚上天黑透之后，有人送来一碗饭，是贺道军。他平静地说："这是从小伙房买来的，你赶紧吃吧！"目光清澈而纯净，毫无杂质，跟我们过去并肩作战时完全一样。在这种目光里，我一下子变得软弱起来，眼泪刷的一下滚滚而下："对不起，贺道军，上次……"

"别提了。其实你也没错，你又没说假话。想想咱们也是，管那么多闲事干吗？那不是侵犯人权吗？"

小伙房就是教师伙房，饭菜自然好得多。我顾不上别的，一边流泪一边如同老牛嚼草一般往下吞。我们这是度尽劫波兄弟在，相逢一哭泯恩仇。不等我问，贺道军就告诉了我这两天班里的情况。其实什么事都没有，第二天上课时所谓的反革命犯罪现场就被数学老师全部擦掉，什么话都没说。现在湛老师已经蔫了。因为同学们一致反对。他们反对的方式非常特别。《法律常识》课本上有反革命罪的内容，上面说构成反革命罪必须具备两个条件，一是主观上必须有反党反对国家的企图，二是客观上必须有颠覆政府的实际行动。晚自习时，贺道军第一个站起来，拿着这段话说："湛老师，这些字我不认识，你能不能给我念念？"湛老师看看笑笑，一言不发，继续向前走。接着，陈锦云、林志强和包华也都站起来，问了同样的问题。这时湛老师的脸色就相当难看了。他走过去后，问问题的都没有坐下；等他从前到后走一圈，再回到前门时，全班同学基本全部起立。多数同学虽然没提问，但也起立声援。其中竟然还包括周艳。

我极度吃惊。震惊。我问贺道军是不是事先约好的，他得意地摇头笑笑："不是。我只是灵机一动。没想到英雄所见略同。"我顿时眼前一亮，不由得暗骂自己聪明一时糊涂一世。给我扣反革命的帽子没那么简单。湛老师举"文革"的例子本身也很荒唐，报纸广播上早就说过要全面彻底否定文化大革命嘛！如此简单的问题，我怎么竟然都想不到?！笨蛋啊，真是笨蛋！

柳暗花明的形势并没有让我轻松多久。另一重压力又上心头。我这些年来树敌甚多，跟有些人比如周艳简直就是血海深仇。那场冲突实际还是以我的失败而告终。我跟当初的林志强一样，未能征服对手。战略目的没有达成，就是失败。唯一的成效在于杀猴骇鸡的警示作用。尽管表面看来我也算放了她一马，但终归还是有历史欠账。贺道军陈锦云帮我还好理解，她和包华为什么也会施以援手？她们不是一直希望我倒霉吗？如此高情厚谊，让我怎生去还？

这个问题折磨了我整整一夜。其中还包括湛老师的最后态度。尽管扣不上反革命罪的帽子，他作为班主任，对我的升学毕竟还掌握着生杀予夺大权。假如他真能壮士断臂般舍弃升学率，在档案里随便添上两笔，我恐怕还得完蛋。

18

次日一早，湛老师果然找上门来。要我回去找家长。我一听，知道这是最后一道无力的浪潮，很快就要风平浪静，心情顿时放松。本来是说天不怕地不怕就怕老师去我家，现在老师要召见家长性质似乎更加严重，但在这里就只能理解成为草草收兵。湛老师果然又语重心长地对我循循善诱一番，要我树立正确的人生观价值观，不能胡说云云。我当然连声称是；他又举了两个“文革”中打现行反革命的荒唐例子老调重弹，我也没有反驳，故作糊涂地只是点头。

如果对爸爸直说，依他老人家的脾气至少要打我个半死。好汉不吃眼前亏。我现在娄子捅得再大，只要升学考出好成绩，也能抹掉。于是我假传圣旨，说学校要开家长会，很重要，将他骗了过来。

来到学校，我将爸爸交给湛老师之后就赶紧溜掉。等中饭过后再见面，他已是满面红光。湛老师真是宽宏大量，竟然还管了爸爸一顿酒。这顿酒尤其让爸爸感觉到养不教父之过的沉重，因此见面后的第一反应就是要踢我一脚。

我本能地闪开。湛老师赶紧拦住父亲：“算了吧，他还是个孩子。已经认错。”随即将父亲送到了车站。奇怪的是，后来他们彼此之间的印象都不错。湛老师在我跟前夸爸爸，说他有些见识，只可惜窝在农村；爸爸在我大骂湛老师时连声制止，叱责道你懂什么，他那人水平可不低。

从湛老师开初的疾言厉色到最后的不了了之，我毫发未损。因此这一仗下来，大家实际上还是个平手。考虑到对手是班主任，那就应该是我略占上风。要搁以往，我的尾巴至少又要翘高两寸，但这回没有。事后我心头的沉重感一点都没减轻，只是内容发生了变化。过去我在大家跟前是施舍者救世主，无论学习上的帮助，还是平时的统治，都是强者的姿态；而现在呢，我从施舍者变成了接受者，这可是典型的弱者形象。这让我受不了。尤其让我无法忍受的是，大家普遍有恩于我，我却偏偏还不了他们的情。

正因为如此，事后除了贺道军，我跟其他同学都没能真正重修旧好。甚至在陈锦云跟前，我也感觉比过去矮了三分。怎么说呢，过去只有湛老师和我算得上她的盟友，现在她为了我这个靠不住的盟友，得罪了唯一的靠山。可以想象，她的日子会更加艰难。我随时都有可能提前离校到县一中集训。那时她怎么办？出于这个考虑，事后我在大家跟前虽然收起了过去的狂放，但并没有真正做出重新融合进去的努力，而是选择了逃避。除了正常上课，我一般不在教室呆。那些日子里，我的足迹布满了周围的山山水水。

19

通知很快就到了。那天正好是我十六岁生日。我感觉自己真的老了，内心产生了强烈的厌战情绪。在即将彻底告别董家河中学的那两天里，我一方面有种就要脱离苦海的轻松，另一方面又感觉有些东西挥之不去。主要是陈锦云和包华。这种复杂的情绪纠集在一起，沉甸甸地压在心上，让我很不好受。我希望尽快逃离。我1希望去的地方不是县一中，而是另外一个完全陌生的地方。大家最好连汉语都别说，当然也不要知道我的历史。背叛、屈辱、狼狈和短暂的风光，一概不知。

走之前，我买了两本定价八毛四的日记本。从价格可以看出，那日记本的档次不低。两本日记本完全一样，里面有工笔古代仕女插页。我非常喜欢这样的图案。它们简直让我心醉神迷。为此，一二年级时许多同学的日记本都遭了殃。

这两本日记本我分别送给了陈锦云和包华。给陈锦云的那本我写下了“赠给陈锦云”字样，后面还抄了两句诗：“记得绿罗裙，处处怜芳草。”如果从诗的本意来理解，这其中的承诺是相当重的，简直就跟咒语一般。这一点我想她肯定能理解。同时我还给她写了封信。信里有感谢，歉意，也有对她的祝愿。给包华的那本我一个字都没写。我想假如她将我的字迹撕去，会损坏日记本的品相，怪可惜的。于是就在中间夹了张纸。开始我在纸上写了一个英语单词“Sorry”，后来想想又将它撕掉，重新写了三个大字“对不起”和三个惊叹号。包华的英语一直不行，我不想再刺激她。

我没有当面向同学们告别。那样太无耻。在贺道军的陪同下，我逃跑一般带着铺盖卷去了车站。半路上我碰到了陈锦云。她也送了我一个日记本，另外还有一支钢笔。她的表情挺阳光，没有造成我在贺道军跟前的难堪，但又让我产生了些许遗憾。诗词里的送别，好像还没有这一种。

沉重得让我无法呼吸的话就省略了吧。真要告别时，我才发现这个书生意气的初中生涯，并没有多少辉煌可资炫耀。更多的还是那种我曾经豪情万丈、归来却空空的行囊的惆怅。公共汽车开得不够快，但还是顺利地驶离了这个青石板铺地的古朴小镇，陈锦云和贺道军的影子都被那片青砖黑瓦房遮去，我随即长长地吁了口气。我的狼狈历史，总算可以告一段落。到了县一中，它们都会被慢慢埋掉的。

离开镇子的最后一关是座桥，也就是董家河上的那座桥。过了桥是个上坡，然后就是茫茫的山，它们都是大别山的余脉。车子慢慢爬坡时，我忽然看到了一个熟悉的人影，她耳朵边上还别着那只塑料发卡。我在她身后坐了一年多，对这只发卡简直比她本人还要熟悉。

是包华。

我忽的一下站起身来，抓住靠背竭力保持身体的平衡，探头向外看去。我看见，她脸上带着一朵凄凉的微笑。这凄凉的微笑的花朵开在盈盈的泪水中间，如同一朵初春探头的早花，被一场不期而遇的春雨打得七零八落，让观者心碎。因为这个场面，后来我从来不敢轻易读白乐天那句经典的“梨花一枝带春雨”。

在马达的轰鸣声中，我大声叫着她的名字，一边叫一边向她挥手。我不知道她是否听到了我的声音，反正她一直没有动弹，就那么木然地一直目送我直到草树彻底将我们俩的影子同时遮去。

青山遮不住，毕竟东流去。这令人肝肠寸断的句子忽然在《风雨兼程》的旋律中响起，简直令我心如刀绞。黯然销魂者，唯别而已。可今天为我黯然销魂的，究竟是谁呢？

陈锦云，还是包华？

隐形眼镜

1

烧吧。垃圾。回想高中生活，赵天舒脑海里只有这四个字，背景是焚烧垃圾的黑烟，以及黑色的灰烬，和隐隐的热风。

那天下午他到校时，卫生清理已近尾声。道道黑烟苟延残喘，焦煳味儿随风势而若隐若现。脚蹬皮鞋咔咔嗒哒地来到办公室，他还没开口，那个戴着深度眼镜、头顶半秃的中年男子，已经皱起眉头。

“报到？你先看看学生守则。男生不准烫发，不准留长发、大鬓角、大背头；不准穿奇装异服，尤其是喇叭裤和火箭头皮鞋！”

“我头发不长啊，也没有奇装异服。”

“还不够长？再长就不是男生，而是女生！你这裤子不是喇叭裤，胜似喇叭裤！请你注意，信阳市第一高级中学，是全县的重点。要想在这儿成才，首先得学会守纪！”

此人乃大名鼎鼎的老温，教导处主任，转业军人。在县一高，你可能不怕校长，但不可能不怕老温。他有三样宝贝，两样是明的，高腰水鞋和大号手电筒；还有一样是暗的，枪。据说他立过战功，现在还有一把枪。夏天的夜里，流痞学生最为猖獗。爬墙头，偷东西，打架斗殴，抽烟酗酒，各种各样的麻烦事。这时温主任就脚蹬高腰水鞋，手持四节电池的手电筒，在学校周围巡查，如同凶神恶煞。

新学期开始，化学课赵天舒最喜欢。那些奇妙的化学反应，内中竟有规律可循，只要找到规律，方程式便可以随意推演，这让他很有成就感。而化学老师比化学课还有意思，名字极具职业特色，刘德汞。搜罗天下姓名，完全可以开个五金铺，金银铜铁锡都不乏其例，但“汞”字入名，未免新鲜。

刘老师是诸葛亮的老乡，满口浓重的南阳腔。他不到三十岁，身材修长，头发也长，接近现在的足球明星。夏天里，他将短袖衬衣的下摆掖进裤腰，裤线笔挺、长发飘飘地屹立于讲台，其神其韵，尽可想象。

刘老师不知道浪费过多少粉笔。他喜欢捏着粉笔的末端，露出长长的一截，面对大家，背对黑板，信手板书。粉笔刚刚用去一多半，他便随手扔掉，再换根新的。到底是化学老师，他可能不太懂物理，比如杠杆原理：就书写本身而言，那样拿粉笔力臂短，不省力。他总是面带笑容，好像不是讲化学，而是讲故事。这让赵天舒很是着迷。慢慢地，他的进度大大超出班级的课业，课本最后的元素周期表背得滚瓜烂熟，被刘老师擢升为课代表。

按照英语老师的节约劲，刘老师浪费的粉笔他完全可以二次利用，但实际上却不。英语老师只顾节约自己的烟头。大家背地里都叫他贱老师。该师之贱，确非学生污蔑，而是他主动自首：同学们好，我先自我介绍一下。本人不贵姓谢。不贵者，便宜也；便宜的通俗称谓，岂不就是贱？

贱老师跟刘老师完全两样：矮而且偏胖，总是愁眉苦脸，牢骚满腹。衣服单调自不必说，最让同学们恶心的，还是他的烟头。上课铃响后，哪怕烟头比粉笔头还短，也要掐灭放好，下课再让它发挥余热。他总是埋怨工资低，说鲁迅那时候每月工资多少银圆，可以割多少斤猪肉；他现在的工资多少人民币，可以割多少斤猪肉。话说三遍狗都嫌，赵天舒实在忍不住，便冷冷地接腔道："你讲的课，比鲁迅咋样？"

贱老师一梗，但并未立即发作。顿一顿，徐徐道："我讲的课肯定不如鲁迅精彩。因为鲁迅的学生不像你这么多嘴。"

从那天开始，赵天舒开始对英语课实施自杀式制裁。每次上英语他都看化学。英语课文也读，单词也背，但都是在自习课，贱老师看不见的时候。仿佛让贱老师看见，在己便是天大的耻辱，在人则为天大的便宜。

可越不想见谁，就越要碰见。学生打篮球，贱老师还非要凑热闹。他不是球技差，而是根本不会打。带球过人也好，突破上篮也罢，一样没有一样。这样的人作为同伴，别扭，因为他耽误买卖；作为对手，同样别扭。比如他带球试图突破，你认真阻挡有损师道尊严，不认真阻挡又有伤同伴感情。左右都是个别扭。

刚开始赵天舒肯定要多少给老谢同志留点面子。自从关于鲁迅工资的口舌之后，他便转而公事公办。有次场上相遇，他主动要求负责贱老师，一场下来，盖了他好几个帽。论个头，虽然贱老师比刘老师矮一头，但赵天舒对他也不占优势。可这个舍不得烟屁股的猥琐男人实在是笨。他根本就没有运动天分。他最合适的位置，要么教小学数学，要么去市场卖菜，以便充分发挥斤斤计较的特长。

2

赵天舒与初中同学贺文龙结伙吃饭。因为食堂很挤，开饭时队伍排得老长，需要战术配合。下课之后，一人冲向食堂排队，一人跑回宿舍拿碗。不光节省时间，还能节约菜金：荤素搭配，贵的便宜的各买一份。赵天舒虽然并不需要刻意省钱，他当文化站长的爸爸赵德修有工资，但贺文龙不行。

伙食的质量可以想象。赵天舒气愤的似乎不是饭菜本身，而是其名称。比如土豆烧牛肉。这本是典型的偏正词组，土豆是偏房，牛肉为正室，可实际情况正好相反。赵天舒觉得要是能改成牛肉烧土豆，自己的心情可能会好很多。

土豆烧牛肉的问题，也就是肉少了点，味儿还是有的。尽管有时牛肉的历史悠久了点，意味深长了点。更恶劣的还是米饭。饭里常常有煤油味儿，原因不明。在赵天舒的印象中，渣滓洞白公馆里的米饭或许发霉，或许有沙子或者老鼠屎，但也没听说含有煤油，何况今日？

这还不是全部。有天的早饭中竟然安详地躺着一只老鼠，当然已经壮烈牺牲，熟不熟无人确认。中彩的那个同学跟赵天舒同级不同班，叫王新斌。面皮白净，身材高大。模样好，打扮更不落伍。虽然成绩垫底，但看上去倒是文质彬彬。尽管赵天舒暗怀嫉妒，也不得不承认他有点人中吕布的意思。

王新斌脑袋比较大，人称大头。他父亲在地委工作，尽管未必是啥官儿，但地委二字本身便是震慑。这样的学生，无事尚要寻衅，何况有事。大头立即转身质问大师傅这份意外之财的由来。可以想见，不会有答案。师傅只答应再打一份，实质是概不退换。因为盆里的那些米粒，都是跟老鼠一同就义的难友，距离有远近，本质无区别，依旧无法下咽。大头手持饭盒转体三百六十度，让周围的同学都做过见证，然后大骂一声，完璧归赵，泼进窗口："猪食里也没有老鼠啊，这饭怎么吃！"

赵天舒第一个击缶响应，用勺子猛敲搪瓷碗："绝食，绝食！"男生们纷纷跺脚高呼，同时敲击餐具伴奏，食堂顿成喧嚣的工厂。

绝大多数同学还是只能低头。眼不见为净，你别无选择。他们甚至希望大头没有示警。可起哄的虽只是一小撮，影响却有一大片。这足以震动当局。课间操结束后，温主任手持大喇叭，怒斥害群之马："我警告你们，谁再敢起哄闹事，该处分处分，该开除开除，绝不姑息迁就！"

大喇叭带着电磁的嗡嗡声，回荡在操场上空，赵天舒觉得无比刺耳。在此之前，他一直在恶心前面的同学王学东：“早饭味道咋样？你们真先进，向老广看齐。那老鼠肥得很，肯定很香吧？”

王学东有副看起来很高级的金丝眼镜，在课堂上或戴或不戴，但在外面都戴着。眼镜是上海产的，灰色布制的镜套上写着商标。镜套里面还有块黄色的绒布，用来擦拭包裹镜片。他在教室里偶尔跟人闲聊，一般都会伴随着擦眼镜的经典动作。这是他的宝贝，他绝不让人触摸或者试戴。有些人的眼镜上带着一层又一层的圈，但他的没有。他羞涩地解释过：“我近视不厉害，所以要特别注意。”

赵天舒的提醒，让王学东本能地呕了一下：“你恶心不恶心？滚！”赵天舒越发来劲，用手比画着说：“那老鼠有恁长，身材健康，表情悲壮，一膘油。”说完故意呕了两声，以便抛砖引玉。

正在这时，温主任的训斥兜头浇来。王学东冷笑道：“等着去跟老温形容吧。”最后老温果然点将，让几个人下课后到教导处。不用说，赵天舒和大头全都榜上有名。

“你们这样做，有一点跨世纪接班人的样子吗？老山前线的英雄们，条件不比你们艰苦？人家能坚持，你们咋就不能坚持？刻苦刻苦，求学生活，肯定是苦的嘛。同学们，我们今天桃李芬芳，明天是祖国的栋梁。栋梁总要有点栋梁的样子！比比老山前线的英雄，你们难道不惭愧？”

这番训斥，是百分之二百的暴风骤雨。赵天舒站在前面，不时能感觉到雨露滋润。那是温主任的唾沫星子。这种摧残已经令人不堪，更何况还有逻辑缺陷。他趁温主任端起茶杯准备滋润喉咙的空当，立即展开反击："老山前线的英雄浴血奋战，是为了后方人民能过上幸福生活。如果我们还要吃有死老鼠的早饭，那他们的流血牺牲还有啥意义？还不如把敌人放进来。"

不知道是泡着信阳毛尖的茶水，还是赵天舒这话，呛住了温主任。他喉咙咕隆几下，使劲咳嗽一阵，哆嗦着放下杯子，猛地一转身，原本负责防守后方的那唯一一绺头发，随即在空中一飘，耷拉到脑门上；他冲到赵天舒跟前，简直要手舞足蹈：

"反动言论，反动言论！这要在前线，我马上就可以枪毙你！赵天舒我告诉你，这里是县一高！你马上回去，给我做深刻检查！我就不信堂堂县一高，制不住你一个小刺头！"

3

赵天舒的反抗，就像狗情急之下咬主人，只是一口，然后就低眉顺眼，等着挨训。而因为这冷不丁的一记绝杀，同学们突然间对他刮目相看，尤其是大头。而在此之前，两人曾经发生过不愉快。冲突的起因在于围棋。

大头下围棋的历史，自然早于赵天舒。不过说实话，算不得高明。赵天舒学棋之后没多久，就不惧他。虽然两人未曾交手，但寝室相邻，在里外间。别人下棋时，赵天舒和大头都在旁边观战过。虽然知道观棋不语的规矩，但有一回大头还是技痒难耐，忍不住支着："叫吃，叫吃！"赵天舒不紧不慢地接了腔："好，叫吃！然后呢？"大头再一看，这才意识到叫吃的确没用，黑棋粘上，白棋还是没办法。那颗叫吃的白子，不过是徒劳的牺牲。

那排寝室过去是教室，赵天舒他们住的那间在最边上，大约是办公室，分作里外间。大头他们班有十几个住在里间，赵天舒则住在外间。有天晚上，赵天舒跟人下棋，下着下着争论起来，围绕一块棋的死活。他们虽然压低了声音，但争论就是争论，肯定还会有噪音污染。大头不耐烦，凌空问道："六班的，你不休息，别人也不休息？你们用的是谁的棋？是不是我的？"赵天舒闻听不觉语塞。棋的确是大头的。他的棋搁在铺下面，并非秘密。

"不好意思，是你的。""谁让你拿的？我同意过吗？我认识你吗？"

大头的棋经常有人拿去下，赵天舒并非始作俑者。这不是第一次，也不会是最后一次。若是警察破案，赵天舒肯定能指认大头，大头也能指认赵天舒。但他所谓的"认识"，显然不是这样的指认。他说的是，两人有没有过具体的交往，比如当面称呼过对方的名字。如果非要答案，那当然只能是 no。

赵天舒无法回答。他不能贸然高攀，说对方认识自己。那局其实已经拿下的棋，只能就此放弃。他赶紧拾掇好棋子物归原主，满怀愤恨但又有苦说不出。当然，大头也不高兴。

可是如今，刚刚走出教导处，大头就在赵天舒背上砸了一拳："哥们儿，有种！从今天开始，我的围棋你随时可以用。"赵天舒夸张地白他一眼："哥们儿，你是谁，我认识你吗？"

二人相视，哈哈一笑。

赵天舒没买围棋，是因为零花钱另有去处。当时多数人都迷恋血染的风采，对国防绿情独有钟，但赵天舒不。他的理想是当警察，亨特与福尔摩斯那样的神探。小时候爸爸打妈妈，警察叔叔刘学兵过来说句话，还是很管用的。赵天舒甚至还订了份《人民警察》。不过等杂志到手，他又大失所望。里面没有他所需要的内容。多数文章他都不喜欢。好在每次接收杂志都能吸引全班同学的目光，也算废物利用，聊胜于无吧。

杂志虽然奢侈，也只是一次性支出，还有经常性消费：看录像、打台球、劈甜杆。这些流行的娱乐项目，都属于玩物丧志的类别，劈甜杆还有赌博性质。所谓甜杆，无非甘蔗。信阳当地不出产，都是从南方运来的，算是个稀罕物。选出一棵甘蔗，称好斤两，用刀压在顶端，将之暂时固定，然后猛地挥刀劈下，劈到哪里算哪里，就此剁掉，另外一个人来。最终以劈到的总长为依据，长的白吃，短的付钱。当然，谁劈到的归谁。好在无论谁掏腰包，结局都是甜的：两个人各自抱着边走边啃，留下一路垃圾。

4

劈甜杆打台球看录像，赵天舒一般都带着贺文龙。那时大家普遍住校，周末回家接受补给。返校时多数人会带点家里炒的菜，好歹也增加点油水。家常好的，有荤菜或者咸蛋带来，反之只能以臭豆腐或者咸菜抵挡。赵天舒从不带菜。没人做。贺文龙倒是带，但那些菜淡盐寡油，赵天舒不甚感冒，只能勉强佐餐。

吃饭赵天舒花钱多，娱乐肯定也得他出大头。不过他没有算细账的习惯。死老鼠事件过后，有个傍晚，大头约赵天舒出去玩。京广铁路从学校旁边经过，铁路两旁有大片大片的油菜花儿。赵天舒和贺文龙赶到时，大头他们几个早已支好摊子。重头戏是大头的双卡收录机，垫在红布上播放靡靡之音，比如《美酒加咖啡》。

这种装备对于他们而言，简直就是航空母舰。贺文龙的眼珠子好险没掉下来。他一声惊叹，伸手欲触收录机，被大头挡开："别动。新买的，弄坏了你赔不起。"贺文龙讪讪而退。大头把赵天舒拉到一旁："带他来干吗？他好玩儿吗？"赵天舒笑笑道："好玩儿不好玩儿，都是我的玩伴儿，不能扔下。"大头眉头皱皱，然后又舒展开："好吧。那就先玩玩儿看。"

正是暮春时节，绿色葱茏，黄花生动。左边的铁轨漫长，闪着亮光，右边是金色池塘，吃饱欲归的牛群正在饮水。空气温暖慵懒，而邓丽君的歌声又甚于空气。它像物理实验中的低压电流，直接接通心房，令人战栗。赵天舒突然明白了磁带名称的由来：歌星的嗓音都带着磁性。组成歌曲的并非音符，而是物理书上的电荷，无论正负，总之都是电荷。至于好听程度，则相当于电量。好听的电量大，不好听的电量小，就这么简单。

大头带来的女玩伴儿杜芸，效应也近乎双卡收录机。在学校里，见识女生最方便最直接的场合，就是拥挤的食堂。一天三次，日复一日，赵天舒已经注意到杜芸。她个子不高，留着披肩发，体态偏胖但不过分，正好匹配丰满一词。就像《红楼梦》上对宝钗的描述：合中身材，肌肤微丰。尽管平常总是冷若冰霜的样子，少有笑脸，但那嘟嘟着的嘴唇，还是让她显得很可爱，简直像个玩具洋娃娃，谁见了都忍不住要动一动。而她脸上的那种表情，恰似假装生气，但又无法真正掩盖内心的喜悦，似乎随时都有可能扑哧一笑。

杜芸外号小四儿。因她眼睛近视，戴着隐形眼镜。她拿着琼瑶的小说《窗外》，冲赵天舒点点头，脸上还是惯常的表情，或曰没有表情。不过两人的眼神有过短暂的碰撞。就这惊鸿一瞥般的偶遇，竟让赵天舒一阵心慌。好像他赖了对方很多很久的账，突然被人拿住。

赵天舒没再正眼看杜芸。他一改往日的习惯，不停地大声逗乐，反常地活跃。大谈中日围棋擂台赛上江铸久的神勇表现，索尔兹伯里的书《长征：闻所未闻的故事》，以及英国军情六处特工彼得·赖特写的《抓间谍的人》。大头听得头大，便放支舞曲，说要跳舞。赵天舒闻听连连摆手："你们跳吧，我不会。"大头一把将他拽起来，点上一支烟，塞到他嘴边："小四儿，来，带带他！"

赵天舒抽口烟，立即呛出眼泪。也不是呛的，主要是风向多变，烟熏了眼睛。春风复多情，吹我罗裳开嘛。大头他们哈哈大笑，杜芸也暗自抿嘴。赵天舒使劲抽口烟，然后吐出来："风，风太大。"他自觉那动作很像烟客，其实却像鱼吐气泡，杜芸又是抿嘴一笑。她撇撇嘴道："不就是跳个舞嘛，你咋这么紧张？没劲。”“我有啥好紧张的。老温我都不怕，还怕啥？你只管带！”杜芸冷冷一笑，没再吭气。结束之前，她在赵天舒耳边轻声说道：“别以为你装横，人家就看不出你的软弱。”语气难辨鄙夷，还是挑衅，或者，或者……赵天舒一愣。这话像支毒箭，正中命门。而不等他反应过来，杜芸已飘然而去。

收录机寂寞地对着夕阳吟唱。是首粤语歌。大头他们准备了瓜子汽水，赵天舒头一次来，不明就里，任啥没带，有点不过意，这支粤语歌突然给了他无尽的灵感。他问大头道：“敢不敢吃蛇肉？”大头表情迟疑，小四儿没有吭气。赵天舒盯着大头说：“人家老广蛇肉猫肉都吃。”大头表情游移地说：“想吃也没有啊。”赵天舒说：“树底下草丛里，到处都是。说不定咱屁股下面就有。”杜芸一声轻微的惊叫：“讨厌，你别吓唬人好不好？没劲。”

赵天舒心里突然既得意又舒坦。他扫了杜芸一眼，对着大头说：“一言为定啊。”

5

除了大食堂，学校还有个面向教师开放的小食堂。这里的菜肯定好吃些，当然，一分货，一分钱。学生也可以使用，不过老师无条件优先。有一回刚要轮到赵天舒，同学们无比敬爱的贱老师又凌空而至，他们只得再让。秃顶师傅给贱老师装上饭后，正准备把菜盖在上边，贱老师却要回饭碗，用勺子使劲压饭，以便给菜留出更多的空间。根据那个劲头判断，如果旁边有碾子或者重锤，他一定会借用的。他需要这个字眼：夯。

当局者专注认真，旁观者只觉恶心。在那以后，赵天舒老长时间没再去小食堂，改去小卖部。小卖部就在食堂旁边，老板也是董家河人，叫刘军，大约四十岁，下巴刮得铁青，上唇却留着浓密的黑须。赵天舒没觉得这个老乡有多亲，但刘军对他却不乏热情。大概因为他女儿初中时跟赵天舒同学吧，赵天舒每次打菜，刘军总给饶上半勺。

赵天舒并不情愿到小卖部打菜。刘军每次给他添头时，总要提示地看他一眼。有时眉眼里带着笑意，有时人多，可能顾不上，便没有表情。无论有无表情，那一眼给赵天舒的感觉，都不是如坐春风，而是嗟来之食。之所以还要过去，除了大食堂的菜不好吃，花样少而且拥挤，还跟另外一个也叫刘军的人有关。

这个刘军是学生，中途转学来的体育生，人称小刘军。他简直就是篮球场上的泥鳅，篮球打得不是一般的好。若非个子矮点，身体稍嫌瘦弱，他一定会成为球队的核心。因他实在是灵活。在人群中左冲右突，明明就在眼前，可你就是无法阻挡。就像泥鳅或者鲶鱼，你越用劲越抓不住。背后运球、胯下运球、急停躲闪，绝活很多。另外还有真假难辨的小动作。有时他耸耸右肩，你以为他要停下传球或者投篮，结果他身子再一晃，扬长而去；他个子不高，很少强攻篮下，三步上篮时，第一步不是避开对手，而是直逼对手，直接跳到你跟前，让你无法判断他第二步的动向。此时除非犯规，否则等你搞明白，他肯定早已越过你，潇洒地起跳上篮。

就是那句话：两岸猿声啼不住，轻舟已过万重山。

小刘军几乎每天都在小卖部吃饭，餐具也搁在那里，跟老板俨然一家。碰上人多，他也排队。虽然获得的分量并不明显超常，但很少见他付菜票。闲聊时记不得谁说起这事，刘军不以为然地笑笑：“很正常啊，都是朋友。他是个人才，我爱才。”

操场上的那一长溜篮球架，都架在泥土地上，只有最东边那个篮球队专用的灯光球场是水泥地面。水泥跟土泥的区别，就像狗跟热狗，实在没法比。初次领略小刘军的球技就在那里，赵天舒是看客。小刘军快速溜底线，用一记舒展的转身单手上篮赢得全场喝彩。赵天舒做梦都想掌握那种本领。他内心有无数的虚拟观众。打到现在，他在非专业领域已经小有名气。不是因为技术高，而是因为特点明显。他有两个外号，一个说气势，叫“小炮”；另外一个说技术，叫“大转身”。一听名字就知道，他善用转身闪躲。可这些所谓的特点，都不是技巧，更非技术，顶多也就是伎俩。

那不是正规比赛。结束之后，赵天舒趁机上场过了会儿瘾。小刘军也没走。打到最后，只剩下他们俩。此时暮色四合，饭点已过，食堂人去，宿舍楼空，教室灯亮。赵天舒的饭当然有保障，贺文龙已经打好，就在寝室里，但小刘军初来乍到，既未结成伙食对子，也没买下小卖部的长期饭票，只能借重方便面。赵天舒闻听，一定要请他吃面条。学校外面也有不少小卖部。热干面，胡辣汤，牛肉面，茶鸡蛋，油条，馅饼，该有不该有的都有。

小刘军很腼腆，执意不去。一个真心要请，一个执意辞谢。赵天舒说："走吧走吧，我请你吃面条，回头你教我打篮球，公平合理！"费了半天工夫，终于把他请进小卖部。

小刘军不是城镇人，也是农村孩子。农村学校几乎没有体育设施。泥腿子能把篮球打到这个程度，那只能说明他确实有运动天赋。赵天舒注意到，小刘军的篮球鞋已经很旧，鞋带子完全变色，前部受冲撞最多的地方，已经开胶。

6

大头不知咋回事，突然就长了棋。当他用"倒脱靴"的手段，莫名其妙地吃掉自己的一大块棋时，赵天舒简直有点恼羞成怒。失败来得未免突然。他会"倒扑"，"倒脱靴"也知道，但还没有实用过，它毕竟要复杂很多。

那天他们是在寝室下的。尽管在室内，大头依然穿着那件举世闻名的漂亮风衣，并且竖着领子。风衣配着喇叭裤和皮鞋，你想象不到有多帅。赵天舒一直想买件风衣，但风衣并非甜杆，那是大件，即便不算固定资产投资，至少也属于耐用消费品。他出不起钱，爸爸也不可能支持这项预算。理由很简单，风衣不是学生的标配。那是地痞流氓小混混的打扮。

大头的风衣和“倒脱靴”，莫名其妙地让赵天舒想到了杜芸，确切地说，是小四儿。他发现自己对她的第一印象完全错误。她根本不是可爱的洋娃娃，而是美丽的冰雕。谁见了都有把她焐热的本能冲动，但是想想又觉得不能：一旦焐热，它就会化掉，哪里还会有小四儿？当然这都是看唱本流泪，因为只有大头可以接近她。

赵天舒很想看看小四儿的隐形眼镜。那玩意儿信阳根本没有，据说来自广州。他对此无法理解。有些人明明视觉良好，也非要戴个平光镜假充斯文，她咋会想到把眼镜隐藏起来？隐形眼镜到底啥样子，是不是跟正常的眼镜啥都一样，你能摸得着，就是看不见？或者就像真正的皇帝的新装，你看不见也摸不着？

这些问题当然不能问。它们就像一块史前的寒冰，埋在赵天舒的内心深处，永远无法融化。他的本能反应不是询问大头或者小四儿，而是直接按照杂志上的广告，邮购了一本《少年儿童围棋精进》。翘首企盼二十天，终于接到邮包。书姗姗来迟，他如饥似渴。背定式，学手筋，练死活。此时已经进入高二，开始学习有机化学。无机化学有规律，有机化学无规律。不说别的，就那些迷宫般的分子结构，就足以让人头晕。其实即便无机化学，赵天舒的考试成绩也并不突出。谁也说不清楚，他学得那么超前，为何考不出成绩。他自己不明白，刘老师搞不懂。

那天的化学课，赵天舒打野食看棋书。定式比分子式自然更有意思。以往身着花衬衣的刘老师引经据典侃侃而谈，讲课内容似乎能跟衬衣上的花朵重叠融和，最终沁人心脾，可今天情形完全两样。甚至他衬衣上的图案，都像分子结构那么晦涩。

赵天舒把课本摊在桌面上，棋书搁在抽屉里，抽出一点点。他自以为动作足够隐蔽，但奈何刘老师的居高临下就像空中侦察，正所谓草枯鹰眼疾，他那些伎俩不过是掩耳盗铃，而且越小心就越可笑。他正入迷，一粒粉笔头破空而至，正中脑门。前面说过，刘老师每次上课都要造成很多粉笔的死难。这些粉笔头其实也没有完全浪费，还有强大的剩余价值，那就是暗器。他笑嘻嘻地讲着讲着，随便在哪个角落发现目标，顺手一丢，便弹无虚发。

刘老师的飞弹其实并非严正警告，更像友情提示。他发射飞弹时，总是面不改色。一旦脸上变色，便不再使用暗器。他的飞弹规则，是只再一再二，不再三再四。赵天舒到底是课代表，刘老师给他留了面子，先后三次点拨，见他实在不堪点化，方才开口。

“赵天舒，你要是再不把闲书收起来，我马上就给你撕了。该学啥，就学啥，别好高骛远。从高一到高二，你在化学课上栽的跟头，还不够吸取教训？”

原来刘老师对自己的印象，就是好高骛远。他超前学化学，背元素周期律，竟然结局如斯。刘老师还说，没有过硬的翅膀，会从天上掉下来的，会粉身碎骨，会死得难看。当时赵天舒面无表情，看似无所谓，其实内心耻辱翻滚。那是化学老师，化学课啊。他双眼茫然地看着黑板的方向，却看不见板书内容，只觉得刘老师衬衣的图案不断旋转，逐渐加速，然后重重地砸到地上，激起阵阵尘埃。

尘埃当然不是重物砸起来的。光柱里，那样的尘埃何可胜数。但是赵天舒很清楚，如果按照刘老师的说法，自己的下场就是那样。高空坠下，自由落体，他没法喜欢。从那以后，他将化学课与英语课同等对待。随之而来的，是他失去了唯一的官方头衔，化学课代表。

要长棋，得找高手。市内的工人文化宫棋摊众多，当有高手隐藏其间。据说江铸久、江鸣久兄弟俩当初就是这样，骑着破车子四处挑战，最终脱颖而出。江铸久一度挽狂澜于既倒，在中日围棋擂台赛上取得疯狂的六连胜。

同学们一般都是周末回家，但赵天舒不。他差不多每个月才回去一次。赵德修来过一回，但赵天舒没给他好脸。相看两生厌，还是互不干扰为好。既然不回家，那就有大量的时间。他到文化宫下过好几回棋，碰到过高手，也尝过胜果。有一回竟然巧遇学校食堂的某个师傅，死老鼠事件中演对手戏的男二号。尸体就是从他手下进了大头的饭盒。此人姓高，也是农村孩子，年龄尚轻，比赵天舒大不了几岁。很难想象，区区一个做饭的，竟然也会喜欢围棋。这让赵天舒对黑白世界的兴趣，愈发浓厚。

小高模样倒是不丑，就是青春美丽疙瘩豆多了点，红得发紫，货真价实。若非因为围棋，赵天舒无论如何也不会跟他打交道，但乘此机缘，慢慢也就有了私交。有一天赵天舒到他的窗口打饭，他跟贺文龙每人一碗四两，合计八两，但他付出一斤饭票，小高找回来的两张饭票，面额却并非一两，而是一斤。赵天舒一怔，以为他花了眼睛。若碰上别人，他会毫不犹豫地转身离开，但对方是朋友，就要拿捏拿捏。他俯身探头，见小高微笑着飞快地一眨眼，立即明白过来，随即不动声色地离去。

7

刘军是小老板，并非运动员，可是却常年身穿运动服。没事的时候，他也经常凑到灯光球场旁边看热闹。他对小刘军如此优待，大大超出常规，人们都说他是在招女婿。说他看上了小刘军，将来要把自己的闺女嫁给他。

传说不知真伪，也无法确认，赵天舒只有惋惜。他跟刘军的闺女初中时同学，见识过其尊容。按照当时的说法，她应当属于心灵美的行列。干瘦干瘦的，像根老丝瓜，或者小核桃，咋配得上小刘军？要知道，人家可是球场上的飞将军啊。

不过赵天舒也很理解小刘军。运动员活动量大，又赶上成长阶段，整天就没有个饱的时候。另外还有运动服。学校只发一身运动装，外加裤头背心各两件。这些肯定不够。尤其是运动鞋。每天下午都要集训，类似鸡蛋碰石头，你想想会磨损多少双鞋。

赵天舒买了两双同样的篮球鞋。鞋底上带着吸盘，一看就是专业装备。他自己穿一双，另外一双送给小刘军，作为拜师礼。小刘军也确实指点过赵天舒，只要有机会。他教赵天舒背后运球、胯下运球和转身运球的技巧。尤其是转身运球，过人效果明显，但难度也大。赵天舒人称大转身，但只能用于投篮，还不能带球过人。

要出去看录像打台球劈甜杆，偶尔还要对小刘军意思一把。预算外开支增加，而家里给的钱有数。此时天降小高，简直就是天使。从那以后，赵天舒有意识地到他的窗口打饭。一年下来，他几乎不用掏饭钱。只是时不时要请小高看场录像，或者下盘围棋。有个周末，同学们基本都回了家，偌大的校区顿时干瘪，弥漫着死亡般的沉寂。赵天舒独自坐在床上，打《围棋天地》杂志上刊登的，聂卫平对石田芳夫的对局谱。尽管有讲解，但那些棋还是太深，更兼没有观众，他很快就没了兴趣，信手扔下棋，朝床上一歪。想想不定又爬起来，出门朝镇上走去。

走进新华书店，两个售货员聊得正欢。门外天气阴沉，店内顾客寥寥。赵天舒让售货员拿来几本书，安静地挑选，最终的结果还是最初的预想，红色皮面的三卷本《红楼梦》，定价两块四。大头他们只看金庸梁羽生，所以赵天舒不想局限于武侠。他一定要做二月的花朵，标新立异。

收款员坐在售货员对面，位置用木制的栅栏围着，形似堡垒，或者牢狱。半空中有根铁丝，是他们的交通工具。售货员开好小票，用夹子夹着，顺手一送，小票随即刷拉一声，沿着铁丝到达收款员的头顶。收款员收好钱盖上章，再把小票撕下一联，原路返还。赵天舒付了一张五元的票子，收款员跟售货员大约聊得太投入，错认为十块，又找给他七块六。赵天舒心里怦怦直跳，抓起钱和书，出了门便一路狂奔。

五块钱是笔巨款。赵天舒决定马上挥霍掉，犒劳犒劳自己的紧张。他拐弯要去录像厅，结果迎面碰上小高。赵天舒一把拉住他：“走走走，我刚才赚了五块钱，咱们去看录像。”

看完录像，还剩七块，两人便到小饭馆炒了两个菜，喝了点啤酒。赵天舒过去基本没喝过酒，两杯啤酒下肚，不觉有点晕乎。他说：“小刘军家里也很可怜，你不能关照关照他？”小高放下筷子正色道：“赵天舒，你可别害我啊。你别觉得我是图你的小恩小惠。我是看你有骨气，老温都敢顶，才把你当朋友的！你要是说出去，我还活不活？”“你别着急，我谁都没说，贺文龙都不知道。我是叹息小刘军。他篮球打得多好！”“刘军不是照顾得挺好吗，还用你一个穷学生咸吃萝卜淡操心？”“你不知道刘军的女儿长得多丑。那不委屈人家嘛。”

小高本来正在吃菜，闻听笑得好险呛死。赵天舒不明就里，连问原因，小高只是摇头不说。他脱衣服一般换成严肃的表情：“都是些闲话，我也不知道真假，不能乱说。”

8

化学课和英语课的损失，围棋都有补偿，也算是不幸中的万幸。赵天舒跟大头相约下五番棋，结果大头只赢了一盘，还是因为赵天舒太贪，吃炸了。这样的战果当然令人鼓舞，可是谁也想不到，最后一盘尚在收官，大头就对自己的整个围棋生涯投子认输。他把棋子一扔，就地躺下："无聊，我以后再也不下围棋了。棋送给你，我不要了。"

那副围棋是云子，不是普通的有机玻璃制品，光泽温润，价值不菲。可是这样一份凭空而得的礼物，却只能让赵天舒揪心。如此结局，他丝毫没有料到。恰似一局棋，布局序盘中盘都绝对占优，最终却在官子阶段翻盘。他突然觉得，围棋的确没啥意思。看似有文化，其实很无聊。赢了又能如何，照样还是业余棋手，不可能以此安身立命。至于输棋，那就更加无聊。一盘棋差不多要一个小时，计算紧张而且复杂，很费脑子。有这功夫，还不如用在学习上，那样至少老师不另眼相待，将来考警官大学，也能多挣两分儿。

赵天舒暗暗自我宽慰，说大头放弃围棋，不是因为围棋无聊，而是他下不过自己。也就说，自己已经在棋盘上将他击败，不管他承认与否。

大头此后果然没再下围棋。有个周末，两个人没去上课，反锁在宿舍里。本想睡懒觉，可真正躺下，又觉得睡意全无，便隔墙闲聊。大头问赵天舒将来想干啥，赵天舒略一犹豫："警察？我还没想好。"大头扑哧一笑："无聊！""那你说说，干啥有聊？""我要是知道，还至于这么无聊？不过我想，开公司肯定不错。很赚钱。""找你爸爸批点条子？你愿意当倒爷？""保守！我不开皮包公司，要开真正的公司！赚大钱的！""那卖啥呢？"

大头一时语塞，有点气急败坏："无聊！"赵天舒突然坐起身子说："咱们这样才真是无聊。野炊去吧，抓蛇吃蛇肉！"

夏日天长。下午最后一节课是自习，溜走不会引起注意。赵天舒叫上贺文龙，大头叫上小四儿，以及其余几个跟班，五六个人溜出校门，沿着围墙上了后山。简单的炊具和调料，赵天舒有办法。些许小事，小高有求必应。他们各人自带饭盒，买了方便面和鸡蛋，准备煮面，以蛇肉佐餐。贺文龙大步流星地走在前边，那架势简直就像新时代的领路人。他手持一根木棍，不时停下脚步，轻轻拨开草树，就像电影上的鬼子排雷。每当他停下，小四儿都要低声惊叫一回："这行吗？碰上毒蛇呢？"她先看看大头，然后两个人一起看着赵天舒。赵天舒在农村生活的时间短，也很少干农活。大人抓蛇那是常事，但他尚且未谙此道，心里也是噗噗直跳。

"没事！信阳毒蛇少。真正碰上，只要别跑，也不要紧。你不攻击它，它肯定不会攻击你。"小四儿喃喃自语道："蛇肉有啥好吃的，我也不知道。没劲。"

大头和小四儿并排站着，确实有点金童玉女的感觉。小伙子头发在长短之间，上身是带着暗花的衬衣，下身配条白裤子。衬衣掖进裤腰，清晰地勾勒出屁股，无比精干。小四儿的打扮倒不出格，但是衣服鲜艳新潮，正好衬托出脸蛋上的冷峻。她正在不可抑制地生长着，胸罩的带子看得清清楚楚。一年四季，她身上总是香气四溢。当然并不浓烈，是那种持久的暗香。

赵天舒看着看着，内心不觉汹涌澎湃。他想不明白，小四儿咋会喜欢《窗外》。他不喜欢琼瑶的小说，尽管没有真正读过。他还是更喜欢《红楼梦》。若说《红楼梦》太死板太正经，那也应该是《冰川天女传》。他觉得《窗外》简直辱没了小四儿。这事儿就跟隐形眼镜一样，令人费解。

赵天舒突然想起初中时期对他很好的两个女生，蔡新华和方锦。扪心自问，他觉得很对不起她们。尤其是蔡新华。她没有考上高中，据说已经去了东莞，在那儿打工。方锦没能考进县一高，现在二高。那一刻，赵天舒很想见见她们，问问近况，可惜已无可能。他咽下一口口水，转身跟着贺文龙的脚步，继续向前。

贺文龙刚抓住蛇尾巴时，蛇的脑袋猛地昂起，大家一片惊呼。小四儿恰好在赵天舒身边，她一把抓住赵天舒的胳膊，尖声惊叫。在那个瞬间，赵天舒的心就像突然摇开的手扶拖拉机，没命地狂跳。他尖锐地感觉到，小四儿的手冰凉冰凉，跟蛇的感觉完全一样。他的下体顿时朝气蓬勃起来，裤子前面迅速支成帐篷。

这真是要命。要知道那是夏天，每个人都衣衫单薄。赵天舒的裤子虽然不像大头那样紧绷绷的，但也差不许多。突出部不可阻挡，无处躲藏。

还好，大家的注意力都在贺文龙身上。只见他抓起蛇使劲一抖，然后就势在空中绕圈。那颗试图昂起的丑陋蛇头，随即被拉成直线。大头他们都在侧后，无人察觉破绽。赵天舒赶紧用左手将那枝小钢棍摁进裤裆，用大腿紧紧夹住。

贺文龙制服蛇，转身夸夸其谈："使劲甩两圈，它的关节全部脱臼，就不能动了。杜芸，要不你来试试？"小四儿本能地朝后一躲，松开抓住赵天舒胳膊的手："你滚！恶心！没劲！"

他们围着贺文龙高谈阔论，赵天舒不想引人注目，自然也不敢动弹，更不便插话。这让他颇为不快。半天之后恢复常态，他试探着抓起蛇，感觉果然是冰凉冰凉的，就像小四儿的手。他不觉又浑身起满鸡皮疙瘩。

在此之前，赵天舒确实做过饭，当爸爸不在家的时候。可那主要是炒剩饭，而且为数不多。如何炖蛇肉，他一点都没谱。好在他看过杀猪，《生物》课上也学过蛇的结构，想来道理相通。他凑合着剥掉蛇皮，挖去内脏，留下蛇胆，然后切成段，放进饭盒里炖。

水是现成的，信阳处于淮河流域；柴火也是现成的，环"厨"皆山么。不过山上树木虽多，但湿柴烧不着。他们得借助农家的柴火垛。这个光荣而艰巨的任务，只能交给贺文龙。当然，他也非常愿意承担。洗蛇的工作，由大厨赵天舒负责。大头和小四儿他们在山上铺好摊子，打开收录机，播放《万里长城永不倒》、《上海滩》和春节晚会上爆红的新歌《思念》，空气随即溢出淡淡的甜味。

这个山坡他们过去曾经无数次地远眺过，两山夹角处有几户人家，白墙红瓦的房子掩映于绿色之中，远远看去颇有感触。不过真正走进来，还是头一回。附近还有清洁水源，汩汩山泉在此积成一个不大不小的湖泊，然后再慢慢下流。不消说，这水捧起来就能喝。他到湖泊跟前蹲下，刚准备洗蛇，一个中年农妇远远走来。这人有张足以令世界上所有的男人全都阳痿的脸，一副令屠夫眼睛放光的身材。她冲赵天舒喝道：

"别在这儿洗！别弄脏了水！"

"那到哪儿洗？"

农妇用手指指湖泊的出口："恶心不，吃长虫？"

清洗干净，然后舀点水回去埋锅造饭。等蛇肉出锅，赵天舒说："女士优先，杜芸你先尝尝。"小四儿连连摇头。赵天舒笑笑说："这是看得起你，才给你的机会。你不吃，我吃！"说完随即夹起一块，做第一个吃螃蟹的勇士。

说实话，那所谓的蛇肉，真没啥吃头。天知道老广是咋回事。不过赵天舒没有明说。他有滋有味地嚼嚼吞下，带着几分恶心。大头咬了几口，便呸的一声吐掉。杜芸只闻了闻，便夸张地身体后仰。贺文龙倒是颇为受用。他在蛇汤里加了点调料，不管胡椒味精精盐香油，只要有就全部放，然后搅搅，将大半条蛇都吞了进去。蛇胆没有扔掉。赵天舒捎回去给小高，由他孝敬大师傅。据说这东西可以入药，能治风湿，是宝贝。

9

野炊当然有乐趣。大家伙有说有笑，你挖坑他添柴，你点火他煽风，煞是热闹。虽是夏天，但树荫下山风习习，天已经落凉，肯定比教室宿舍舒服。然而他们快到学校时，小四儿偶一回首，忽然发现那里火光冲天。一定是他们没能彻底灭火，火星被风吹到柴火垛或者草垛上，引发火灾。

大家的本能反应，当然不是救火，更非报警，而是逃离。第三天，学校就开始追查罪魁祸首。温主任没在大喇叭上号令天下，而由各个班主任悄悄调查。小高反馈回来的情报说，老乡找到学校，因为没有证据，校方矢口否认。

这样的调查自然不会有结果。但赵天舒很想知道细节。比如哪里起了火，烧了啥。等等。当然，不能贸然前去，那是自投罗网。紧接着的暑假，是天然的缓冲。开学之后，县里举办传统的职工篮球赛，电厂客场对阵磷肥厂。这两家企业在全县傲视群雄，财大气粗，养得起人才，所以这两支球队是两雄并立，实力在伯仲之间，比赛令人期待。

磷肥厂离学校很近，下了坡拐个弯就是。有上好的篮球队，自然也有上佳的运动场。那个灯光球场宽敞平整，不是水泥地面，而是标准的塑胶，弹力十足，简直就是个舞台。

这样的场合肯定少不了赵天舒。他约贺文龙，贺文龙不肯。已是高三，他终于有了点临战的紧迫。最终赵天舒买好瓜子和汽水，约到了小刘军和大头。当然，大头会叫上小四儿。

一晚上两场球。电厂跟磷肥厂的这场排在前面，傍晚已经开始。还没结束，小四儿已生去意。她撇撇嘴道："有啥意思，十个大男人抢一只皮球？无聊死了。走吧走吧。没劲。"

小四儿非要去看录像。她抬起眉毛看看赵天舒，赵天舒却没有应和。他回望着小四儿，也不知道是看她本人，还是试图寻找传说中的隐形眼镜。片刻之后嘻嘻一笑，艰难地说：“你们去吧，我们不好打扰。”小四儿又一撇嘴：“没劲。那我们走。”

第一场太精彩，第二场就显得没法看。两人相约回去。走到半路，赵天舒浑身是汗，突然想起上次的那个湖泊。那里的水肯定干净。学校周围不是没有池塘河流，但水都不够干净。最主要的问题，是底下多为淤泥，一脚下去，水泡四起。从前池塘由生产队公有，每年组织社员放水挖塘泥。一来分鱼分藕清淤，二来塘泥可以肥地。自从包产到户，这样的活动无人组织，处处皆成死水。

活水果然干净，下面没有淤泥。因从未下过，按照本地习惯，这是所谓的“生水”，不能随便下的，否则可能会被冤死鬼拖住后腿，它好去投胎。但是一个初生牛犊未必不怕虎，两个初生牛犊一起，只能不怕虎。

水不深不浅，就是有点凉。毕竟时令已是初秋，又是泉水。好在下水扑腾一会儿，他们就能适应。火力壮嘛。两人游一阵打闹一阵，也不穿衣服，就那么上岸躺在草地上，权且休息。

有些人脸长得愚蠢，有些人是身材愚蠢。但这些愚蠢都跟小刘军无关。到底是运动员，小伙子身材确实好，完全可以当作生理卫生的活标本。那些肌肉的位置，全都清清白白。尤其是肱二头肌、胸肌和腹肌。而这些部位，正好全是赵天舒的羞处。就好像他身上的肌肉，不是人类的标准配置。

赵天舒摸摸小刘军的胳膊，小刘军本能地一紧张，那里的肌肉越发有力。赵天舒赞叹道：“看看你这肌肉。咋长的！”小刘军吃吃一笑，突然抓住赵天舒毛茸茸的下体，那里立即挺拔起来。

赵天舒心里一激灵。小刘军的身子也凑了过来。赵天舒把他朝后一推：“神经病！你要干啥？”小刘军又暗笑着慢慢凑来：“假正经！你不就是也想学刘军嘛。”

天已擦黑，赵天舒脑海里却一片亮堂，就像电影里的照明弹。他一阵恶心，几欲呕吐，但下面依旧威武不屈地挺拔着，让他既羞且愤。他推开小刘军，刚要说点啥，远处忽然过来一个人，正是那个中年农妇。她也不顾这两个半大男人都赤身裸体，过来就一把揪住赵天舒：“拿着家长的钱，不好好上学，你这个祸害精！上回烧我柴火垛的，不就是你吗？还敢来糟蹋我们的水！走，咱们去见校长！”

赵天舒抓来衣裳盖住下体，想要反抗，但劳动人民的力量之大，令人敬佩。中年农妇吆喝着招呼援兵，立刻跑来两个男人。他们将赵天舒和小刘军押回学校，直接送到了教导处。

赵天舒的直接经济损失，是温主任剪了他的裤脚。客观地说，那确实不算喇叭裤，尽管口径也不小。温主任盛怒之下，咔嚓两下，赵天舒潇洒的裤脚，便一翦没了。

10

回头想想，赵天舒当时应该紧咬牙关，死不认账。可他哪里懂得这些世故曲折，既然被人抓住现行，那就只有承认。好汉做事好汉当，也是风范所在。年复一年，中年农妇肯定还遭遇过其他的摧残，比如鸡被偷过，菜被摘过，枣被打过。如今既然抓住一个，那么所有的损失，无论真实的还是虚拟的，全部账单都得朝他名下记。若是农村孩子，他们也不会这样，偏偏赵天舒来自城镇，这一点他们有把握。农村孩子，谁能提着双卡收录机四处晃悠？

温主任是怒发冲冠，七窍生烟。一恨学生不上进，到处惹事；二恨赵天舒不老练，不该松口。这样一来，学校不免被动。尽管他们店大欺客，足以对付农民，但终究要费点唇舌。而那些唾沫成本，可以想见，最终都要在赵天舒身上摊薄。这就是第三恨，赵天舒竟然顽固如此，该招供时又不招供。

温主任逼问赵天舒，还有谁参与此事。他比画了一个拔枪的姿势，恐吓道："我告诉你，你的错误性质，不是逃课野炊，而是逃课纵火！你们不是都学过《法律常识》吗？纵火罪的最高刑罚是死刑！最低也要判好几年，你的同学大学毕业，你可能还在牢里！老实交代，都还有谁？学校只看你的认错态度。态度好，还能教育，就由学校处理；态度不好，不知悔改，只能移交派出所。摆在你面前的有两条路，你看着办吧。"

最后那些话，对于赵天舒类似黑色幽默。看来温主任也喜欢看电影，关于地下党或者破案的电影。那样的电影赵天舒也曾喜欢过，但都是过去完成时。现在他们更热衷于香港的电影录像，警匪，枪战，或者武侠，比如《上海滩》、《射雕英雄传》、《神雕侠侣》。还是枪林弹雨血雨腥风更加刺激。因此温主任那些很像台词的话，听起来要多傻有多傻，就像成人看待孩子的游戏。

赵天舒当然没有笑，但也没有说话。死不供认同党。他们的班主任姓萧，教数学的。萧老师也很年轻，刚刚三十出头，身材气势雄伟，第二性征明显：胡子厚，喉结高，身边常备一支很漂亮的黑笛子，上面雕刻着精美的花纹，垂着大红的丝穗，只是从来没有响过，不知音质与音色。一问原因，他总是面带近乎羞涩的微笑，谦虚地解释那是年轻时的爱好，现在肺活量不足，吹不好了不能再吹。他也喜欢打篮球，技术虽然不如小刘军全面，但战术欺诈却远非小刘军所能比。突破时碰到同学们阻挡，他就严肃地低声说："让开呀，我也挡？"趁同学发愣，他借机溜过。跟他打球的同学，几乎都受过类似的战术诈骗。

萧老师自然要做耐心细致的思想政治工作，但还是不行。赵天舒就是油盐不进："在家靠父母，出门靠朋友。我在家在外，都只有朋友可靠。本来就是我起的头，咋能连累人家？"萧老师问道："嗯？你啥意思？小伙子，你这话会让父母伤心死的！有啥苦衷，就不能跟我说说？"赵天舒咬咬嘴唇，摇头不语。萧老师无奈，只得拍拍高足的肩膀："小伙子，有种！讲义气有坏的一面，也有好的一面。希望你能走正道，把精力稍微朝学习上挪挪。高三眼看就要过半，你的时间确实不多了。”

深刻检查必不可少，但这还不够。温主任的撒手锏，就是召见家长。赵德修过来时，带着几斤茶叶，好歹的算是灭了火。

11

赵天舒洗澡没洗干净自己，反倒洗出一身麻烦，大头和小四儿看录像也看出了毛病。他们俩在录像厅碰上镇中学的一帮痞子，那些人对着小四儿挤眉弄眼吹口哨。对于他们来说，这就是战表。

对方人多势众，大头息事宁人：“哥们儿，都在平桥混，注意点啊。”那边的这个说：“我们这不很注意吗？”那个说：“我们要是不喜欢注意呢？”大头微微一笑：“那好，咱们回头再见。”

辱骂和恐吓绝不是战斗，这可是鲁迅先生的教诲。毫无疑问，必须反击。但那两天赵天舒还陷在风暴眼里，时机不对。等事态彻底平息，他们商议对策，大头看着赵天舒说：“小炮，你说吧，打不打？”

打就打，谁怕谁。受电影《少林寺》的影响，赵天舒初中时期就买过《武林》杂志，对着上面的分解图，照猫画狗地学过拳术。虽没练出名堂，但却练出了胆量。那年月，谁没读过《云海玉弓缘》、《冰川天女传》和《七剑下天山》。赵天舒最喜欢《云海玉弓缘》，并且暗暗以其中的主人公金世遗自命。因为他们的身世多有相合。有此背景，你想他怎么会回避战斗。尤其这事儿还牵扯到小四儿。

赵天舒在温主任心目中的形象有多臭，他在兄弟们跟前的威信就有多高。上回的死不招认，与慷慨就义何异。大家的眼睛都盯着他。他慢悠悠地说：“他们几个人？”大头说：“那天去的是五个，但核心分子不下十人。”赵天舒说：“他们兵力占优。”贺文龙插话道：“要不，和了？”这是贺文龙最后一次过组织生活。从此以后，小伙子彻底金盆洗手，改邪归正。

赵天舒哼了一声：“那也得先打回来，叫他们和。”小四儿说：“打打打，你们就知道打！没劲！”大头说：“他们要是惹我，你说句话，咱们不打就不打；惹的是你，打不打，那就由不得你，也由不得他们。”小四儿说：“你们爱打你们打，有我啥事？”赵天舒笑道：“本来么。战争让女人走开。”小四儿一跺脚：“大转身，现在需要你转身，不需要你拼命！没劲。”

这话就像一粒化冻的雨水，滴入赵天舒温热的心头，要多醒目有多醒目。这是小四儿第一次称呼这个技术外号，也是唯一的一次。它基本属于球友专用。小四儿并不喜欢篮球，她从来都不是球场旁边的看客。上回之所以去磷肥厂，与其说是篮球好看，不如说是教室无聊。她和大头不过是凑个热闹，就像飞蛾必然扑火。

赵天舒努力克制着自己，才没有在小四儿的眼睛或者眼镜上出神。他怕那会让自己软弱，因而松口。谁先松口，谁就等于软蛋叛徒，怎么能行。他们给对方下了战书，约定双方各出七人——七剑嘛——无论死伤，都不准告家长或者学校。不准报警这一条，根本没提。大家心里根本无此概念。这是最最基本的前提。

对方回复同意，随即约期开战。几番信使往来，已经是深秋天气。开战之前，赵天舒找小高要了两把菜刀，大头使劲盯他一眼：“小炮你傻呀，这玩意多扎眼。拿回去拿回去！”

小四儿没到现场。她把队伍送过桥，便停下脚步。其实也不是送，而是劝：“算了吧。一点小事儿，我都不在乎，你们何必呢？没劲！”

明月高照，河水日夜不停地撞击着石头与河岸，在桥洞里发出汩汩的回声，那声音因黑暗而洪亮。书上说，人不能同时踏进两条河流。此刻这些流水跟他们一起，但很快就会被人忘怀，然后就是他们自己。赵天舒满怀伤感地扫一眼小四儿，只觉得她依旧冷若冰霜，语气虽然认真，但因为没有表情而难辨真伪。他不再看小四儿，只是盯着大头。大头对小四儿挥挥手：“你回去吧。给我们准备点汽水。”

对方果真只来了七个。他们大约也有过侦察，知道对手不甚好惹，因此还是先礼后兵，派出使者，试图和解。使者上来递根烟，但大头没接。使者说：“咱们和了吧。大家都在平桥混。”赵天舒说：“除非你们跪下认错。”使者笑笑，将烟塞进口中，掏出火机准备点上，大头突然飞起一脚，将他踹倒在地：“滚！”

对方一愣，随即扑上来，展开混战。常规武器是装在书包里的砖头。也不完全是混战，每个人都在寻找对手，就是评书上说的捉对厮杀。大头的目标，是当时骚扰小四儿最嚣张的那个家伙。可谁都知道，战争的进程无法预料。敌我双方的形势总是瞬息万变。比如那一刻，占尽上风的赵天舒就突然被人包围，除了自己的敌人，还有大头的对手。大头当然没闲着，他已被新加入的一个家伙牵制住。原来对方还有一个预备队。他们不是七剑，而是八仙。

赵天舒被人一砖头拍中额角，当时不觉得疼，只觉得有股暖流流过，确切地说是在下流。他不觉啊的一声惊叫。大头如听号令，突然一声怒吼，从兜里掏出常备的水果刀，挣脱纠缠猛扑过去，在对手身上接连捅了十一刀。

十一刀，这个技术统计，来自事后医院的报告，也得到了派出所的证实。当时谁也没工夫计算，无论大头还是他的对手。这样一来，僵局立刻在瞬间打破，战斗匆匆结束。

小四儿早已买好汽水，等在桥边。他们气喘吁吁地跑回来后，都躲进桥洞，似乎那里能提供终身的庇护。赵天舒觉得心脏狂跳，随时都可能从嘴里或者哪儿蹦出来。下体也在茁壮成长。好在是夜晚，桥下看不见。他确实紧张，但更多的还是懊悔。大头能动刀，他咋就不能？《雪山飞狐》上的胡斐，不过是胡一刀，大头竟然捅了十一刀。十一刀啊。

那天晚上，赵天舒抽了平生的第二根烟，上面带着小四儿的体香。小四儿手忙脚乱地掏出手绢，给赵天舒擦拭血迹、掩盖伤口。赵天舒靠在桥墩上一动不动，像母亲跟前的乖孩子。他不可惜自己的伤痕，但可惜小四儿的手绢。多香啊，这样糟蹋掉，岂非暴殄天物。

草草拾掇好，小四儿掏出烟，先递给赵天舒，但赵天舒没接。小四儿顺手递给大头，然后自己含上一根点着，再递给赵天舒。赵天舒接下烟猛吸一口，动静弄得很大，几乎像是亲嘴，品味半天才吐出来。

小四儿也点上烟吸一口，叹道："你还真是个小炮。可这一炮打出去，咋收场？没劲！"桥下幽暗，大家看不见，但能根据声音判断，大头是徐徐吹出了一口烟："好汉做事好汉当，跟你们大家都没关系。前有车后有辙，小炮能挺住，我大头就挺不住？"

还好，水果刀很小，而且已经进入秋季，他们的衣服比较厚，那十一刀都不致命。但尽管如此，学校还是没法掩盖，只能让警方处理。

不知道大头的父母做了何种努力，反正学校对这次流血事件的处理比较低调。光荣负伤的赵天舒，以及其余几名勇士都受了处分，从严重警告到警告；大头开除学籍，移交公安机关处理。有人说他在喝稀饭，也就是坐了牢；也有人说他啥事儿都没有，暂时转到二高，不过是避避风头，二十天后再出来，还是一条好汉。

对于严重警告的处分，赵天舒似乎并不遗憾。他唯一遗憾的是，因为这次作战，他只能放弃自己的神探梦。中国人民警官大学的招生条件之一，是面部无明显标记。这是神探或曰侦察员的职业要求。他们有可能去当各种各样的卧底，模样必须普通，道理人所共知。

这样也好，大学梦本来就虚幻无比，早点醒来就像早点挤掉脓包，于健康有利。

赵天舒庆幸的是，从高一下学期开始，他便没再订阅《人民警察》。

12

断绝与小刘军的联系后，赵天舒不再去小卖部打菜。甚至还捎带着扔下了篮球。有天晚上，他独自泡在球场上，直到教室里灯光四起，眼看就要打铃。没有训练，球场自然不会开灯。几步之外的实验楼上漏出稀疏的光亮，借着它们的指引，才能看见球上分瓣的黑线。赵天舒独自运球，急停，转身，跳投，上篮。巨大的回声响在耳边，他满心茫然。他突然感觉到，小四儿的那个口头禅简直就是绝对真理：没劲。

的确没劲。刘军和小刘军固然没劲，篮球也很没劲。那时所谓的运动服，其实就是在秋衣秋裤的袖子和裤腿上，分别缀上两条白线，如此而已。秋冬季节，小刘军他们就身穿这样的衣服，在场上发泄青春。曾几何时，赵天舒觉得他们的样子无比潇洒，无比帅气。可是今天，那些想法就像气球，被偶然的针尖不经意地刺破，顿时水落石出，真相大白。

从那以后，赵天舒几乎没再摸过篮球。很多人逗引他："大转身，来呀。咋的，打不赢，打怕了？"赵天舒只是摇头，冷冷地摇头。看着他们在场上拼命抢球，有时还要吵架，乃至动手，他总是满脸的悲悯。仿佛他已经知道底牌，而那些不明就里的人，还在愚蠢地朝注定要输光的赌局上不断加码。

大头的离开，是典型的不辞而别。他走后，赵天舒感觉到了前所未有的孤独。当然，少不了还有些寂寞。他没有主动联系小四儿，一次都没有。有时偶然跟她碰面，赵天舒尽管惊喜，也只是微笑点头，很少开口。那时已是冬天，小四儿脸上的表情，比天气更冷。这使得她回应赵天舒的微笑，多少有点像是嘲讽。有次上课，赵天舒悄悄请教物理老师，隐形眼镜是啥原理，物理老师略一愣怔，满怀慈悲地看着他说："很简单，就是高考不考的原理。"说完这话，他提高音调面对全班说："皇帝一丝不挂，还自以为衣着华美。高考是啥？高考就是那个只说真话的小孩儿。到时候谁一丝不挂，谁衣着华美，都将揭晓。那个对比将会十分残酷，希望你们心里有数。"

这话好险没把赵天舒噎死。在最初那个瞬间，他恨的不是自己不识趣，而是小四儿不该戴隐形眼镜。仿佛那是故弄玄虚。片刻过后，愤恨才从虚拟的小四儿，转移到现实的物理老师身上。

小四儿的那条手绢，赵天舒早已洗净叠好，收藏在行李箱内。还有那本《窗外》。这是他向小四儿借的，或曰是与《红楼梦》的对调。琼瑶的许多小说，赵天舒都翻过，但都没有真正读完，除了这本《窗外》。因为小四儿很喜欢，经常提起。

从头到尾读完《窗外》，赵天舒只觉得恶心。其中的男主角竟然是个老师，他如何能接受？他脑海里的老师，都是老温老谢那样的级别。让他接受《窗外》，就像让小四儿吃蛇肉，绝无可能。

赵天舒迟迟没有归还《窗外》，是因为他无法跟小四儿交流读后感。说恶心呢，小四儿必定要恶心；说喜欢呢，他自己会更加恶心。仿佛那样的直接损失，就是导致小四儿屈身事贼，嫁给老温老谢这样的角色。

这是他的青春不能承受之重。于是他将《窗外》和手绢都搁在行李箱中，假意已经遗忘。《窗外》不过一本，而《红楼梦》则有三册，他反正不占便宜。

从高二开始，风衣便逐渐成为赵天舒的心病。时间在推移，病灶也在发展。他在信阳市内的北京商场看中了一件灰色风衣，看样子像是毛呢，立领，要多漂亮有多漂亮。试衣之后，再脱下来的感觉，简直就是扒皮。然而它的价格更加漂亮，八十八块钱。几乎是他父亲两个月的工资，是正经八百的巨款。没有办法，只得割爱。

这件风衣肯定不值这么些钱，完全可以讲价。但在赵天舒眼里，讲价是很丢人的事情。那是小市民家庭妇女的做派，比如那个相貌出奇的中年农妇，比如贱老师。他绝对不能。他顶多这样反问一句："不能便宜点？"如果对方点头，那算他占了便宜；如果摇头，那他要么掏钱，要么走人，再无二话。

最便宜的风衣，也要四十块左右。巨款的一半，同样还是巨款。这笔开支别说向父亲申请，就是他完全自费，也不敢穿回家。赵德修看到这个样子，一定会活剥他的皮，尤其在他去过一次学校、赵天舒又受了严重警告的处分之后。

咋办呢？赵天舒自有财源，那就是小高。只要可能，他每顿饭都到小高的窗口打。小高只肯细水长流，每次多找回来的饭票数目基本恒定，差不多等于白送两份饭。

13

大头突然出现时，已是寒冬。小伙子一袭风衣，骑着崭新的“永久牌”轻型自行车，白色的合金钢后座闪着寒光，真是光彩照人。而在此以前，小四儿也已经让赵天舒脆生生地心折过一回。

那是午饭时间。前两天下过雪，太阳一起，屋顶上的积雪开始融化，雪水不断滴落，房檐上的冰柱子就像没拧紧的水龙头，大声滴答。地面上的雪已经化成暗流，踩上去呱唧呱唧响。赵天舒端着饭盒回宿舍，迎面碰见小四儿。她身着雪白的滑雪衫，浑身好像鼓着许许多多的面包；脖子上系条红纱巾，下面是啥裤子赵天舒没好意思仔细看，反正是黑的。

如此强烈的对比，简直要引起雪盲。赵天舒真是惊为天人，不敢直视。那一刻，他恨不得融进冰凉的雪水，最好是自己从来没有存在过。他的穿着可能不时髦，但也绝不落伍：上身是深蓝色的滑雪衫，拉链没有拉到顶，以便露出月白色衬衣和红色领带。请注意，是真正的衬衣，而非当时流行的假领；领带也是真正的领带，不是常用的一拉得。是否原装正品不好说，但商标的确是金利来。尽管英语学得不好，但GOLDEN LIONS他还是认识的。

上半截无懈可击，下半截也堂堂正正，是牛仔裤，屁股和关节上带着特制的白印，以冒充饱经风霜的摩擦。装备都不错，可滑雪衫是他自己买的，偏大。这还在其次，最要命的是，他已经好几天没洗澡，头发翘着，脑后有一绺，虽然几经镇压，但依旧不屈不挠。他兜里随时带着一面小镜子，背面是彩色的《红楼梦》剧照。中午放学前，他照照镜子，发现脑后的乱臣贼子尚未平靖。因为温饱问题急需解决，只能匆匆蘸着雪水抹几把，作为应急措施，现在肯定又已树起反旗。虽是细枝末节，但你要知道，小四儿是戴着隐形眼镜的。

赵天舒怎么可能不自惭形秽。那个瞬间，他对小四儿满怀愤恨。恨她不该看见这样的自己。他极度挂念初中那两个对他很好的女同学，方锦和蔡新华。可这还没结束，小四儿后面那句话更加要命。她冲赵天舒笑笑："大头这两天可能要过来。"赵天舒不置可否地嗯啊两声，便端着饭盒逃离案发现场。

那天晚上，赵天舒迟迟未能入睡，一直对白天的邂逅耿耿于怀。夜里他做了个梦，贾宝玉在秦可卿床上做过的那种，其中有小四儿。这在他还是第一次。梦里的小四儿颇为热情，笑吟吟地打来开水，给他洗头，洗好之后，又递给他自己用的雪花膏。等他整顿衣裳收敛容，小四儿转身准备离开，他突然从背后将她抱住。不是两手抬高，放在她显眼的胸部，而是双手自然下垂，环着搂住她的腰。小四儿的脑袋朝侧后一偏，熟悉的香气顿时如云一般涌来。赵天舒喃喃地问道："隐形眼镜到底啥样，咋戴？"小四儿嫣然一笑："你想知道？"赵天舒点点头，小四儿突然变了脸色，满脸严肃，仿佛那个秘密地揭开，将会带来不可估量的风险。那脸色吓住了赵天舒。他突然产生了强烈的尿意，尘根猛起。等从梦中惊醒，双腿间已是一片令人沮丧的黏黏糊糊的冰凉。

第三天大头便神奇现身，骑着崭新的自行车，就像跨着赤兔马。他说他马上就要去当兵。原来他根本没喝稀饭，更不是开除学籍。到派出所旅行一趟，便去了二高。那是“严打”的岁月，动不动就有人游街。对于他父母而言，部队是现成的保险箱，也是唯一的保险箱。

“小炮，我不在，你多照顾小四儿啊。”

“我又不是孩子，照顾啥？没劲！”

“小四儿，别赌气。”

“好好的我赌啥气？我谁的照顾都不需要。没劲。”

赵天舒闻听心如刀绞。他艰难地笑笑，看看周围的人又看看大头：“我有啥本事，也没法照顾她。这任务你还是交给别人吧。”大头诡秘地笑笑：“你办事，我放心。”

14

十一刀。赵天舒有事没事，心里经常念叨这个技术统计数据。他很想知道，那十一刀的位置，刀口形状，以及深度。是捅的，还是划的？或者，捅了几刀，又划了几刀？大头当时的表情如何，动作怎样？彼时大家各自为战，再说光线也暗，无人能说清楚。

大头莫名其妙的离开，是温主任的伟大胜利。他或明或暗地不断强调着。虽未点名，但谁都明白目标指向。赵天舒的挫败感因此而越发强烈。被十一刀的寒光遮蔽的感觉，就像正在愈合的伤口，一次又一次地被温主任的提示血淋淋地剥开。最要命的是，大头已经离去，赵天舒并无目标。就像二人对弈，对手赢了一盘便起身走掉，他如何能心甘。

就在此时，他收到大头的来信，里面夹着照片。照片上的他一身军装，背后捆着降落伞包，笑容灿烂精神十足，确实有点钢铁长城的样子，让人看着不光放心，而且伤心。他问赵天舒把小四儿照顾得咋样。赵天舒很久没有回信，也没有跟任何人提起。他知道他绝对不是接到照片的唯一一人。他等着别人提起这个由头，但始终未能等到。

跟大头的照片一块到来的，还有久违的春天。温度一天天地升高，这让赵天舒很是焦虑。买风衣的钱还没有攒够。这几天一耽误，至少要半年，而那时他已经高中毕业，不知将置身何处。他等不起，可是又有啥办法。

暖风醉人，晴光耀眼。赵天舒坐在学校背后的小山包上读《冰河洗剑录》。这本书中也有金世遗的影子，尽管不是主角儿。读一会儿，歇歇眼睛，想想心事。比如风衣与大头。不过大头的形象总是很模糊，头不大，反倒逐渐缩小，背景因此而慢慢清晰，浮出女性的形象。冰川天女，或者小四儿。

这也是他们过去的据点之一。坐在这里，面南背北，迎风受日，远望学校如同模型。京广铁路静卧于脚下，像无边的思念，接通遥远的南北。赵天舒正在出神，突然发觉小四儿并非冰川天女的幻象，而是真实的存在。她独自一人，正向这里走来。

赵天舒赶紧掏出镜子，整顿衣衫，梳理头发。反光在瞬间耀了他的眼睛。还好，一切正常，就是上唇的髭须日益茂密，未免恼人。其中有一根最为嚣张，用鹤立鸡群来比喻太便宜它，简直就像丈八蛇矛。他毫不犹豫地将其连根拔掉，然后捧起书，做专心阅读状。

的确是多日不见，有点初见的惊喜。小四儿在附近坐下，用手绢擦擦额头，然后再煽风。一口气走来，她已经面色潮红。寒暄已毕，各自看书。可惜小四儿带的不是《红楼梦》，还是琼瑶的书。

两人的距离不远不近，面向呈锐角。赵天舒掏出小镜子，先看看自己的脸。那上面也有红色的斑点。医生不让动，说那样只会刺激其生长，并且留下疤痕。可道理虽然如此，但谁又能容忍眼中钉肉中刺。他暗暗叹口气，信手翻过镜子，看背后的《红楼梦》剧照，宝玉和黛玉并肩共读《西厢记》。翻过镜子的那个瞬间，里面不经意地出现小四儿的形象，像流星一般闪过。

赵天舒突然一阵心跳。他慢慢调整镜子的角度，反光随即悄悄爬上小四儿肉嘟嘟的耳垂。虽然从未摸过，但他手上依然有熟悉的记忆残留。小时候，他就那样牵着妈妈的耳朵，直到睡去。那种柔软与弹性的感觉，就像鱼刺深深地扎入记忆之喉，此生已注定无法取出。

赵天舒继续调整镜子，反光像撤军那样，从她脑后一点点呈弧形下滑，滑到胸部时略一停顿。她的目光被书本遮挡着，肯定看不见。没错，他和小四儿都已经年满十八周岁，是正儿八经的成年人。小四儿早已不再是孩子，而是个大姑娘。那身春装下面的胸部，蕴藏着温暖的丰满。

反光并没未在小四儿胸部停留很久。赵天舒很快便悄悄收起镜子。他刚将作案工具藏好，小四儿忽然开了口：“无聊。你照我干吗？没劲。”

赵天舒一愣，片刻之后才回应。那个短暂的间隔，在他几乎就是天涯：“隐形眼镜啥样子？咋戴呀？”

小四儿扑哧一笑：“那你过来看嘛。就在我眼球上。”随即掰掰眼皮，露出一片眼白。

赵天舒顿时一阵激烈的心跳。他也不知道自己是如何走过去的，反正到了小四儿跟前，距离基本消失。在化学上，两种化合物如果达到这种距离，那一定会发生化学反应。缓慢地，从局部到全体。

“马上就要毕业，你打算咋办？复读不复读？”

根据成绩，小四儿和赵天舒内心已经放弃高考。这也是绝大多数学生都要面临的现实。能通过高考固然主要在于勤奋，但高考失败，却未必是因为不努力。原命题正确，否命题未必正确。多数人不能通过高考，其实都与勤奋程度无关。

“上学还有啥意思？我不想复读。”

“那你有啥打算呢？现在招工的机会很少，除非当兵。”

这些问题，赵天舒从来没跟父亲沟通过。两个人很难平心静气地商量问题。就像两只刺猬，必须保持距离。可是，不如意事常八九，可与言人无二三。这些话，他如何对小四儿开口？又不是啥光堂事。

“我还没想过。不过我不喜欢当兵。没意思。”

“你咋这么不成熟？没劲。都是人生的关键问题，咋能不想呢？你看看大头，就很有心计。你以为他就喜欢当兵？”

突然之间，赵天舒对隐形眼镜没了半点兴趣。

15

那年春末，赵天舒攒的饭票已经超过三百斤。这样等到下秋，他不但能买一件上好的风衣，甚至还能配双新皮鞋。他正摩拳擦掌地等待冷空气，首先到来的却是一股热风：电影《摇滚青年》。

若非亲身经历，你很难想象这个电影的热度。就这么说吧，温主任如临大敌，事先专门召集各个班长开会，三令五申，严防死守。胆敢违抗，就地正法。杀无赦，斩立决，一口价，无二话。高三（六）班的代表是王学东。他在会上说：“《摇滚青年》能有多好看呢，不就是一帮不务正业的年轻人，群魔乱舞吗？即便好看，也没有学习重要啊。等高考结束考上大学，啥样的好电影看不到？我保证坚决不看，也监督全班同学遵守规定。”

王学东能当班长，成绩自然不差。从高一到高三，成绩未出前六名。但是赵天舒对他一直不感冒。在他的印象中，王学东就是那种书在脑子里化为糨糊的人。他学习努力，偶尔也看点闲书，比如从赵天舒手中借阅《大清洗：阿尔巴特街的儿女们》，以便增加谈资。那天赵天舒在化学课上遭遇刘老师的飞弹袭击，课后王学东便拿本书急急忙忙地赶来：“你看的啥？是不是《七剑下天山》？看完了咱们换换！”

王学东拿的是《花园街五号》。这本书看到最后，赵天舒印象最深刻的，是这个初听起来莫名其妙的字眼：哈利路亚。书当然不是王学东买的。他不可能为此而花钱。他也并非真正喜欢梁羽生的小说，那种与高考全然无关的书。他想借《七剑下天山》，只是因为他不知道七剑都有谁，有时又想插话。对于他而言，重要的不是读没读过《七剑下天山》，而是别人知不知道他曾经读过《七剑下天山》。

如果没有温主任的强调重申，没有王学东的信誓旦旦，赵天舒未必一定要去看《摇滚青年》。至少可以等到周末再看。但问题在于，温主任和王学东都放了话。关键时刻，向来若隐若现的小四儿，也来火上浇油。她急急火火地找到赵天舒：

“《摇滚青年》都演疯了，你看不看？”

“这还用说，当然要看啊。”

“你能搞到票？夜场票很紧俏！”

“没问题！”

“听说老温领着人每晚上都巡查呢。叫他碰见咋办？他有枪啊。没劲！”

出校门容易，进校门难。晚上那里先把守再上锁，只能翻墙头。翻墙难不倒赵天舒。万里长城挡不住异族骑兵，一圈围墙也别想挡住调皮学生。但是谁都说不准，万一撞见老温，他喝令站住你不站住，他会不会真开枪。要知道，那是“严打”的时代。

赵天舒脱口而出道：“我把他的枪偷过来。”这话一出口，他和小四儿都吓了一跳。小四儿竖起食指，左右摇摆：“小炮，你可千万别害我，更别害了你自己。会要命的！没劲！”

难怪小四儿这么紧张。上次的十一刀事件，只有她侥幸漏网。已有案底，自然得老实点。可赵天舒越想越觉得没有退路，越想越刺激。真枪他不是没见识过。死刑现场，他光临过不止一次。警察白手套里的小手枪，战士们背上的冲锋枪，汽车上架着的那挺机枪，跟电影上演的完全一样。

温主任不可能有冲锋枪。最多是支破手枪。真正的好枪，上边不会派给他用的。他的级别不够。据说县长那个级别，才给配发防身手枪。但无论啥枪，都要偷过来。他留多久不要紧，要紧的是传示小四儿。小炮是假的，但枪是真的。

有限的楼房，都用于教学和实验，老师们只能栖身平房。普通老师的房子成排连片，外貌与学生宿舍类似，只有少数人能安居独院，包括老温。独院的围墙都不高，只能防君子，挡不住赵天舒。他轻而易举地翻越墙头，来到门前。门当然锁着，可这哪能难住有心人。门上的玻璃便是漏洞。他用玻璃刀轻轻一划，随即门户洞开，一片坦途。

一进门，首先看到的是那双著名的高腰水鞋，以及手电筒。水鞋在门旁边，手电筒搁在桌上。家里没啥了不起的家具，值钱的除了那台十七寸的电视，就是崭新的电唱机。夏季的周末之夜，这台电视便是黑暗中的太阳，实验室中的磁铁，被认识不认识的观众包围。大家一起看《霍元甲》、《射雕英雄传》。电唱机里的歌声，也曾流入赵天舒的耳朵。

有意思的是，它播放的也是老温在大喇叭中一再怒斥的流行歌曲，《小城故事》、《铁血丹心》，《千言万语》、《昨夜星辰》，等等等等。

电视机也好，电唱机也罢，都不是赵天舒的目标。他在抽屉以及柜子里翻来翻去，并未找到想象中的枪，只看到一张老温穿军装的黑白相片，脸蛋和嘴唇上涂着不自然的红色。那上面的老温挎着枪套，但赵天舒不敢断定，里面究竟有无手枪。这样的相片，他也曾照过。

赵天舒突然明白过来，老温所谓的枪，不过是个美丽的传说而已。他根本没有枪，也不可能有。自己咋就那么傻，两年多了都没弄清楚？

赵天舒产生了强烈的被愚弄的感觉。离开之前，他顺手带走了那支手电筒。尽管这玩意儿对他基本没用。

16

真正进了电影院才知道，风靡一时的《摇滚青年》，实在不过尔尔。拿老谢同志的话说，就是 Just so so！

那天晚上，赵天舒的注意力始终不能专注于荧幕。那些舞蹈动作，带给他的感觉并不舒服。他的注意力，一直在旁边的小四儿身上。电影院里座无虚席。但在后排，还有很多情侣悄悄示爱。终究已近九十年代。

赵天舒不时闭上眼睛，那一片黑暗反倒更加光明。他能清晰地看到小四儿身上的香气。他想，那大概就是紫罗兰牌的雪花膏。

“你咋不看电影？”小四儿的声音，翻开了赵天舒的眼皮。他咽下一口口水：“我觉得不好看。眼睛花了，休息一会儿。”说着话顺势抬起手，揉揉睛明穴。

“你真是个胆小鬼。”小四儿又飞来一句没头没脑的话。赵天舒当然不是棒槌。初中时期，他就跟女生通过那种没有情书名目但有情书实际的信函，对象不消说是方锦和蔡新华。可是眼下，他不敢多想，也不能多想。他在黑暗中轻轻一笑：“老温的手电筒都在我手里，我还胆小鬼？”小四儿哼了一声：“破电影。咱们走吧。没劲。”

那天的月亮分外温柔，虽然还不到十五。空气似乎都被月光湿润，一切都显得含情脉脉，如沾春露。赵天舒几乎没有说话。他只能听到自己的脚步和心跳。他突然产生了流泪的冲动。他希望像传说中的孤独狐狸，对着明亮的月光，和无法返回的巢穴，失声痛哭，悲凉长啸。当然，他不能那么做。这不可能。

小四儿也不咋说话。皮鞋踩在路上，发出有规律的清脆回声。大门肯定有重兵把守，他们拐个弯，沿着水田的田埂，准备绕到后面，从那里攀登高峰。

到了墙根前，赵天舒朝地下一蹲，示意小四儿踩着他的肩膀，将她驮起来。小四儿一阵惊呼，但最终还是爬了上去，骑在墙上，等待赵天舒过去接应。赵天舒后退几步，然后加速猛跑，纵身一跃，抓住墙头，也顺利地攀缘而上。

这一圈围墙本来都埋有碎玻璃，如今几个地段相继出现空缺，可以想见都是适合翻越的地形。顶端已被磨平。墙头就是用来翻的。如果翻不过去，那还叫什么墙头?

赵天舒和小四儿都骑在墙上。赵天舒自然而然挪到她身边，准备先下去接应。这时他偶一抬头，看见灯火通明的教室与星光点点的宿舍，突然心有灵犀，或曰若有所悟。他很希望时令比现在晚点，他已经穿上那件灰色的立领风衣；他也希望围墙能再高一点，他能张开双臂，让风衣像降落伞那样，带着他从墙上缓缓飘下。无数的思绪涌来，就像秋天地里的红薯。他还没来得及挖出最大的那一只，小四儿突然在他脸颊上若无地亲了一下，就像电影上的西方礼节。

“我知道，你不像他们说的那样。你不是小刘军那样的人。”

小四儿的嘴唇似乎也像她的手掌，冰凉冰凉。她可能就是一个极度需要温暖的孤独而且可怜的女孩儿。那个恍如记忆的突如其来的吻，就像钉子，突然将赵天舒订在围墙上，不能动弹。片刻之后，他刚要开口，忽见远处有手电的亮光，以及熟悉的声音。

那些声音非常熟悉。有老温的普通话，也有老谢的河南腔。老师轮流巡逻，今天大概赶上此公。平常这种口音主要用于牢骚，程度频繁到了让赵天舒心生错觉的地步：他很怀疑老谢同志是不是要募捐，向学生伸手乞讨。此时此刻，这两种口音同流合污，突然就让赵天舒心生恐惧，毫无来由的恐惧。他仿佛亲眼见到了老温的枪，跟警察白手套里的枪完全相同；黑洞洞的枪口，已经瞄准自己。

扫射赵天舒和小四儿的不是子弹，而是手电。看来老温不止一支，还有战略储备。好在他们都在围墙里面。赵天舒赶紧脱掉小四儿的皮鞋，然后自己跳出围墙，再照应她也脱险而出。他跳下去的时候，伸展双臂，两腿自然分开，身体成“大”字，就像电影上的空降兵跳伞。那时，他还在想那个来自书本上的词语：骑墙派。

接连两声响动，引起了敌人的警觉。他们在里面不断咋呼：“谁？站住！我都看见你了！”赵天舒帮小四儿穿上鞋，然后拉着她就跑。仿佛黑枪还在背后。仿佛他们不知道有围墙的阻隔，老温他们不是望尘莫及，而是根本连尘土都看不到。

赵天舒号称小炮，当然能跑。但他没有想到，从来不爱体育的小四儿，竟也如此能跑。她脚下仿佛不是皮鞋，而是风火轮。两个人的手拉在一起，慢慢地出了汗，温度就像物理课上说的两杯水的混合，逐渐同步。

两人在一处山丘停下。小四儿一屁股撂在草地上，赵天舒也在她身边安坐，自然而然地躺下。小四儿也顺势躺下。他们面前是无垠的夜空，星月同辉，闪着冷色调的光亮，李贺十二门前所融的冷光；背后是潮湿的大地。一列火车风驰电掣地经过，留下跳跃的光斑。大地在微微颤抖，像心脏的脉动。

赵天舒转过身子，趴着遥望远去的火车，对它满怀羡慕。羡慕它日行千里的速度，羡慕它斩钉截铁地决绝，甚至还羡慕它闪闪发光的钢轨。因为它不需要思考，也不必自己选择。仿佛那不是限定，无关自由。

这些想法肯定很傻，所以赵天舒没有说。他也没有动弹，仿佛每个动静，都会提醒并且破坏那种美丽的暧昧，像婴儿一般熟睡着的暧昧。

“你刚才说啥？我不是小刘军那样的人，你啥意思？”

“谁让你跟他走这么近的。没劲。”

“切，可能吗？滑稽。”

这半年来，他逐渐不再三五成群地活动，越来越接近独狼的特征。跟贺文龙，也只是一块儿吃饭而已。独行独坐，独倡独酬还独卧。这不只是古人作品，也是他的写照。他本以为那是自己的主动选择，谁知道也是别人的暗自抛弃。当然，这无所谓。他不在意。赵天舒想想，一阵冷笑。

“小四儿，你咋这么冷？简直像座冰雕。”

这是赵天舒头一次当面叫杜芸的外号。小四儿哼了一声：“没劲，你也这么说。”想想又说：“别叫我小四儿。我又不是没有名字。”

“我说得不对？”

“别人可以这么说，你不能。我对你够热的了。”

赵天舒顿时觉得脸庞发烫。他很奇怪，刚才那记飞快地奇袭一般的吻，明明是冷的。小四儿嘴唇的温度并不高，可是此刻他却觉得已被烫伤。他仿佛刚刚意识到，小四儿的胸脯已经丰满如同成人，正如他唇边不可遏制的淡淡髭须。

“我倒是觉得你像冷血动物。别模仿高仓健，没劲。”

赵天舒险些潸然泪下。他当然知道自己心如雪原，只恨不能在里头生把火，让它温暖起来，亮堂起来。可是，这怎么可能。

“我确实喜欢高仓健。但模仿还谈不上。”

“跟你说件事。我马上就准备退学，到我妈单位接班。她想让我明后年考粮食干部学校。反正高考我也没啥指望。这事儿你别说出去。目前只有你知道。”

铁路方向重新陷入无边的黑暗。短暂的光斑，就像从来没有存在过。

“大头也不知道？”

“没劲。你老提他干吗？我又不是他女朋友。”

“大家都这么说呀。”

“这世上笨蛋多。”

“那你过去咋从来没说过？”

“你问过我吗？”

“你们单独出去过吧。”

“单独出去就是女朋友？咱们俩今天晚上不也单独出来了吗？没劲。”

刷拉一下，那里又飞来一串亮光。京广铁路，总是那么繁忙。

“哪天我把《窗外》还你吧。”

“你喜欢吗？”

“你看没看过《云海玉弓缘》？”

“你们男人就喜欢打打杀杀，没劲。”

“不光是打打杀杀，人物很有意思的。”

“我不喜欢武侠小说。没劲。”

17

那天晚上两人似乎说了很多话，但又似乎啥都没说。因为过后再想，赵天舒根本想不起都说了些啥。在那个难忘的夜晚，从他身上流过得似乎没有时间，只有那种强烈的犯罪的刺激。他无法辨别罪恶感、负疚感与愉悦感的比例组成。就像个蹩脚的厨师，突然之间味蕾失敏，而不识咸淡。他甚至没有询问隐形眼镜，仿佛不忍揭开那个哀怨的秘密。他愿意继续活在期待之中。

赵天舒用口哨轻吹《铁血丹心》，双眼望月，徒劳地寻找嫦娥的影子。慢慢地，月亮上的环形山先后幻化出两个女人的形象，但不是嫦娥。她们都穿着现代的衣服。也不是小四儿，而是方锦和蔡新华。究竟怎么回事，赵天舒也说不清楚。后来他呆头呆脑地从月亮上收回目光，本能地握握小四儿的手："落凉了。咱们走吧。"

小四儿的手还是一片冰凉。她没有把手抽走，笑着嗯了一声。片刻之后，赵天舒站起身来，两人的手自然分开。

"还翻墙头？"

"翻墙头吧。这还是我第一次翻墙头。不对，如果一会儿再翻，那就是第二次。"

正所谓英雄所见略同，这话正合赵天舒的心境。他似乎也喜欢上了爬墙头。顿了一顿，他说："你说是第一次也对。刚才咱们毕竟没翻进去。"

赵天舒再度蹲下时，小四儿要脱掉鞋子。赵天舒说："不用。你拿着不方便。"等他先行跳进围墙，准备接应小四儿跳下，几步开外的树影之后，突然闪出道道手电筒的微光。其实如此月夜，何须手电筒。那种虚张声势的恫吓，完全是浪费公家的电池。真是难为了老温同志。他竟然可以这样守株待兔，直到那时。

小四儿似乎突然失去了直面现实的勇气。她坚决不肯跳下。仿佛老温他们几个，会对她的跳下造成无法预料的伤害。老温说："那你就在上面待着吧。明天早上起来，让同学们都见识见识！"小四儿突然试图在围墙上站起来。她不疾不徐地说："温主任，我要是掉下去，学校有没有责任？这是我的主意，跟赵天舒无关。"

说得再好听，怒火最终也只能朝赵天舒发泄。终究是男女有别。况且赵天舒名声在外，有前科更兼顶风作案，适用从严从重从快。

第二天，老温带着保卫科的人进入赵天舒的宿舍。停课检查的赵天舒没有想到，他们还会搜查行李。最终手电筒和粮票都成为光天化日之下的铁证。

逃课看电影是一种性质，盗窃财物完全是另外的性质。手电筒没办法抵赖，是贼赃，饭票本来可以说清楚，但赵天舒又如何能出口。老温怒气已去，和风细雨地说："赵天舒，我最后问你一次，你想清楚了？"赵天舒沉默片刻，点了点头。老温长出一口气："那好吧。我也可以解脱了，交给派出所处理。"

进了派出所，就得接受审讯。警察按照惯例，询问他的基本情况。

姓名，年龄，籍贯，家庭成员。等等。

“你父亲的姓名，职业？”

“赵德修。董家河乡文化站站长”。

“你母亲呢？”

“我没有母亲。”

“老实点！这是派出所，不是县一高！”

“我娘十几年前就死了。吊死在我们家的房梁上。”

警察一愣，彼此对了对眼神。那一刻，赵天舒心潮澎湃，几欲落泪。但他使劲咬住嘴唇，关闭了泪水的闸门。

“嗯？究竟咋回事？”在旁边记录的那个警察插话道。

“我爸逼死的。”

“好了好了，不说这些。与本案无关。说说你自己吧。知道为啥到派出所了吧？”主持审讯的那个警察看来根本没把赵天舒当回事，希望一鼓作气，拿下交差。

18

从派出所出来时，赵天舒人虽还貌似完整，但其实已经少皮没毛，丢了很多东西。首先就是警察梦的彻底破灭。

虽然不再订阅《人民警察》，不再做神探梦，但到派出所当个民警还是不错的。不考警官大学，照样也能当民警。董家河派出所有两个小伙子，都是招工进去的。他们能进，赵天舒应该也行。然而在那以后，他便没了兴趣。主持审讯的那个警察，巴掌真狠，手劲真大。对于课文《鲁提辖拳打镇关西》，赵天舒算是有了切身体会。何谓切身？就是把你身体的某一部分切开，让你瞧瞧究竟有多疼。

鲁提辖打了三拳，该民警只掴了两掌。鲁提辖的三拳，给郑屠开了两个铺子，外加一个全堂水陆道场。先是油酱铺，咸的酸的辣的，一发都滚出来；再是彩帛铺，红的黑的紫的，都绽将出来；最后是全堂水陆的道场，磬儿钹儿铙儿一齐响。可鲁提辖毕竟不如人民警察。人民警察的效率至少提高了三分之一，两巴掌解决三拳的问题。

“像你这样的流痞孩子，就是欠揍！小时候多挨几顿打，也不至于这样！高中有多紧要，你难道不懂？物价这么高，你父亲一个人供应你上学，容易吗？你难道就没长良心？老实交代，你还有个出路，否则你只能进去喝稀饭！”

“我没打算偷钱，主要想偷他的枪。”

两个民警一对眼，做记录的那个飞快地皱眉苦笑。

“还敢偷枪！幸亏没偷到，要不罪加一等！他的枪是派出所配的，就是为了对付你们这些小流氓！”

在派出所的漫漫长夜里，赵天舒彻底死了当民警的心。别说招工，就是拿八抬大轿请，他都不当。

其次则是王学东的离开。这个书呆子竟然成功地通过招飞的所有体检和政审，被某个飞行学院录取。也就是说，他不必参加高考，一样能成为大学生。今后他将像歌中唱的那样，驾驶银色的战鹰，翱翔在祖国的蓝天。那比大头气派很多。这让赵天舒满怀酸楚。王学东的体格咋能当飞行员呢？他不是近视眼吗？他整天苦读，几乎不参加体育运动！再说他只知道死记硬背，咋能灵活处理空战中的各种紧急情况？那些负责招飞的头头，负的究竟是啥责？

然而这些疑问，哪有机会质询。王学东已经离校，只留下教室和宿舍中的空位，和墙上的欢送标语。大家这才知道，他根本不近视，视力甚至比贼眼都好。那只看似高级的金丝眼镜，不过是个拙劣的道具。离开之前，他烧掉所有的课本、复习资料和笔记。尽管那些东西完全可以卖废品。他恶狠狠地说："早知道不用高考，我何必要费那么多劲，还不如跟着小炮，多读点闲书，多玩玩！"

欢送标语后面的惊叹号，沉重地敲在赵天舒心头。宿舍和教室中的空位，就像是心上被砸出来的缺口。而等他发现县一高再无小四儿的踪迹时，这个缺口更是飞速拉长，简直就要天塌地陷。是的，小四儿也神秘消失，原地蒸发。谁都不知去向，只知道她已经退学。还有人反问赵天舒："你也不知道？不会吧？"在他们心目中，小四儿的退学跟他们逃课看《摇滚青年》大有关联。赵天舒就是始作俑者。

小四儿的离开，就像生活擦去一滴眼泪，无动于衷地。赵天舒脸上的表情，似乎也能映证这一点。然而他心头的伤痕，却是实实在在的。他不时能感觉到隐隐的疼痛。他只能加速逃离。

离开学校之前，赵天舒给大头写了封信，向他致歉，说是没有照顾好小四儿，大概她也不咋满意，请他代为道歉。他没有小四儿的地址，只能请大头传话。

回到董家河街上的家，赵天舒整日里无所事事，看录像打台球劈甜杆。忽然有一天，大头过来找他，身着两个兜的士兵服。在此之前，赵天舒一直没有接到他的回信。

两个人虽然惊喜又亲热，但都有些害羞。仿佛被人剥掉衣服，正光着屁股。此刻回首往事，十一刀啊，死老鼠啊，偷枪啊，都是那么的荒唐，荒唐得有些虚妄。他们简直无法想象，那些行为的主语，竟是他们自己。

寒暄过后，两人无语。收录机里播放的崔健的摇滚，持续敲击着他们的耳膜：

“我曾经问个不休，你何时跟我走……”

“小炮，我大老远过来，除了看看老同学，还想问问你小四儿的下落。跟你说实话，我妈要给我介绍对象。”

“我还想问你呢。我给你写的信，你没有收到？我还拿着她的《窗外》，没来得及还。”

“我没有回，是因为不知道咋说。你咋会不知道？你当真不知道？”

“我要是知道，叫我今天晚上掉进董家河喂鱼。”

“你无聊不无聊。谁说不相信你？”大头说完，随即放下茶杯，起身要走。

“大头，我绝对没做对不起朋友的事情。”赵天舒握住大头的手掌，意欲挽留。

“这叫啥话，我谁都怀疑，也不能怀疑你小炮啊。不过我真得赶班车。我回家一趟不容易，假期只有十天。”大头握起拳头，捶捶赵天舒的胸膛。

那一刻，赵天舒觉得眼泪几欲夺眶而出：“我只是想看看小四儿的隐形眼镜到底是啥样子，咋戴的。”大头笑笑摇头：“这我也不知道。”

19

两三年后，赵天舒终于在市内见到了小四儿，很偶然地。几年不见，她出落得简直有些英气逼人。模样虽然没有大变化，但眉眼间充满自信，根根睫毛似乎都如刀枪剑戟，你没法不服气。还好，她的眼镜不再隐形。

原来她刚从郑州粮食干部学校毕业不久。回信阳工作还不到半年，便辞职南下，要去广州发展。当时她提着简单的行李，独自一人，更像闲庭信步，而非战略抉择。

小四儿笑吟吟地说：“我已经去过广州一次，签好合同。那边温度高，冬天也暖和，没啥好带的。真有需要，随时可以买。”

“你一个人去那么远，举目无亲，能行？”

“我男朋友也要去。那边工资高，机会多。”

那一刻，赵天舒内心突然产生强烈的冲动。他愿意撇下一切，跟着小四儿，去天涯流浪。到哪里都行，干啥都行。片刻之后，他嗫嚅道：“你的隐形眼镜呢？”小四儿没有立即回答，长吁一口气后说：“如果愿意，你可以拥抱我一下。就一下。”赵天舒本能地看看四周，右手下意识地在裤子上擦擦，然后向小四儿伸去：“我送送你吧。好歹也同学一场。”

到了火车站前，小四儿爽朗地笑道：“到此为止吧。我不喜欢送别的感觉，所以没让家里人来。我去广州是好事不是坏事，不必搞得那么悲壮，像生离死别似的，没劲。”说完伶俐地把包挂上后背，冲赵天舒扬扬手，便转身离去。她那个样子，就像是从德胜门带兵出征的将军，满怀必胜的信念，一切都不在话下。

火车站总是很脏，破旧不堪的信阳站尤其突出。一片纸被小四儿的高跟鞋踩中带起，然后随着风势高高飘扬，就在小四儿后背的方向。赵天舒看见小四儿伸手理了理包，但并未回头，迅速融入人流。那片纸悠悠地飘过车站，不知所终。

赵天舒呆呆地看着那个方向。他确信，那就是他青春流逝的方向。此时他突然闻到一股煳味儿。车站外面有很多小吃摊，比如名重一时的胡辣汤。这种小吃，能把外地人辣得龇牙咧嘴，可信阳人乐此不疲。大概是锅边没弄干净，烤煳了吧。不，不对。赵天舒突然想起刚到县一高报到时的情景。他终于明白，当时空气中为何弥漫着强烈的焦煳味。那就是无数像他这样的人的青春，被一点点地榨干烧焦的味道。

红肩章

1

二十年后回想大学生活，徐志伟心头首先会唤醒两种伤感然而温暖的记忆：生日晚会上，林碧涵佩戴着鲜红的新肩章载歌载舞；体育馆里，扑面而来的带有浓重霉味的尘土气息。

那还是刚刚入学的时候。他们这帮通过高考的独木桥杀入军校的地方学员，正在进行为期两个月的新兵训练。基本步伐和队列训练安排在一个体育馆内进行，因为九月的重庆还是很热，室外太阳毒辣。这个体育馆看来闲置已久，尽管彻底清扫过，空气中依然散发着带有浓重霉味的尘土气息，不痛不痒然而又不屈不挠地刺激着你的鼻腔与肺部，仿佛在不停地强调自身的存在，以便将多年投闲置散怀才不遇的损失一朝挽回。那时他们只发了两身军装，帽徽、领花、肩章等都没有配发。身着这样光秃秃的军装、头顶缺少点睛之笔的帽子，即便不是乌合之众，最多也就是个民兵水平。这种回忆实在算不得愉快，更不值得夸耀。好在另外一个画面虽然更令人感伤，却也美好温婉，最后逐渐将暖色调洇染延伸开来，涂满徐志伟记忆的整个背景。

训练强度很大。姑娘小伙子们的肚子十一点左右就开始抗议，大家都盼着早点收操。全系好几个队的学员共用一个食堂，高峰期队伍排得老长。大家都想尽快平息胃部的不满，而捷足先登者只能是高年级学员。这也是多年延续下来的心照不宣的规矩。谁都是从新兵开始的，只有先当媳妇，才有可能享受到婆婆的威严。

饥不择食、寒不择衣；慌不择路、贫不择妻。这是徐志伟在《岳飞传》中看到的说法。刚开始他还不大懂其中的含义，只是囫囵吞枣地记住了字句。随着时间的推移阅历的增加，他越发觉得这是至理名言。他在鸡公山下生活了十多年，饥饿是人生的底色。重庆号称天府之国，每年产肉量很大。也许由于交通不甚发达运不出去的缘故，价格相对便宜，再加上川菜的口味，因此什么菜他都觉得好吃。比如那天中午的土豆烧肉，便被他风卷残云般迅速倒进肚子。饭菜逐渐填满胃部的空白，也同步充实了精神；原本饿痨一般的他，慢慢从容下来。吃到最后水落石出，盘子里剩下一层厚厚的黄色油汤，看起来非常诱人。怪不得中餐讲究色香味俱佳，原来这色调也能勾起人们的食欲。就这样奢侈地倒掉，在他的生活逻辑中不啻暴殄天物。故而尽管已基本吃饱，第一感还是要消灭掉。油太厚没进去盐，喝起来根本没有想象中的可口，第一勺还没下去他就改了主意，但就在这时旁边响起一句滋味比汤还要恶心的问话：你是从农村来的吧？抬头一看，是同学张飞云。他们一个专业，也就是说今后将是同班同学。张飞云的爸爸是飞行员出身，他自己出生在云南，这就是他名字的由来。眼下他爸爸已经扛着大校肩章。

张飞云用一种奇怪的目光盯着徐志伟，好像他刚才的行为即便不是罪大恶极，也是伤风败俗。这种奇怪是平静的，然而那平静无论如何刻意努力也掩盖不了其背后深刻蕴涵着的对农村孩子发自内心的鄙薄，就是这种鄙薄深深地刺伤徐志伟的自尊。它像锋利的长矛，呼啸着穿透张飞云努力掩饰的平静与徐志伟竭力维持的自尊，直接命中心脏。徐志伟怒从心起，却又没有发作的理由。对方什么出格的话也没说。如果你裤子的屁股部位有破洞你又不想当众出丑，那唯一的办法就是老老实实地坐着，绝不能在众目睽睽之下试图冲上主席台。

徐志伟艰难地将愤怒和着第一勺油汤咽进肚子，侧脸盯着张飞云的眼睛，平静地回答道是啊。有什么问题吗？

2

整个学院也就是本科队有几个女生，其余那些面向部队的大中专班几乎是清一色的和尚，因此本科学员除了有种文凭在握的虚拟优越感，还总有些近水楼台般的侥幸与得意。他们结构设计专业一共二十四人，三女二十一男。建筑设计专业则是二十比四，稍高一些。男女比例高达七比一严重失调，狼多羊少啊。徐志伟在信里这样跟考到地方大学的同学调侃。其实不只是他，男生们几乎都有这样的心理活动，这就像春天到了花儿必然要开放，秋天来了果树一定会结实那样自然而简单，任何外在的力量都无法限制扼杀。

这三个女生的姓名籍贯徐志伟记得格外清楚。林碧涵，家在成都，父亲是大校师长，母亲是大学教授；李桦，籍贯湖南湘阴，父母亲是中学教师；周忆梅，来自河北保定，父母都是地方机关干部。说来也怪，表格上其余同学的背景资料总容易混淆，但这三个女生的情况他记得清清楚楚。尤其是林碧涵。还没看到本人，这名字首先就令他浮想联翩，因为他喜欢文学，唐诗宋词至今未曾离手。碧涵，多么曼妙的名字啊，他心里这样感叹。他从小学四五年级就开始读古典小说，读着读着就做开了才子佳人梦。高中时功课太紧张，几个女生因为他的聪明与成绩而或明或暗地抛来的绣球，他都没敢接。玩命地学了十几年，眼下进士已经高中，船到码头车到站，大家难免有点松劲，思维于是格外活跃。徐志伟的感觉，是终于发现了冥冥之中一直在寻觅与等待的会为他夜半添香的盈盈红袖。

真正认识她们是第一次集中点名。当时徐志伟心里一直绷着弦，等待大幕拉开，名与人的对应关系浮出水面。大家集中在会议室里，整好队坐在各自的小凳上。连同建筑专业的四个，总共有七个女生，她们坐在第一排，徐志伟在最后一排。这让他有充分的观察空间而不必担心异常举动被后面的注意力发觉。“后顾之忧”，这个词真是神来之笔。徐志伟的精神虽然高度集中，但还是不由自主地感叹母语的精致准确与完美。排队时他已经仔细观察过七个女生的容貌，并且用侦察兵一般敏锐的目力与记忆迅速掌握她们侧面与背影的形体特征。队列里有个女孩格外引人注目，简直就是按照他心目中的模子刻出来的（其实他心里并没有什么固定的模式，只是这个女孩漂亮得让他简直挑不出半点毛病，由此产生这样的心理错觉。像他这样从艰苦的环境中侥幸突围的穷学生，哪有时间做此完整美梦），充满古典的美感。整队的那一刻他的身体虽然机械地随着队长的口令而动，实际上却早已心骛八极、神游万仞，脑海里不断掉书袋子，闪现古人描写美女的句子。比如清水出芙蓉、天然去雕饰，比如翩若惊鸿、宛若游龙，比如沉鱼落雁、闭月羞花等等等等。他觉得所有这些比喻用在这里都行，但哪一个都不够贴切。因为那些美都是其主人意识到而且正刻意张扬着的，缺乏自然的质感。如同在街头昂首阔步目中无人自我感觉极度良好的摩登女郎，神态具有超凡的制冷效果，而这个女孩完全不同。她的美沉静而不事张扬，如同身世高贵流传久远的王族后裔，气质已经在主人浑然不觉的情况下渗入血脉与骨髓，根本无法模仿。

在后排支着耳朵等待的徐志伟内心有种强烈的预感，这个女孩就是林碧涵。得到证实之后他并未增添喜悦，心头反而漾起淡淡的忧伤。高干的家庭背景，美丽的青春容颜，这一切都在无形中拉大彼此的距离。尽管他并没有与之谈恋爱的奢望，但就这样直截了当地告诉他这一切他都没戏，依然令他心生遗憾失落。如同正沉醉于精彩电影中彻底忘怀一切时，忽然灯光大亮，他又不得不重回无奈的现实。赏心悦目的大面积草坪，西洋风格的白色城堡，神态悠闲的黑白花奶牛，枝繁叶茂的苹果树，绿得发蓝的远山背景，这一切都在瞬间消失，苦苦挣扎的学子还要继续面对尘土飞扬的山村小道，缺水干旱死气沉沉的山包。尽管看电影的机会很少，但这种经历因为反差过于强烈，还是在他心里留下了非常深刻的印象。眼前的局面，又是一次鲜血淋漓的重演。

3

徐志伟的老家河南信阳出过一位著名化学家李圣炎，当时还在美国国家航空航天局（NASA）工作，曾经参与过“挑战者”号的发射计划。他功成名就之后，以父亲李益三的名义，在信阳设立“益三奖学金”，奖励每年全县高考成绩前十名的尖子生。高一时有位考上北大物理系的学兄得过一等奖，他上台领奖时的光辉形象一直定格在徐志伟的脑海深处，从此北大就成为他心中难以割舍的情结。但最终填写志愿时他还是选择了军校，尽管分数比北大当年的投档线高三十一分。原因只有一个字，钱。军校提供免费教育。好在他从初中就开始接触边塞诗歌，未收天子河湟地、不拟回首望故乡、黄沙百战穿金甲、不破楼兰终不还、但使卢城飞将在、不叫胡马渡阴山，诸如此类的句子，已将军旅生活涂满浪漫壮美的色调，这个结果多少还有点心理安慰，并不那么差。

既然怎么干都是干，那干吗不好好干并且干好呢？徐志伟训练很卖力，成绩自然也不错，尤其是战术和射击，都是优秀。其中射击成绩是冲锋枪卧姿有依托、五发子弹四十八环，在全院参训新生中和另外三人并列第一。当时同学们对射击都感觉很新鲜很好奇，都想逮空多放两枪，但教员是个吝啬鬼，每人只五发子弹，成绩四十五环以上的最后再奖励五发。二度意气风发地出列领弹，然后在几百双眼睛的注视下趴到掩体跟前瞄准击发，徐志伟心里一边美一边又有些如芒在背。他仿佛看到有一双会说话的漂亮眼睛正盯着自己。刚才休息时在草地上坐得太久，屁股上不会有湿印吧？他下意识地想摸摸看，但手刚伸到半道就匆匆收兵回营。

这五发子弹徐志伟只打了四十四环，有些遗憾。好在不计成绩。

学院重视体育，定期举办足球赛。由于老学员的毕业，院、系与学员队足球队的位置都出现了空缺，于是训练结束前夕队里组织新生与老生的对抗赛，如同 NBA 的选秀。经过训练间隙的几次小型比赛，新生组建了一支十五人的队伍，当然首发阵容只有十二人，结构专业有的徐志伟、张飞云、高贵、王涛等七个。其余三个则是从跛子里面挑出来的将军，备胎。

徐志伟的入选并非偶然，他的水平相当高。初中就开始胡踢，高中功课虽然紧张了但他更加入迷，结果突飞猛进。高三重新分班，开始班主任对徐志伟的情况不甚熟悉，见他课间休息时都不忘踢两脚，以为是个混子，就没大管他。后来发现他连续两次摸底考试都是前三名，便开始限制。他说我得对你负责。以前见你贪玩，只觉得你可能成绩不行自觉高考无望，反正时间不长也就由着你吧。既然你成绩不错，那我就要念念紧箍咒，否则你会后悔一辈子，我要遗憾一辈子！当下不由分说将他从后面调到前排。班主任虽然管得严了，但他还是有机会就踢。他觉得如果说这对学习有影响，那一定是正面的。因为身体素质更好，学习效率更高。

张飞云也很迷足球。中学时他一直是班上那批贪玩学生的首领，这不仅仅因为经济基础，还有上层建筑的原因。他不光成绩说得过去（其实假如考虑到时间投入与成绩产出的比例，这个结果就不仅仅是说得过去），球也踢得潇洒，你不得不服。正因为如此，他对球队中超过半数的农村队友暗怀蔑视。他跟高贵一个寝室，关系处得还不错。比赛前徐志伟换好衣服从隔壁过来准备喊他们一起走，在门口忽听张飞云这样对高贵说：他们这些农村人知道足球有几块皮吗？肯定是不会踢瞎踢。到时候不给他们传球，咱们自己踢！徐志伟闻听心里一怔，顿觉进退两难。思索片刻，转身悄悄走掉。

4

然而赛场上的形势出乎张飞云的意料。比赛造就的传奇英雄竟然是徐志伟这个乡巴佬。

老生毕竟在一起时间长些配合更加默契，很快就攻进一球，场外的新生喊破嗓子也无济于事。这时徐志伟在中场拿到传球，左冲右突带到前场，将球传出去自己再跑位，玩了一个局部的二过一，然后抬脚抽射，扳平比分。当下新生士气大振，徐志伟自己也像吃了兴奋剂那样进入状态，在场上左右驰骋，频频给对方的球门施加压力。他的意识好、比较会站位，再加上控球能力也强，同学们都愿意将球传给他，结果他自然而然地脱颖而出。说起来他的球技也并没有多么神奇，许多方面甚至还很不正规。他是在农村中学的泥土场地上练出来的野路子，最大的特点是相持能力强，过人、破门都等有非常实战的小技巧。假如碰到防守严密的正规球队，这些小伎俩难有用武之地，但眼下对手只是一支整体性不强的业余队伍，他正好可以充分表演。就像有些业余围棋选手，经常不按定式走，下出来的好像都是无理棋，但很实战。假如你不能正确应对，十有八九要上套。

张飞云自然极度失落。从小到大，他一直是领衔主演中场核心，从来不曾沦为无关痛痒的陪衬，尤其是徐志伟这号乡巴佬的陪衬，因此格外不对劲。假如秘密只有自己知道，涵养还足以使他暂且保持表面的礼貌，但问题是他已经将心事透露给高贵，已经闪了舌头，因此越寻思越不是滋味，失落也就逐渐转化成嫉妒与恼怒，逼迫他必须迅速挽回面子。

下半场新生逐渐掌握主动，徐志伟开始不久又攻进一球。老生见状大举压上，这时张飞云在后场抢到球开始往前盘带。徐志伟迅速向前场运动并且到达有利位置准备接应，但张飞云拖泥带水就是不传，结果刚过中场就丢了球；此时新生的力量都已压到中场附近，后防空虚，老生一记大脚将球开到前场，随即轻松破门。

场内外新生顿时一片嘘声。徐志伟则因为洞悉真相而格外生气。本来他还以为张飞云的水平很高，这样傲点也就傲点吧，哪个球星没点脾气呢。但上场一遛，发现他虽不是匹跑不起来的骡子，但也远非日行千里夜行八百的宝马良驹，心里连说 just so so（不过如此）！眼下见他如此自不量力，不由得既好笑又鄙夷。此后新生在对方门前又捕捉到战机，张飞云如果及时传球配合，很可能直捣黄龙，但他非要在根本没什么希望的位置上强行起脚。此时双方共同的领队、学员队教导员在场下看出苗头，抬手招呼裁判将张飞云替换下场。

这样一来徐志伟如鱼得水，在他的带领下新生很快又夺回主动。张飞云无精打采地站在场外，听见林碧涵和几个女生一直在夸徐志伟。说真奇怪，球怎么老往他脚下跑呢？旁边有个新生插话道那不是偶然的，因为他意识好会站位，能够预见球的落点，得球的概率当然高些。再说他踢得好大家都信任他，也愿意传球给他。林碧涵以前跟足球的距离从来没像眼前这样近过，一切都是新鲜的，听了这些名堂自然更加惊奇，连说徐志伟踢得真棒徐志伟踢得真棒。

张飞云闻听心里更不是滋味。这些年来他一直被鲜花和掌声簇拥，心里已经形成根深蒂固的优越感，很有一点唯我独尊舍我其谁的意思。一见林碧涵这么出众，早已暗将她归入名下，这些天来一直试图接近，可惜林碧涵始终反应平淡。球赛开始之前，他便摩拳擦掌，准备粉墨登场、技惊四座，谁曾想不仅没抢到头彩，反而碰了一鼻子灰。

5

训练很快结束，队里开始编班。每个专业组成一个区队，下辖两个建制班。区队长分别由高两届的两个老生出任，徐志伟则被任命为本区队新生中的最高首长副区队长。这个结果事先大家都没想到，尤其是张飞云，再度失落了一把。徐志伟自己也没想到。他当班干部的历史虽然可以追溯到初中，但他深知那时的班干部和现在不同。现在叫骨干，每月是享受专门的骨干津贴的。他一个农家子弟，怎么可能？

一分权利一分义务，拿不拿钱果然有着本质的不同。中学时班长几乎没有管理责任，所有的纪律问题都由班主任直接裁决，而这里不行。条令条例、院系队的所有规章制度都需要骨干监督贯彻，正所谓上面千条线、下面一根针。军校虽然号称大学，但首先是军营。这些从地方考来的大学生尽管都口口声声宣称完成了从老百姓到军人的转变（当然不这么说也不行），但真正到了地方大学的同学们一个个南来北往逍遥自在而自己只能三点一线时，心理肯定都会有感觉，新生尤其难免。上下课要排队，即便是晚自习归来；晚上要轮流站岗值班，早上要出操；被子要方方正正，如同豆腐块，内务要整洁有序、不容半点杂物；星期天节假日也要按照两成的比例请假外出，多数人平时都只能猫在院内。最烦人的还是无休止的请假，即便到别的学员队看望老乡或者到图书馆学习。说起来批这样的假不难，只要打个招呼，但即便紧箍咒一直不念，头上有没有那道圈的感觉也肯定完全两样。一个人无意识地也许能够盘腿坐上半天，但假如有规定必须这样坐一小时，那么你可能连半小时也未必能够坚持。什么是自由的价值？这就是。

说到底大家并非野战军战士，而是大学生。尽管同样都领津贴，但依旧有本质的区别。他们知识面广道道多，鸡蛋里都能挑出骨头来。比如节假日不让随便外出，有人就说是不让我们爱国。祖国的大好河山看都不让我们看，如何培养对祖国的感情、产生保家卫国的豪情壮志，大家又如何开阔眼界？上级首长视察要突击整理卫生，有人说是形式主义。首长来视察工作，又不是来检查卫生。假如卫生都要总部首长从北京过来检查，我军还能有什么战斗力？再说首长时间有限，系里都未必会去，更何况我们一个破学员队呢。这些怪话大家都不敢当着队干说，徐志伟自然而然也就成了他们的牢骚回收站。假如他忍无可忍非要说两句，弄不好当时就会引起不愉快。说起来多数人不会随意违反纪律，也不会直接同他对立，但毕竟大家心里都希望获得更多的自由，因此假如有人愿意挺身而出，他们也自然乐得坐山观虎斗。

徐志伟就这样逐渐被孤立。这可是他始料未及的结果。他多次闪过辞职的念头。但这些想法不能和队长教导员说，除非他愿意在客观上充当一次告密者。区队长听说后扑哧一下笑出声来，说辞职？志伟呀你真能整。你以为部队是什么地方，大家想干就干不想干就算？工作是组织安排的，安排你了你就要好好干。部队有撤职免职，哪有什么辞职？没关系，有什么问题你对我说，谁不服气我收拾他！

军校里最不好管的是干部学员，大不了回老部队，左右还是当我的干部；其次是从部队考来的战士学员，他们基本上也是从哪儿来回哪儿去，你抓不住他什么要害，而且当兵的时间长了好的更好油的也更油，知道怎么捣蛋。另外他们多少都有些关系，你也不好随便动他。最好管的就是徐志伟他们这样从地方考来的本科生，因为学校掌握着决定命运的分配大权。刀把捏在人家手里，谁敢造次？正因为如此，没人直接跟区队长对抗，反正他平时还有自己的课要上，和他们共处的时间并不多。这样一来，区队长抓不住他们什么把柄，多数问题也只能不了了之。

换句话说，矛盾依然堆积在徐志伟跟前。

6

尽管有不准谈恋爱的禁令，张飞云还是向林碧涵展开了进攻。可惜战事旷日持久，堡垒久攻不下。张飞云小伙子一米八的大个，一表人才，家里有钱也会打扮，自己不笨又会玩，父亲还是高干，无论怎么说都是恋爱市场上的绩优股，但奈何林碧涵就是不欣赏。她的家世不比张飞云差，张飞云有的一切她都不缺，她并不需要为获得什么而委屈自己。不仅如此，她在军队大院长大，一直处在干部子弟的包围之中，对他们的种种恶习了如指掌，已有先入为主的不良印象。而入学以来，张飞云果然时时刻刻一言一行都流露着她意料之中的优越感与傲慢劲，这当然不可能让她感冒。

相反，林碧涵对徐志伟倒是印象不错。刚入学时听说他是班里的状元，心里就比较留意，后来零零碎碎听到看到他的一些情况，对他的毅力更是敬佩。从农村中学考出来，难度自然要大得多。而且他还踢得一脚好球，可见并非书呆子，脑瓜子聪明。

学院依然实行填鸭式教育。教员要讲满一堂课，虽有必修课与选修课的区别，也有学分的设置，但实际上都是摆设，建院三十多年来还从没听说哪个同学因修满规定的学分而提前毕业的，估计这在干部选拔程序中也是空白。在这种情况下，六十分万岁的思想比较浓厚，许多人的心思都不在学习上，但徐志伟和林碧涵除外。穷人的孩子早当家，努力学习是徐志伟的习惯，而且骨干去补考，他也丢不起这个脸。将来干什么现在想还太遥远，但在他的人生经历与意识中除了自己以外没有任何人可以指望，他就像战术训练教材中描述的越南特工一般既没有上级下级照应，也没有友邻部队支援，一切只能靠自己。知识与能力是他唯一的装备。他曾经看到过这样的说法，说每个人的一生都要靠卖东西来支撑，工人卖技术，农民卖力气，专家卖知识，官僚卖权力，衙内卖父母，妓女卖身体。他觉得这个说法非常形象，而文雅一点则不妨换成人生需要一个支点。卖点也好，支点也好，有人靠父辈的积蓄，有人透支未来，而他的唯一指望只能是自己的脑袋。为了使这个卖点具有更加长久的生命力，或者说为使这个支点能够承受更大的压力，必须乘目前的有利时机多往里面装点东西。否则三下五除二便掏光卖尽，余下的日子还怎么打发？

而林碧涵则是有意识地打基础，她有考研继续深造的远景目标。如今科技在部队战斗力组成中占据的分量越来越重，她觉得知识从军比传统的力气从军勇气从军意义更大，也更能实现人生价值。美国不是有这样的评价吗，一个钱学森的价值，至少相当于二十个师。否则就她这样的家庭背景，何必辛辛苦苦地去挤高考的独木桥。

教员自然喜欢这样的学生，于是无论课堂上的提问还是非正式场合的表扬，徐志伟和林碧涵都是必然的主角。而几门公共课程的考试过后，成绩前两名的也总是他们俩。要么林碧涵第一，要么徐志伟夺魁，鲜有例外。二人因此有些惺惺相惜。

7

课堂上的座位以及同桌可以自由组合。林碧涵好学，选择了第一排。徐志伟是骨干，上下课都要整队向教员敬礼报告，也选择了第一排，就在林碧涵旁边的一个课桌，二人隔着过道相望。徐志伟这样做理由充分，尽管林碧涵光彩照人已经荣膺队花称号因此这个问题比较敏感，大家也都说不出什么话来。当然了，这其中有多少不可告人的成分，恐怕连他自己也说不清楚。张飞云的目标一直锁定在林碧涵身上，于是也选择了她旁边的位置，在她身后的第二排。

天时不如地利。这种地缘政治状况决定了徐志伟和林碧涵的接触比较多。大学新生很少有人能够专心学习，研究风气更谈不上，有些人的作业甚至都不想独立完成，这样一来他们俩有问题时都会不约而同地想到对方。刚开始只是探讨学业，后来话题逐渐延伸。林碧涵从来没在农村生活过，徐志伟偶尔说起自己昔日在鸡公山下的学习生活，总让她耳目一新，甚至无端带上许多浪漫色彩。起初徐志伟不愿意说这些，敏感的自尊总是让他小心翼翼地回避着自己不甚光彩的出身，他几乎是第一个学会普通话的农村同学。毕竟越穷越光荣的年代已成历史。后来看到林碧涵的确没有高高在上地俯视轻视，这才逐渐放开自信，经常跟她说起此前求学所遭受的苦难。求学生活越艰苦，他在林碧涵心目中的形象也就越高大。徐志伟当然也能感觉到这一点，于是语气中也不由自主地慢慢增加些许算不上虚构、顶多有些夸大倾向的渲染。

这些情况张飞云看在眼里，气在心里。他非常不理解徐志伟凭什么一而再而三地抢他的镜头。在他的人生辞典中，家世是第一个词条。地位是努力与成功的象征。既然他的父辈通过努力已经取得较高的地位，那么他就应该在多数方面的竞争中占据先手，否则如何体现一滴汗水一分收获的公平？如果徐志伟也是高干子弟，马马虎虎倒也说得过去，偏偏他是个农民的儿子。在爱情的竞争中输给这样一个毫无分量的对手，岂有此理。他决心要将林碧涵夺过来。即便不为爱情，也得照顾面子。

张飞云想方设法接近林碧涵，缠着她咨询作业或者问题。林碧涵虽然知无不言，但语言都很简洁。张飞云坐在后排，他使劲往前倾斜身子，脖子拉长得如同一只急不可耐的鹤；而林碧涵呢？完全转过身子客观上也的确有些难度，通常只是微微侧身。不冷不热的语调，电报用语般的答案，再看不到人家的表情，张飞云真是一点感觉都找不到，要多别扭有多别扭。

迄今为止张飞云和徐志伟尚未发生正面冲突。二人的交往很少，但在不得不接触时双方的态度也都能摆上台面，谁也没有过激言行，就像珍珠港事件爆发前夕的日美外交。毕竟大家都在竭力扮演着男子汉的角色。然而情敌之间（徐志伟的人生美学不能承认这个说法，只是作者找不出更加合适的措辞）有着异常敏锐的心灵感应，徐志伟无时无刻不能感受到张飞云从侧后射来的嫉妒目光。对此他感觉非常好笑。他虽然对林碧涵的印象很好，但并没有与她谈对象的奢望。家世的差距是条巨大的鸿沟，他没有勇气跨越。尽管林碧涵彬彬有礼，但她的大校爸爸和教授妈妈呢？即便他们也能接纳他这个腿肚子上的泥印还没干透的穷孩子，他也无法忍受别人必然要发出的异样目光。从小到大，他一直靠自己的努力，最终跳出农门，岂能妄攀高枝。退一步说即便他真的爱上林碧涵，在他的审美辞典中也没有和别人竞争女孩子这个词条。这些年来，他孤军奋战，克服重重险关，最终敲开命运的大门，这种无人可以依靠的经历，使得他身上逐渐傲骨嶙峋，也不可避免地存在些许傲气。女孩子如果喜欢自己，那就应该能够摆脱世上其余任何一个男人的诱惑而主动来到自己身边；假如还需要自己游说竞争，那就只能说明一个问题，即自己在她心目中的分量还不够。换句话说，就是她还不值得自己用一生去珍惜呵护。不仅如此，自己毕竟是骨干，再怎么说也不能成为反面典型吧。

徐志伟于是有意无意地退避三舍。正课时间没办法得待在教室，自习时就尽可能地泡图书馆。面对对手不战自退的大好形势，张飞云自然要乘胜追击收复失地，对林碧涵的骚扰也就越发肆无忌惮。有首歌唱道女孩的心理你永远别猜，这话简直就是绝对真理，因为你永远也猜不透，眼前就是这样。说起来张飞云各方面的硬件都比徐志伟强，有些差别甚至还是本质性的，但他的攻势越猛，林碧涵越当成负担；而徐志伟越躲，他在林碧涵心目中也就越发神秘越发具有吸引力。三弄两弄，张飞云弄巧成拙。最终出现这样的局面：这天晚自习徐志伟前脚刚走，林碧涵就跟着收拾收拾东西，飘然而去。

8

时间太早，自习室里人还很少，林碧涵没有足够的理由和勇气越过所有的空位，直接坐到徐志伟旁边。她在门前探探头，略一沉吟便计上心来，走过去将书包往徐志伟跟前一推，说哟你在这里呀。我想上楼看会杂志，你替我占个座位吧。图书馆不大，自习室的位置僧多粥少，常常要人帮着占位。徐志伟心知肚明，自然无不从命。

林碧涵在二楼的期刊室翻了半小时左右的杂志，估计人上得差不多了这才下来。回来一看果然如此，偌大的自习室几乎座无虚席，她于是以再自然不过的步伐，落落大方地在徐志伟的对面坐下。

可是有一天，徐志伟抬头欲和林碧涵商讨问题，目光忽觉被击中，因为那后面有张再熟悉不过的脸。张飞云对他若有若无地笑了一笑，这一笑让徐志伟很不痛快。那感觉仿佛是在知名品牌的免淘大米做熟的米饭中吃到了砂子。因为事先毫无预感，牙齿嗑得很厉害，分外可恼。

徐志伟的声调顿时走形。林碧涵回头一看，不禁又羞又恼。羞的是这种刻意的公开私会被别有用心的人发现，恼的是张飞云你好不识趣，竟然叨扰至此。

从那以后，这种暧昧彻底结束。徐志伟率先撤出他被迫卷入的一场在错误的时间错误的地点同错误的对手发生的遭遇战；林碧涵不好意思再追上去，只有对张飞云频频发出更加强烈也更加明白的身体语言信号，敦促他快点走开；张飞云屡屡碰壁，继续纠缠将颜面丢尽，只好草草收兵。正好周忆梅一直在旁边频频放电，他就此借坡下驴，好歹聊胜于无。

9

林碧涵的生日将至。毕竟从未出过远门，她这两天想家的念头越来越强烈，经常和李桦、周忆梅说起过去在家的生日，那时父母亲再忙也要抽空给她庆贺，留恋与伤感溢于言表。李桦和周忆梅想去想来没有好办法，于是就找徐志伟商量，看看能不能给她开个派对。徐志伟听了一皱眉头，问什么时间，周忆梅说下个周六。徐志伟的眉头立即舒展开来，回身便去和队里交涉。

林碧涵被周忆梅、李桦拖到教室门口时依然不明就里。保密工作做得滴水不漏。一推门，里面就响起生日快乐歌；再看布置摆设和同学们引弓待发的情势，立即醒过神来，惊喜得双眼湿润。她本以为只能独自过个冷冷清清的异乡生日，这彻底绝望之后又不期而遇的幸福，真令她喜出望外。

刚开始自然要折腾寿星，李桦和周忆梅鼓动大家让林碧涵唱歌，说她的水平高过喜马拉雅，不听那是浪费。林碧涵略作推辞，先唱了一首苏联歌曲《小路》。这歌本来就非常抒情，她的歌喉又深具明星气质，结果唱完以后场上鸦雀无声，寂静片刻大家才反应过来开始鼓掌。第二支歌是当时正流行的《玻璃心》，唱完更是四座皆惊。唱到中间同学们由小声哼哼发展到出声伴唱，最终成为全班的合唱。都是多情却被无情恼的青春岁月，大家唱着同一首伤感的歌曲，心里想着各自不同的伤心往事，很多人包括有些男生都泪光盈盈。来自山南海北的三十多个同学似乎都从歌声中找到了心灵相通的钥匙。

吃完蛋糕，接着跳舞。尽管从女生区队引进了好几个外援，但男女比例还是过于失调。大家众口一词，要林碧涵先选舞伴跳第一支曲子。这么多男生选择谁呢？这可是个不大不小的悬念。只见她在众目睽睽之下，大大方方地走到徐志伟跟前，夸张地做了个弯腰邀请的姿势说首长请吧？徐志伟本来也并不是特别外向的人，再加上数量占有绝对优势的男生对自己的态度一直不咸不淡，他害怕提议得不到充分响应而冷场，因此一直微笑着作壁上观。尽管该鼓掌时鼓掌，该喝彩时喝彩，该起哄时起哄，但稍微细心点的人都会发现他实际上是个局外人。

林碧涵选择徐志伟作为第一支曲子的舞伴同样也是因为这个原因。那种落落寡合的傲然气度格外让她动心。她虽然外向而且大方，但并不喜欢咋咋呼呼的男孩，欣赏的是热闹场面中那唯一一个沉默在角落里的人，就是那句古老的诗：众里寻他千百度，蓦然回首，那人却在、灯火阑珊处。这会让她心灵战栗。女人心底那种特有的柔情与母性的阀门，随即打开。她当然明白直接选择徐志伟过于抢眼，因此在首长这两个字的语气上不惜夸张。首先邀请长官，这是部队标准的礼仪规范。

徐志伟还在走神，看着林碧涵和女生走神。目力适应教室的光线以后，蜡烛的照度逐渐清晰。这种随风摇曳、影影彤彤的光照，外加徐志伟出神的目光，叠加出了柔光镜般的效果。女生的面容更加姣好，眼波更加灵动；崭新的红肩章色调无比柔和，与她们的脸庞可谓绝配。徐志伟如同高明的摄影家不经意间获得绝妙灵感，甚至已为这幅摄影作品想好题目，那就是“青春”。他正得意地品味着自己的高明，构思忽然被林碧涵的邀请打断。

徐志伟颇有些紧张。因为他不太会跳舞，只会节奏感最强的三步的基本步法。林碧涵说现在我的官儿最大，你得听我的。没关系，我教你吧。大不了就是脚受点委屈，这我有足够的心理准备。作为活动的主要发起人，徐志伟绝对没有让它冷场的道理，而且心里清楚跳不好稍微出点丑也不错，这样能够调动情绪活跃气氛，于是便硬着头皮起身来走进由课桌围起的舞池。

徐志伟匆匆调整好情绪，这才发现正放着标准的三步舞曲，他最喜欢的《蓝色的多瑙河》，不觉自信大增。反正只要踩准鼓点就行，不玩这样那样的花步。几个圈转下来，他很快就找到了感觉。这段时间他们俩少有充分的交流，多少有些生分，眼下正好补偿。他低头将脸转向林碧涵刚想说点什么，林碧涵已经开口道，能和球星跳第一支曲子，我很荣幸啊。徐志伟脱口而出地回应道，能和歌星跳第一支曲子，不也是我的荣幸吗？

四目对视会意一笑。

古人有以对联征婚的传说，但那毕竟只是个传说。眼前的林碧涵和徐志伟则通过这个近乎对仗的对话，大幅度拉近距离。不仅完全恢复这些日子因疏于交流而有些冷落的外交关系失地，甚至还大大超越以前的水平。毕竟都是情窦初开的年轻人，爱情或者那种类似爱情的好感，有时上穷碧落下黄泉地苦苦寻觅也两手空空，有时则不期而遇，莫名其妙地就撞到你眼前，叫你想躲都躲不开。

10

日子就这样平平淡淡地化为一页页被撕去的日历，转眼之间已是大二。

大二学生是最无聊的。一年级时，心里既有天之骄子般有些盲目然而良好的自我感觉，同时对大学本身以及大学生活多少还有些神秘感。

而等到大二，这些感觉基本已被三点一线的单调生活消磨贻空，同学们随即产生方向迷失的虚无以及对大学生活彻底看透的落寞，百无聊赖势所必然。

教室里有闭路电视，用于电化教学。除了有教学安排，白天频道关闭，晚上学校电视台制作的新闻节目播完之后接着放热门的连续剧，一些活跃点的学员晚自习时就趁机浑水摸鱼。俄式建筑的墙很厚、隔音效果很好，再把音量开低点外面如果不特意竖起耳朵，基本听不见。

这种做法当然违规。但晚自习时教员不会来，队干也只是偶尔巡视，主要目标是针对不假外出，同学们于是就和队干打游击，寻找安全概率中的多数部分。一开始徐志伟并不知情，因为他经常上图书馆。既然总舵主不在，只要有人打开电视另外四个班长副班长就都难以理直气壮地关闭，毕竟他们的理论有效射程只能在自己的建制班。而除了他们，别人更无干涉的理由。

长在河边走，哪能不湿鞋。这事很快就被队长丁勇林发现。他火冒三丈，提溜住徐志伟好一顿批。事后徐志伟调查谁干的好事，大家都不吭气。站在教室前面的徐志伟望着下面那一颗颗沉默而低垂的脑袋，忽然想起黑白电影中经常出现的经典镜头：日本鬼子和翻译官张牙舞爪气急败坏地逼问八路军在哪里伤员在哪里粮食在哪里，愤怒的人群一言不发。这个联想既让他感觉荒唐，同时也让他莫名地悲哀。什么时候，自己和同学们之间形成了这样的对立与距离呢?

日本鬼子可以不当，骨干责任却不能不尽。徐志伟不得已只好自己亲自出马捉老鼠。他知道眼下这段时间肯定不会有人顶风而上，于是等队长接连两次突然袭击都一无所获后才开始行动。自习开始时他先上图书馆，等电视连续剧演到三分之一左右再掐点回来，这天终于逮住现行。

徐志伟砰的一声关掉电视，厉声问道谁开的？下面无人应声。他冷笑一声说好汉做事好汉当。既然你有败坏班级荣誉的胆量，就应该有主动承担责任的勇气。只敢偷偷摸摸地开，不敢出头承认。算什么好汉？

这事多数情况下都是张飞云和他身边的小圈子干的，今天正好还是他的手笔。说起来大家恐怕都有看看电视的念头，但并不是每个人都有打开电视的勇气，而张飞云则不。年轻人不怕别人说别的，就怕说他没有勇气缺乏胆量是缩头乌龟。张飞云腾的一声站起来盯着徐志伟的眼睛说我开的，你想怎么样？徐志伟虽然想找出肇事者，但对这样针尖对麦芒的场面还是缺乏心理准备。他以官军自居，师出有名吊民伐罪堂堂正正，但没料到对方并不认为自己就是草寇，得鼠窃狗偷望风披靡落荒而逃。顿一了顿，他从牙缝里挤出一行字说我不想怎么样。有本事你向队长教导员说去，看看他们想把你怎么样！张飞云说我就知道你要把他们搬出来。行，反正大家都知道你喜欢打小报告，接着再告呗，兴许还有好事。你不是一直想入党吗？

徐志伟气得浑身发抖。因为张飞云点了他的死穴。当骨干的有些情况肯定要向队干反映，职责所在么。但用告密这样的字眼，令人难以接受。平心而论，他基本上没向队干私下里反映过谁谁的问题，偶尔的几次也都是就事论事。现在张飞云已经把他逼上绝路，向队长说吧等于接受告密的指控，不说吧以后还怎么管理？他紧紧地攥起拳头，真恨不得上去就给他一拳。

但渐渐地，拳头还是松开了。

11

生日晚会过后，徐志伟对林碧涵的感觉发生了微妙的变化，在她跟前常常会出现某些前所未有的情绪。比如有时的不自信，偶尔的心慌，以及在期望看到她的场合没有找到她的踪迹时的怅然若失等等。夜里躺在床上，他不止一次地扪心自问是不是已经背弃当初不谈恋爱的计划爱上了林碧涵，但总是不能确定。

星期天，徐志伟请假上街，想去逛逛书店。图书馆里的名著虽然不少，但新书不多。说来也巧，刚转到沙坪坝的第三家书店，就碰到了林碧涵，手中抱着好几本书。徐志伟心里一动，还没想好打不打招呼如何打招呼，林碧涵已经发现了他，笑语盈盈地打趣道，哟我说今天的太阳怎么这样亮，原来有一颗球星闪亮登场！徐志伟说行了行了别拿我开涮。有什么收获？林碧涵说喏都在这里你自己看吧，咱们各取所需。

转了几圈就到了午饭时间。林碧涵说我肚子饿了。怎么样，球星有没有请客的打算？徐志伟做了一个请的手势，说那就要看歌星肯不肯赏脸啦。不过我是个穷光蛋，只能请你吃抄手。林碧涵说没关系，客随主便！

他们决定去吃龙抄手。这是个很响亮的品牌。抄手是重庆的说法，北方叫馄饨。看情形，这里的顾客以夫妻或者恋人为主，亲昵的举动随处可见，这就给他们的关系蒙上了一层彼此可以心照不宣的浪漫与想象色彩，俩人脸上不禁都有点低烧。

徐志伟来自农村，从汇款单的数量上就可以看出家境水平。信与汇款都由队里的值班员到大门口的传达室取，然后放在队门口的值班桌上。平信自己从桌上找，挂号快件与汇款的通知写在小黑板上，主人看到后找值班员要，因此谁来了汇款全队都知道。在林碧涵的印象中，还从来没见过徐志伟的汇款，因此他今天没有摆谱，这种自然与朴实在她跟前又得了一分。因为贫穷与饥饿的缘故，从初中就开始住校的徐志伟吃饭速度本来就很快，高中期间又看到一部叶挺将军的传记，里面有将军十分钟内准时吃完饭的叙述，言外之意是军人吃饭应该利索点；再加上学校食堂比较挤，那种摩肩接踵的场面也在无形中加剧紧张气氛，因此上军校后他进食的速度也上了新台阶。农村孩子吃饭可能都有吧唧嘴的习惯，速度一快声音自然更加响亮。若是是普通同学，林碧涵未必会冒冒失失地指出来，但眼前是徐志伟，林碧涵希望他的形象更加完美，而且心目中也根本没把他当外人，于是笑中含嗔，盯着他的眼睛温柔地轻声说道喂你小声点慢点，没人和你抢！徐志伟起初还没反应过来，明白后脸上慢慢飞红。刚开始他们边吃边聊，大家隔着桌子对脸相望，温馨的场景慢慢在眼中凝聚出温柔的光辉，徐志伟也就逐渐淡忘彼此之间家世的巨大鸿沟；而这个插曲之后，他虽然很快就恢复自然神态，但眼中的那种温柔调子却一点一点地消退。林碧涵善意的提醒，效果是令他清醒。

12

饭后乘车归队，在学校门口的车站上正好碰见去小摊购物归来的张飞云。他意味深长地冲他们一笑，一言不发，掉头便走。

这个笑的形式和内容都让他们不舒服，心情逆转之后的徐志伟尤其如此，平添了一重没吃着羊肉反沾身膻气的懊丧。如同深夜听到猫头鹰叫，他本能地预感到了某种不祥。

入学以来徐志伟一直抢镜头，张飞云很不服气。电视事件过后，区队长将他结结实实地拾掇了一顿，两人的矛盾因此而公开固定。他处心积虑地想把徐志伟拉下马，苦于找不到突破口。现在机会来了。

张飞云组织签名，要求撤换徐志伟。他身边本来就有几个跟屁虫，大家对作为副区队长的徐志伟印象又都很一般，既然有人强力推动，当然也就会有人跟风。

张飞云罗列了徐志伟两大罪证，一是不善于管理，二是谈恋爱。但这个动议被队长丁勇林严词否决。

两年下来，丁勇林对徐志伟的确有点不满意，原因在于这人实在得有点木头，太不会来事。其余的骨干有事没事经常往队干办公室或者家里跑，甚至请他们出去喝酒。丁勇林喜欢杯中物，这是公开的秘密；很多人跟他是酒友，这也是公开的秘密，算不得什么。可徐志伟的脑子里好像根本没有这根弦，队长的办公室他没事都很少过去，除非汇报工作。这样一来，红火的骨干跟队干兼有私谊，而徐志伟跟他们只有上下级关系，队长教导员对他的印象自然要有所保留。

然而这并不能成为将他拿下的理由。他为人正派，工作不错。不仅没有明显的漏洞，甚至可以说各方面都比较优秀。更关键的是丁勇林对张飞云非常反感。当了这么多年队干，他见过的高干子弟海了去了，包括中将的儿子，调皮捣蛋的也没少见，但关系处得都不错。然而这需要一个前提，或者他们买他的账，或者院系领导直接出面干预。这就是他奉行的拉两头打中间的管理模式，多年以来屡试不爽。张飞云的家世底细他很清楚，但院系领导并未提及或者暗示此人，张飞云又从来不拜自己的码头，眼里根本没有他这个队长。

丁勇林盯着张飞云说徐志伟不善于管理，怎么不善于管理？他让你们晚自习看电视就善于管理了吗？他和林碧涵谈恋爱，你有什么证据？张飞云说他们上个星期天还一起出去逛街。平时他们上图书馆也经常出双入对。这些我们班里的同学都能证明。丁勇林说一起出去逛街，一起去图书馆，就是谈恋爱？这能叫证据吗？组织签名要求撤换骨干，你这是在干什么，向队里示威？如果不答应你们的要求，你们是不是还要组织游行请愿？有什么问题一板一眼地向组织反映，哪儿学来的这么些新花样？这是部队！考虑到你是初犯，不追究你的诬陷责任，但我要提醒你，今后嘴边留个把门的，少给我信口开河！

最终张飞云倒徐还是成功了，在大四开始的时候。

三年级上学期末，学院领导换届，张飞云爸爸的一个老战友当了院长，他们俩当初是一个车皮的兵。这批兵里走上高级领导岗位的寥寥无几，因此尽管后来院长调到总后系统，俩人依然联系密切。

院长上任不久，张飞云就按照爸爸的安排前去登门拜访，并在那里吃了晚饭。由于历史的原因，学院的校园分为两部分，中间有三公里左右的距离。一边两个系，但学校机关在大院，建筑系则在小院。饭后聊了会儿天儿张飞云告辞归队，院长的家属派车送他。院长的坐骑平稳地在学员队宿舍门前停下时，丁勇林正好看见。新院长上任后一号车还从来没到过他们队，事实上过去也很少光临，丁勇林因此颇有些措手不及。来不及前思后想，他下意识地快步上前打开车门，但没想到出来的并非少将院长，而是自己手下的刺头学员。

二人对这样的场面都没有心理准备，尴尬自是难免。张飞云用习惯中的那种下级对上级比较尊敬的语调招呼道队长您要出去呀？丁勇林吃了哑巴亏既耻辱又愤怒，含义模糊地啊了一声，转身扬长而去。

然而这件事情最终却成了他们俩改善外交关系的重要契机。此时的张飞云已经成熟许多，明白县官不如现管。关系再硬权力再大他们也不希望你到处捅娄子他天天擦屁股。他们最希望看到的局面是你用他们作为筹码也好旗号也罢哄得自己周围的领导皆大欢喜，下面一路绿灯给你办好事，他顺水推舟地在报告上签字。张飞云本来就和队长不对付，事后觉得尤其需要向他解释，于是周末晚上就带点好烟好酒和熟食，前去拜山。

酒桌上的气氛越来越融洽。丁勇林之所以对张飞云不满，主要原因在于张飞云一直不买他的账。现在他攀上新院长的关系后肯主动伸出橄榄枝，丁勇林的不满已经消逝大半。既然这样，那就尊重现实，借坡下驴吧。

从那以后，张飞云就成了队干办公室和家里的常客。接触多了，话题自然离不开各个班级的管理情况。可以想象，张飞云没少替徐志伟说话，不过都是坏话。

13

导致徐志伟被免职的直接原因则是实习期间李桦同部队排长的恋爱风波。

三年级结束的那个暑假，学校按照惯例安排没当过兵的本科生下部队锻炼实习，徐志伟他们班的实习单位是云南省军区，具体说就是驻扎在老山前线那拉口的守备一团二营。

尽管战事早已结束，双方在边境部署的都是守备部队，但环境的艰苦依然没有改变。整个老山战区分为三个主要部分，老山、八里河东山和那拉口。当时的流行说法是，老山天堂，东山人间，那拉地狱。驻地周围人烟稀少，交通极度不便，两天分一次新鲜蔬菜。因为气温太高，夏天经常在四十度以上，刚分下来的蔬菜和肉当天都得吃完，否则就会变质。这样次日只能吃罐头，而且饮水也成问题。他们去的这个连队的连长，也是从地方考到昆明陆军学院的本科生，三十一岁了还是柳树剥皮光棍一条，主要原因当然是部队的环境过于艰苦，女方来了一次回去就坚决要求吹灯。手持本科文凭的连长都找不到对象，手下军官的情况当然也不会好到哪里去。正因为如此，林碧涵她们的到来让整个连队都眼睛放光，李桦就在这种情况下经不住一个才华横溢的排长的凌厉攻势而陷入爱河。

连队分布在不同的阵地上，同学们三个一组两个一群地散布其中，三个女生自然在条件相对较好的地方。忽然有一天，李桦到阵地上来找徐志伟。因为天热而且是清一色的和尚，大家都穿着小裤衩，见状急急忙忙地套上大裤衩（据说这是当时全军配发的唯一一种外穿短裤，也只有这里的部队能够享受这样的待遇），但赤裸着上身，这在那个环境下不算失礼。李桦说在阵地上待久了没意思，想到处逛逛看看，找你们聊聊天。徐志伟开玩笑道像你这样的漂亮小姐走到哪儿不夹道欢迎啊，你天天住在这里都成！李桦的头一歪，对道你最欢迎的恐怕不是我吧？你干吗不到我们阵地上走走呢？那里也有人等着欢迎呀。徐志伟闻听心里不禁泛起一丝甜意，但却坚决地挥挥手做出拒绝的姿态，说去去去，你少贫啊。李桦收敛笑容认真地说志伟，我可没开玩笑。在这个问题上你可不能大男子主义。你总不能让人姑娘家主动吧？徐志伟也摆出严肃的面孔，说越说越没边。什么主动被动。我哪个阵地都有义务去，当然也包括你们阵地。李桦脸上露出一丝意味深长的笑容，说这道理我明白，区队长大人！那我现在还是首先汇报一下实习学员林碧涵这些天来的表现吧。徐志伟扑哧一笑，摇摇头指着李桦说你呀你呀。你说点正经点行不行？

有了这样的开头，谈话的气氛自然非常融洽。闲聊一阵，李桦突然莫名其妙地问道，你认为文凭在恋爱中非常重要吗？徐志伟一头雾水，说你什么意思？李桦说假如你是个女孩，碰到一个很优秀的男孩，可是他没有文凭，你会不会接受他？徐志伟说好端端的你怎么说起这个，你是不是爱上谁了？李桦脸色微红说得了你别瞎猜，这是我一个同学的问题，她写信征求我的意见呢。徐志伟可以说是在世界名著的浸泡下长大的，而在每一部名著中爱情几乎都是同样的版本，即纯洁的、完全不沾染世俗色彩的一见钟情。相貌、地位、家世和财产统统可以抛弃，何况文凭？他毫不犹豫地说只要真正相爱，当然不应该有这样的顾虑。如果是我，我肯定不在乎！

其实徐志伟远远算不上李桦的亲密战友。她跟周忆梅、林碧涵的关系要密切得多。她之所以要舍近求远，更主要的原因还在于寻求支持的潜意识作用。这个排长除了工作环境和学历以外几乎没有任何缺点，相貌堂堂，写得一手漂亮的文章和诗歌，字也龙飞凤舞，军报上多次有他的大名出现，而且吹拉弹唱无所不通，他就是因为这些无可辩驳的硬件而被破格提干的。这些才气，很快就征服了李桦。尽管她名义上是要兼听则明集思广益，但实际上并不想听到反对意见，这一点也许她自己都还浑然不觉。徐志伟的为人习惯大家都清楚，李桦预感在他这里能够获得理论支持，这才不远数里地翻山前来。

就是这句话后来直接导致徐志伟被免职。开学后排长突然来到学校找李桦，引起轩然大波。按照道理，此时双方已经不在一地，即使谈恋爱也不算犯规，但问题在于他们很明显是实习期间结的缘，这就有点擦边。下部队实习是学校的传统，上上下下对此肯定不会坐视。徐志伟的话三传两传完全变形，成了他支持李桦和部队排长谈恋爱。事情既然不能大张旗鼓公开调查，这些说法自然也就只能流于事出有因、查无对证。于是当高贵在张飞云的鼓动下组织的要求撤换徐志伟的签名再度送上队长的办公桌时，丁勇林终于决定痛下杀手走马换将。

徐志伟被免去区队长的职务（二年级结束时老区队长毕业，三年级开始徐志伟扶正），改任队军人委员会主任，骨干身份不变；张飞云堂而皇之地荣登大宝，高贵也摇身一变成了班长。大家都知道这是宫廷政变的产物，但此时的徐志伟对区队长的位置早已没有兴趣，况且还保留着骨干身份，就像地方干部进人大、政协，也算体面下台，心态因此非常平和。林碧涵对这种背后的小把戏非常看不上眼，鼓动徐志伟找队干说清楚，但徐志伟像电影上的洋鬼子那样摊摊双手耸耸肩膀，两句古诗脱口而出：不知腐鼠成滋味，猜意鹓雏竟未休。没必要，我早就不想当这个破官了。

从表面上看，这是张飞云期待中的胜利。可从林碧涵的角度讲，则是他的完败。因为这样一来，他在她心目中更是一钱不值。在爱情中表现出来的小心眼，在生活中有点优越感，这些虽然算不上美德，但尚能理解。而要阴谋诡计，这就是人格问题。

14

新官上任三把火，张飞云自然也要有所行动。他在区队内部推行量化管理，每人每学期共一百分的基本分，规定不假外出一次扣多少分、内务卫生不合格一次扣多少分、评比第一奖多少分、队列里说话一次扣多少分，等等等等，两个月评比一次，分数最低的两名同学上报给队里，点名批评。这个方法是张飞云从他老乡那里引进的，他们用来管理战士，张飞云则移植过来管理本科生。

这个方法得到了队长教导员的赞赏，但同学们的强烈抵触不难想见。徐志伟本来也并非坏蛋，他在政变中下台以后，出于正常的同情弱者的心理定式，大家渐渐看到了他的许多优点，诸如耿直正派宽厚勤奋等等，而对张飞云则渐生不满。人就是这样，基本上都经不起聚光灯的照射，明亮的灯光固然能够产生神采奕奕的动人效果，但也会毫不客气地留下阴影。大家都不大注意舆论中心以外的人。他没什么社会影响，别人自然也不会注意他的美德和缺点；一旦走上前台，位置固然显赫，但毛病也会因此而一览无余，要不美国总统几十年前的短暂吸毒史或者同性恋史，也不会被媒体活灵活现地抖搂出来。其实同学们都知道“兴，百姓苦；亡，百姓苦”的道理，平头百姓永远只能是被管制的对象。但尽管如此，换届之初大家依然心存幻想，希望脖子上的缰绳能够稍微松缓点。而实际情况呢？正好相反。这样一来，大家的不满情绪也就一天浓于一天地堆积起来。

大四学生很少有人跟骨干真刀真枪地对抗，这样小儿科的动作只有低年级学员才能拿得出手。可即便如此，张飞云还是从同学们的言谈举止和喜怒哀乐中敏锐地捕捉到了支持率的最新变化。

没有什么能比这种情绪更能激怒踌躇满志的新官。张飞云决心找个人杀一儆百，快速立威。三转两转，枪口前面出现了徐志伟。

那天下午没课，他们到图书馆去看获得奥斯卡奖的电影《野战排》。英文对白中文字幕，既可以练习听力，又能欣赏优秀影片，大家乐此不疲。电影非常精彩，回去的路上大家还在小声谈论。带队的张飞云屡次提醒队列里面不要讲话，但音调只是降低，远未消失。和徐志伟并排的王涛一直在发表高见，徐志伟虽然下了台但毕竟还能理解骨干的苦衷，因此一直充当着微笑听众的角色。说着说着王涛自然而然地随口征求他的意见，徐志伟见无法继续保持沉默，就半开玩笑半认真地说队列里面不许说话。结果话音刚落王涛还没来得及做出反应，张飞云已经火了。他喝道徐志伟你怎么这么多毛病?

张飞云也不想轻易跟同学们发生正面冲突。怎么说呢？麻秆打狼两头害怕。他一直强忍着威严受到挑衅的愤怒。然而他脸上的表情虽然变化不大，但内心的怒气却在不断积累。量变导致质变，而这个临界点正好是徐志伟的戏言。他用不太光堂的小动作将徐志伟拉下马，本来心里已有愧疚，并不想拿他开刀。然而非常不幸的是他的怒气到徐志伟说话时正好抵达忍耐的极限。他觉得徐志伟此时重复他一而再再而三的提醒，是典型的嘲弄，明显的挑衅，直接的挑战，立刻接下战表并且随手组织出击。

徐志伟更加愤怒。他并没有冒犯张飞云的意思，在队列里说的唯一一句话还是帮他维持秩序。别人说那么多你都不管，我刚一开口你就呵斥，这不是明摆着半夜里喝柿子拣软的捏吗？杀人不过头点地，你还要赶尽杀绝不成？是可忍孰不可忍！

徐志伟回敬道，究竟谁在说话，你长没长耳朵？二人你来我往地争了几句，徐志伟觉得在队列里吵架太滑稽，于是不再开口，解散后放下书包就找到他继续理论：那么多人说话你都不管，我说一句你就点我的名，是不是觉得我好欺负？张飞云一把揪住徐志伟的衣服领子说欺负，欺负你又怎么啦？徐志伟不由得怒火中烧，挣脱出来随手推了他一把，没想到对方劈脸就是一拳。

中学时张飞云就近乎阿飞，知道怎样打架。如果只是一般性的惩罚作战，第一招一定要封眼，即冲对手的眼睛打一拳让他暂时失去视力，这样一来他自然只有挨打的份儿。时间虽然过去了很久，但这个战术思想他还没有忘记，因此这一拳实际上是冲着徐志伟的眼睛而来的；徐志伟条件反射般地往后一仰，结果鼻子遭了殃。

就像《水浒传》里鲁提辖拳打镇关西的第一拳，徐志伟只觉得鼻子和嘴里酸辣俱全，一股暖流顺着下巴直淌。如果不是同学们上前奋力拉开，他还有的是亏吃。

15

徐志伟口鼻流血，脸上肿了好几天。到学校医院一检查，鼻骨软骨骨折。

大家都很愤怒。他们实在无法想象到了二十一世纪的家门口，在号称纪律森严的军队高校里竟然还要依靠拳头的力量来维持真理。即便是一直对张飞云心怀好感的周忆梅，此刻也不得不暂时放弃对他的公开支持。林碧涵则干脆怒发冲冠地找到张飞云，当面申斥他的无端暴行。

队长丁勇林左右为难。张飞云虽然不占理，可他是骨干，是代表队里管理学员的过程中与人发生冲突。即便没有他与院长关系的这层因素，他也无法轻率决定。不支持骨干，今后工作还怎么开展？有些刻薄的人骂骨干是队干的狗腿子，虽然用词不当，但应该承认有一点非常形象，那就是骨干的确是学员队的腿儿。要是没了腿儿，还怎么走路？

不做个姿态显然不行。丁勇林要求他们俩在全队大会上做检查，等候支部处理。冷静之后的张飞云早已意识到错误，同时也感受到了在区队内部众叛亲离的压力，因此态度非常诚恳，承认错误也道了歉，但徐志伟对这个各打五十大板的处理结果非常不满，这也是自然而然的事情。他上去就说首先我要纠正一个词。不是我和张飞云打架，而是张飞云打我，当下就将事情的前因后果原原本本地复述一遍。

丁勇林对此非常不满。打架是他定的性，这个词也首先出自他口中。徐志伟当着全队学员的面儿摆出这样一个得理不让人的姿态，不是直接要否定他的意见吗？他严厉地说这个事情究竟如何处理支部还没有研究，但我觉得至少有一点可以肯定，那就是不管事情的原委究竟如何，张飞云现在的态度很对也很好，能够认识到自己的错误，非常诚恳。而徐志伟呢？你是什么态度？一点也没有认错的意思。你敢说你自己一点错都没有吗？作为骨干，你还有点大局观念吗？

究竟如何处理队长和教导员分歧严重，事情就这样不了了之。徐志伟尽管一百个不满意又能如何。到系里院里像泼妇那样闹吗？他知道只要自己这样闹肯定会有个明确的说法，然而他如何丢得下面子。大小伙子被人打了已经是不小的耻辱，哪能继续张扬，也只好强自忍下这口恶气。好在从那以后，张飞云的态度也收敛了许多。

16

四年级下学期课程全部结束，开始搞毕业设计。而与此同时，一个更加紧迫的任务也逐渐压上的心头：毕业分配。

干部学员和战士学员从哪儿来回哪儿去，即使有调整幅度也很小，而本科生不同，他们原则上要全军分配。从以往的情况看，单位差别非常大，既有北京上海那样的大城市，也有西藏新疆那样的边疆区；既有军乃至军区总部一级的大机关，也有野战部队的营连。雄心勃勃走进军营的大学生，谁不想找个好点的单位圆自己的将军梦呢。即使不考虑这个因素，学了四年建筑专业，出去还干专业总不算过分吧，下去当连排长指导员有什么意思，那不是白白扔掉了专业吗？学生浪费青春，国家浪费军费。

学校从来没有公开讲过分配原则，哪怕是堂而皇之的东西都没有，唯一的口径就是一而再，再而三地教育大家，军人的天职是服从命令，要无条件服从分配，要有奉献精神。期间学校组织大家看了《边关军魂》等录像片，其中难以想象的艰苦简直令英雄气短。录像片是连续的，一共有好多集。有次看完后徐志伟问队里一个低年级的小老乡有什么感受，小老乡笑嘻嘻地说什么感受？我的感受就是打死也不能去边疆！说完二人会意地哈哈大笑。只是笑着笑着，徐志伟的笑容里多了些许难以言说的苦涩。

同学们虽然不动声色，但暗地里早有行动，在脑子里层层过滤，寻找可以襄助的贵人。只苦了徐志伟这样的农村孩子。他们的社会关系只会挥锄扶犁，能帮上什么忙？只能祈祷分配时能够参考学习成绩以及平常表现，保持最低限度或者说形式上的公平。

元旦队里举办化装舞会。舞会上林碧涵问徐志伟有何打算。徐志伟说我能有什么打算？什么关系都没有，引颈就戮服从分配呗。如果没戴面具，林碧涵也许还不好意思直接这样问。反正脸上的表情对方看不到，她也就这样接直截了当，说那你有没有考虑过去成都？我爸爸已经给我联系好了，毕业就去成都军区设计院。你如果愿意去，也许我能帮你想想办法。

让女孩发出这样的邀请实在有点难为人家。面具阻挡着口腔中发出的气流，再加上周围的音响效果，话语都有点变声。也正是这种变声效果使得林碧涵暗生错觉，即这些话都不是她自己说的，而是出自面具之口。否则她恐怕永远只能在心里酝酿这样的提问，或者最远的输送距离也只能是嘴边。这几年他们俩一直保持着若即若离的接触，表面上看来平安无事，心里却都知道有暗流涌动，好比沉默的火山。

然而徐志伟却没有接受邀请。他很明白其中的含义。能去成都军区设计院当然不错，能干专业，还能进大城市，但这样一来他就势必处于两难境地。不接受林碧涵的感情吧，欠她太多无从偿还，而且大家一起共事，肯定还会给她造成伤害；接受呢，自己攀不攀高枝另当别论，岂不是在利用她的感情？不仅如此，因为家庭极度困难，他需要一个离家近点的单位，有事也好多个照应。忠孝不能两全，这话说起来朗朗上口也冠冕堂皇，多少农村孩子跳出农门飞黄腾达以后都以此作为挡箭牌对付在老家挣扎的父母兄弟，但他不想这样。他和家庭，都需要忠孝两全。从他那鸡公山下的老家到成都，连直达火车都没有，不方便显而易见。家里辛辛苦苦供应自己读完大学，自己翅膀一硬便远走高飞，公平吗？徐志伟顿了一顿，答道非常感谢你的好意，碧涵。可是我想离家近点。建德非吾土，维扬忆旧游。说到这里他才发现自己随口引用的这两句诗不甚切题，担心引起误解，于是又接着强调道没办法，家里实在太需要我了。可惜我们和主人公徐志伟都看不见此刻写在面具之下的林碧涵脸上的热切期盼和激动不安。听到这个回答她脸上的所有表情刷的一下全部暗淡，同时响起一声轻轻的叹息，那是令人柔肠寸断的失望。好在周围嘈杂的音响将其彻底淹没，没有走进徐志伟惆怅而感伤的感觉中来，否则他恐怕一辈子都难以心安。

17

徐志伟亲眼看过三届毕业生的分配。每一届都有志愿要求去边疆的决心书贴出来，但除了去年，这个决心书都是以集体名义写的。或者全体党员，或者全体学员，几乎没有人单独做这样的表白。如此一来，决心书就成了摆设，大家都要求去就等于大家都没要求去，或者说大家都不想去。而与此同时，几乎每届毕业生又都有互相告状现象，为了理想中的单位你争我夺，彼此挑毛病上告，前年甚至还有人将信写到总部。然而徐志伟他们这一届非常奇怪，既没有一个写决心书的，也没有一个告状的。大家暗自开足马力托门路找关系，还能保持面子上最低限度的公平。

这样一来，大家的感情忽然间近了许多。以往的四年里有过太多的磕碰，许多同学之间都曾红过脸，但在即将离别的时刻，感觉悄然改变。在人生最宝贵也最值得纪念的四年里大家一同度过，这是多么难得的缘分。和它比起来，平时那种牙齿咬着舌头的矛盾显得那样的可笑好玩。找关系也好，托门路也罢，大家并没有直接对立、相互揭短，多么难得。于是即便徐志伟和张飞云这样曾经流过血的对头，也频频在学校门外的小店里不同人组织的聚会上共同干杯。

然而竞争是客观的。丁勇林召集大家开会，说咱们打开天窗说亮话，你们基本都找了关系。都有关系就等于都没关系，因此都得推倒重来。后来他找徐志伟谈话，问他有什么想法。徐志伟说我家里很困难，希望能够离家近点，别的没什么想法。丁勇林微微一皱眉头，说大家都想离家近都想干专业。离你们家近的单位不是没有，但领导已经有了明确意图。当此时刻，他不再和徐志伟兜圈子说套话，直接指出去北京上海等几个好单位的各级领导的拟订人选，再加上特殊情况和硬性的或者不成文的规定，剩下的就是几个边疆以及艰苦地区。比如酒泉基地，西昌基地，新疆军区，西藏军区，青藏兵站部等等。他说我不知道你是不是有关系，如果有要快点找，否则就来不及了。

到现在还没有条子或者电话过来，丁勇林心里非常清楚徐志伟的处境，这样说只是敦促他认清形势而已。徐志伟心里当然也很明白。沉默半晌，他说那好，只要有一个党员去边疆，我就去西藏！丁勇林没想到问题解决得如此顺利，立即说行，这个没问题。这样吧你写个决心书，大家都好看些。徐志伟说我不写决心书。我并不是主动要求去西藏，我只是服从组织分配我去西藏的决定。

18

像他们这样的本科生有一年的见习期，一年后授予中尉军衔。作为奖励，徐志伟他们几个去边疆和艰苦地区的学员直接授予中尉军衔，并且发了一百块钱的奖金，徐志伟同时还被记了三等功。公布的结果中两个专业的同学都有明确的去向，只有张飞云除外。大家都说他自己联系了一个好的大单位，具体哪里不清楚，即便是跟他关系比较近的周忆梅也说不出所以然。

同学们开始托运行李，走廊里一片狼藉。大家忙着整理东西，在纪念册上填写留言，中午晚上都聚在一起喝酒。队里给大家开欢送会，重点是欢送到边疆和艰苦地区的学员。队长要求大家都说说心里话。共事四年，也许今后一辈子都见不着面了呢，大家还是畅所欲言吧。为了活跃气氛，已经晋升中校的队长丁勇林这样说道。

反正毕业手续已经办好，大家和队长已经不再是上下级关系，很多人都直言不讳，有些甚至还比较激烈，但丁勇林都颇有涵养地照单全收。轮到徐志伟时，他缓缓站起来，说大家都要走了，我就说说我家里的实际情况吧。离家近或者干专业，是大家共同的愿望与理由，但我想我肯定是最需要回家的。我家里有十口人，除了爸爸妈妈爷爷奶奶和妹妹，另外四个你们恐怕做梦都想象不到。一个是我二爷，我爷爷的瘫子弟弟，从我记事起就没下过炕；我大婶，还有我大婶的爸妈。我大伯去世得早，没留下子嗣，大婶一直没有改嫁。她没有兄弟，后来爹妈不能动了，爷爷做主将亲家接了过来。现在爷爷奶奶都老了，他们顶多也就能放个牛羊；妈妈和大婶身体不好干不了重活，农活全指望爸爸和妹妹。大学四年家里没给我寄过一分钱，有时我还要省点钱往回寄。我高考的分数很高，除了军校还有许多出路，但是如果我考地方大学，不仅妹妹上不成初中，我自己也未必能够顺利毕业，就这样我妹妹还只读了半个初二就不得不退学。爸妈辛苦是肯定的，可我觉得最对不起的还是妹妹。父母供应儿子赖赖叽叽还能说得过去，可天底下哪有妹妹供应哥哥的道理呢。好不容易我毕了业，每月可以有将近一百块钱的工资，但又要去天边的西藏。家里为我付出那么多，我又回报他们了什么？最多也就是偶尔寄点钱回去，可钱并不能让地里长出庄稼。农村里犁田打坝割麦挑担，哪一样是女孩子应该干、能干得了的呢？可我妹妹却干了。她的年龄比在座的女生都小，但脸色和皮肤至少要比你们老十岁。上次过年回家我握着她磨出许多老茧像男人一样粗糙的手掌，好险没有掉泪。她笑着安慰我说哥你别难过，我有的是劲能干下来，只要你能学成就行。咱家太穷，一下子翻身不可能，还是慢慢来吧。你先往亮处奔，我们再想办法。家里不能拖累你啊，否则家里好不到哪儿去，又要拖垮你，何必呢。

徐志伟脸上一直带着微笑，后来微笑中洇出泪水。他顿了一顿，稍微平息下情绪，任由泪水缓缓淌下，继续说道，这些话本来我不想说的，谁家里没个实际情况呢。可我觉得如果不说出来实在太对不起妹妹。我无所谓，她是真值得敬佩。反正分配方案已定，我没必要欺骗大家。高考成绩刚下来时，有个同学劝我不要考军校，说总有一天你会后悔。其实也是，我要是选择地方大学，现在最差的结果也就是回家嘛。不过我并不后悔。这是真心话。人一生中有无数的机会去北京上海，但并不是谁都有机会去一趟新疆西藏的。大漠风尘日色昏，红旗半卷出辕门。没几个人能领略这种壮美的意境，可是我有。说到这里，他微微耸耸肩，努力做出一个俏皮的动作，然后立正敬礼，飘然下台落座。

微笑中的苦难更有穿透力，全场顿时一片寂静。丁勇林脸上的笑容涵养与风度全部凝固，女生中间有人不停地擦眼睛。张飞云忽然站起来，走到前排转身面对大家说，和徐志伟比起来，我实在太卑劣，我简直无法原谅自己的卑劣。还有一个名额没有公布，这个名额的确是我爸爸给我要的，是国防大学。现在我郑重宣布，我强烈要求和徐志伟对换，他到国防大学，我去西藏!

全场震惊。全场寂静。

19

渡尽劫波兄弟在，相逢一笑泯恩仇。徐志伟记不得这两句诗的具体出处，但他和张飞云的关系却因此而立时明亮，所有的不快全部冰释雪消。他坚决不同意和张飞云对换。他说我说出心里话并不是要以此博得人们的同情。你的好意我心领，但不能接受。再说方案已经确定，你说改就能改？张飞云说方案的事我去说，院长是我爸爸的老战友，我找他他肯定会给办的。你别担心，我去西藏顶多一年半载的我爸爸就会想办法把我调回来，而你一进去哪有个头？我去是短期镀金，你去则是无期徒刑，不如我去。这样等于在并不损害我自己利益的前提下帮了你。实际上还是你在帮助我啊，帮助我安抚我的良知。志伟，如果你肯原谅我，就一定要给我这个机会！

徐志伟还是不同意。他拍拍张飞云的肩头说你去西藏，你家人会同意吗？飞云我们打过架有过矛盾我的确曾经恨过你鄙视过你，但现在已经不了。实际上你一点也不欠我的，根本不需要为我做出这样的牺牲。真的。

更改分配方案的事情没有办成，毕竟这不是儿戏。张飞云到北京报到，本来可以早走的，但他一定要送走全部同学，自己最后一个走。徐志伟说我马上就要到西藏，今后大家见面的机会不会太多，我也送送大家吧，就这样最后只剩下他们两个与林碧涵。林碧涵要到成都军区后勤部报到，徐志伟也要先到成都等进藏的班机，她坚持要为他做一次接待和导游。如果说林碧涵以前对徐志伟只是好感与爱慕，欢送会过后则又产生了强烈的崇拜，对真正男子汉的热切崇拜。她无论如何也要留徐志伟在成都玩几天。

张飞云坚持要把徐志伟和林碧涵送走。这次徐志伟没有推辞。他要先到成都等航班，报到是有期限的。张飞云帮着他们把行李提到车站，找好座位放好行李然后大家又下了车。这两天他们俩抵足而眠，该说的早已说完，剩下的只有无边无际像野草一般疯长的沉闷与缄默。一方面大家都为即将到来的离别而伤感，这种伤感并非仅仅针对哪个人，更主要的还是针对自己人生中的某段珍贵历史。徐志伟也好，张飞云也好，林碧涵也好，在别人的心目中更大程度上都是这个时期的映射，因此也同时都是惆怅与伤感的主体与客体；而另一方面，大家都对这种离别之前漫长的沉闷与痛苦感到不堪重负，希望离别早点到来早点结束，以便尽快获得新生，如同一直心惊肉跳地等待判决结果的重刑犯人。

车快开了，徐志伟和林碧涵上了车打开车窗探出头来。徐志伟虽然已经晋升中尉，但制服与肩章还没来得及换，这些要到部队等着发放秋季服装时配发。这几天他经历了太多也太曲折的变故，这使得他无暇像平时那样整理仪容，嘴唇上的胡子浓了也黑了，平添了几分憔悴。自从做出有条件地去西藏的表态之后，他的心情非常复杂。其中既有不得不远离家乡的伤感、分配不如意的失落，也有命运不公的悲愤与马革裹尸的激烈壮怀，更有即将彻底失去林碧涵的无边痛楚。而欢送会过后，在真正的打击面前他反而镇静下来，心态不知不觉地彻底平和。当然，也可能是久痛之后的麻木。他觉得自己悟出了许多道理，而这些道理如此芜杂，他无法用语言表达，于是自然而然地老是处于沉思状态。在鲜红的肩章映衬下，面容上的憔悴反倒使他增加了几许深沉与成熟。

分别在即，大家都缺乏坦然承受的勇气，因此目光都没有直射对方的力度，只是泛泛地向着对方的影子虚花花地看去，似乎这样就能将离别以及其余一些附带的痛苦像磁带那样快进。林碧涵也是如此。四年来，她对张飞云的印象本来很一般，但欢送会过后，突然之间有了全新的发现，慢慢中和掉以往的恶感，继而产生类似手足兄弟的同窗感情。每次送别大家几乎都要掉泪，这对徐志伟那饱经风霜的神经而言自然又是一次新的摧残。我的眼泪早流干了，你放心送你们时我肯定不会再哭。就这么说好了，谁也不准哭。早上送走最后一拨同学后张飞云曾经这样对他们俩说。徐志伟宽慰地向他肩头捅了一拳，说你还欠我一拳的血债，还我几滴眼泪还不应该？张飞云本来也想笑着回应，但努力半天情绪也未能调动，这笑也就只能作为苦笑在脸上僵持片刻，如同一团发得半开的面。

列车开始启动，张飞云跟着火车向前走，边走边招手。火车加速后，他们注意到被甩开的张飞云放下手开始擦眼睛。今天告别张飞云，明天就是林碧涵了。徐志伟下意识地看看身旁，发现她早已用手绢捂住眼睛，肩膀微微哆嗦。这些年来，他一直婉拒着对方的感情，眼下真正到了即将分别的时刻，这才发觉自己的混蛋。他不想随随便便就说出那个庄严的字眼，但现在终于明白她在自己心目中的分量与位置，感觉到了对她的横无际涯的挚爱与依恋。过去尽管拒绝，但俩人还在一起，抬头不见低头见，这拒绝也就不会产生字面上的严肃后果。而现在呢？好容易搞清楚事情的真相，却已经到了谢幕时刻，一切都不得不平静地结束。大学生活，青春岁月，那从来未曾启齿的纯洁爱情。他不由得心如刀绞，泪眼蒙眬。梨花一枝带春雨。好在他明白林碧涵的心思，知道她哭的并不仅仅是张飞云或者大学生活，更大程度上也许还是自己，于是心里多少也就有了点安慰，痛苦的无边海洋中也随之泛起些许甜蜜的浪花。这些浪花在茫茫海上虽然渺小微不足道，却也能让他在一种心情的笼罩之下，有滋味地度过漫长而单调的旅程。

林碧涵的头发被风吹乱。徐志伟替她将散下来的几缕头发拂上去，然后推推她捏着手绢捂在眼睛上的手，柔声劝道别哭了，飞云在跟我们招手呢。说完伸直右手的食指和中指，俏皮地冲越来越远的张飞云行了一个潇洒的美式军礼，这是他从《野战排》里学到的。

20

火车越开越远，从车窗里探出头来的徐志伟和林碧涵的形象最终就这样定格在张飞云的视觉深处。一张消瘦然而英俊、充满朝气的脸；一双活泼开朗得似乎会说话的俏皮眼睛，两旁都映衬着鲜红的肩章。后来大幕徐徐落下，他们的脸逐渐都被遮去，只有那两对红肩章慢慢重叠虚化之后，鲜明地保留下来，如同大光圈拍摄的照片背景。良久，张飞云擦干眼泪平静情绪，空洞的目光虚花花地从火车消失的方向收回，视觉的背景底色中渐渐也只剩下自己肩膀上鲜红色的崭新肩章。他咧咧干燥的嘴唇，用只有自己能够听懂的语调在心里说道：

再见了，我的战友，我的同学！